伊北 著

小日子

TRIVIA
OF
A
FAMILY

北京出版集团
北京出版社

图书在版编目（CIP）数据

小日子 / 伊北著. —— 北京：北京出版社，2022.5
ISBN 978-7-200-17132-7

Ⅰ. ①小… Ⅱ. ①伊… Ⅲ. ①长篇小说—中国—当代
Ⅳ. ①I247.5

中国版本图书馆 CIP 数据核字（2022）第 058059 号

小 日 子
XIAORIZI

伊北 著

*

北 京 出 版 集 团
北 京 出 版 社　　出版
（北京北三环中路 6 号）
邮政编码：100120

网　　址：www.bph.com.cn
北 京 出 版 集 团 总 发 行
新 华 书 店 经 销
三河市德鑫印刷有限公司印刷

*

160 毫米 × 230 毫米　　19.75 印张　　300 千字
2022 年 5 月第 1 版　　2022 年 5 月第 1 次印刷
ISBN 978-7-200-17132-7
定价：58.00 元
如有印装质量问题，由本社负责调换
质量监督电话：010-58572393
责任编辑电话：010-58572346

目录 Contents

第一章 /001
敌人肯定有的。
而且还很狡猾。搞不好还不止一个，是团队作业。最要命的是，看样子，敌人不是冲钱，是冲她的幸福来的。

第二章 /009
排除法。
茉莉先自查。
劲草是搞大数据的，保不齐用数据的方法跟踪她。

第三章 /016
顾茉莉认为公婆有个习惯特别不好。简直就是农村陋习——不打招呼直接就上门了。为什么不提前知会一下？电话干吗使的？

第四章 /023
按原计划，茉莉在公婆离沪前两天返家，狠狠地买了一回菜，要烧要燎，存心表现。

第五章 /029
一冷战就是几天，茉莉坚决不投降。
家里的事务还得持续运转，比如接女儿这事，就得两个人配合着来，一人一天。这日，茉莉记错了轮次，下了班，直奔幼儿园，却远远看见劲草跟果果妈在铁门外聊得热闹。顾茉莉真想立刻走过去，赏那女人和劲草各一巴掌，但理智让她止步了。

第六章 /035

  酒店订的是四季，桌位能看到江景。劲草去茉莉单位楼下接，一见面，就送上九朵红玫瑰。同事都抛来羡慕的眼光，茉莉适意了。

第七章 /041

  上海又进雨季了，马路牙子都没干过。公婆放着晴天不要，非要往雨天里钻，老早就宣布要来上海了。一宣布不要紧，大家都开始做茉莉的工作了。

第八章 /047

  公婆来了，接因因的任务落到他们身上。茉莉每天多出几个小时自由活动时间，尤其下午，不用那么赶了。

第九章 /053

  世上只有妈妈好。
  茉莉对这句话是深信不疑的。她对因因好，她妈对她好。她过生日，老公给了红包，让她自己去买东西。她老妈呢，一不小心给了她一个大惊喜。

第十章 /059

  茉莉嚷嚷："妈，连你都不管我了呀！"
  玉兰劝："不是不管，是没法管，你要想离掉就搬回来，住一辈子我和你爸爸都欢迎。"

第十一章 /065

  搬家前欢天喜地，真搬过去了也就那样。地方实在小，一居，她跟女儿住都有点挤。可是能有什么办法呢，都是自己选的。

第十二章 /071

  照顾婆婆最大的困难不是照顾本身，而是婆媳之间那种不尴不尬不远不近的状态。不能太亲密，又不能太冷漠，不能说太多，也不能什么都不说。

第十三章 /077

　　茉莉点开微信，只见几个工作群在跳。聊天记录是被清空的。几秒钟后，两条消息跃了出来。

第十四章 /085

　　初二一早返沪，中午到婆家，晚上回娘家，行程满满当当。一路上，劲草开车，茉莉带因因，两个人没再交流过rebecca的事。

第十五章 /092

　　地点是对方提的，素凯泰。茉莉讽刺说小三的品味，都很高雅的。又说，意图很明显嘛，先奔现，合适的话，直接开房，都不用转战其他地方，不过这个房费，我估计她是不会付的哦。

第十六章 /098

　　这个把月茉莉和劲草的生活还算平静。匿名短信没再发来。但rebecca的事，茉莉还挂在心上。周末，劲草不回来，茉莉带因因去奶奶家吃饭。善亚不在，说是下楼晒太阳去了。她的骨头恢复得不错。

第十七章 /105

　　榴榴最近迷娄烨。他导的片子，全部刷一遍。一见面，还一直向茉莉安利。

第十八章 /112

　　大力走得很突然，心脏病，一觉就过去了。善亚发现的时候，人都凉了。葬礼当天，张善亚哭得昏天暗地，茉莉的理解是，婆婆是真悲痛。

第十九章 /119

　　茉莉带因因去果果家看棒棒。
　　搬回来之后，她去高夏菁那儿串门更方便了。孩子们玩猫，大人们欣赏音乐，高夏菁不知从哪儿弄了套音响，说挺高级的。

第二十章 /126

　　牵牛带女博士到善亚这儿吃饭，劲草要求茉莉必须到。这叫顾大局。关起门来怎么闹都行，对外，他希望小家庭看上去还是铁板一块。

第二十一章 /133

　　善亚一走，家里跟少了门神似的。妖魔鬼怪又出现了。朱劲草手机再次接到匿名短信，这次内容更疯狂：茉茉，你就那么狠心？不顾你儿子了吗？

第二十二章 /139

　　一场在茉莉看来是史上最严峻的危机，就这么被朱劲草四两拨千斤地化解了。天大地大，没有男人的心大。

第二十三章 /145

　　因为海涛的事，茉莉总觉得欠高夏菁一个正式安慰。趁着接孩子，茉莉请夏菁吃饭，饭后，两个大人两个孩子一起去夏菁那儿看棒棒。

第二十四章 /150

　　夏天一过，党文萱和黄牵牛婚讯频传。
　　但每回都是雷声大，雨点小。喜事不成席。主要原因就是房子。男女双方还在僵持。

第二十五章 /156

　　迎亲的车队快到了，文萱突然拉住茉莉，神色凝重："这婚……我不能结……"茉莉没听清楚。文萱又说了一遍。

第二十六章 /162

　　善亚要安慰美亚几天。茉莉独自回了上海。
　　文萱更早一步走了。茉莉问过她，你回忆回忆，觉得牵牛像吗。没提那两个字，说得很隐晦。

第二十七章 /168

　　叶作汉转身，继续说："是牵牛这小子提出来的。"
　　稍作停顿。
　　茉莉很配合地微微点头，鼓励他继续说下去。

第二十八章 /175

　　婚礼一定要有，哪怕很小。
　　从地址到流程，再到邀请嘉宾，沈榴榴全程把控，尽管她的肚子已经显了，免不了步履沉重。茉莉替榴榴不值："他什么都不管？给钱了吗？"

第二十九章 /181

　　茉莉原本以为发匿名短信会非常麻烦，她去淘宝搜了一圈，没找到合适商家。她又去搜索了一个"悄悄话"平台，扫描二维码，输入对方手机号，支付一块钱，就能发送一条。

第三十章 /189

　　茉莉回娘家，跟老妈说匿名短信的事结束了。玉兰激动，问抓到了吗，是谁。茉莉撒了个谎，说是一个卖保险的同学干的，没买她的保险，她恼羞成怒，下此毒手。

第三十一章 /196

　　高夏菁的陈述：
　　"是我打电话让他来的，我们家水管坏了，物业派不出人来。他以前说过他会修水管。所以我想到了他……"

第三十二章 /203
　　朱劲草把检查报告推到茉莉跟前。顾茉莉瞅了瞅，眼前一黑，这他妈都哪儿跟哪儿呀?!

第三十三章 /209
　　美亚还没走，善亚就出事了。榴榴要生孩子，真亚从黄山过来。三姊妹竟在上海聚齐了。病房里，张真亚牵着榴榴的手，一个劲儿说孩子辛苦。

第三十四章 /215
　　刘阳要回国，沈榴榴如临大敌。茉莉觉得榴榴的姿态简直像在防男小三。可是这一切，她在有孩子之前不就都了解嘛。

第三十五章 /221
　　这一住下，顾茉莉就真不走了。
　　有任务在身，必须忍辱负重。她过去跟劲草好，是无意识的，现在的好，却是有意识的，无论如何，反正她就要制造出一个天下太平和谐美满。

第三十六章 /227
　　洗完澡，玉兰帮茉莉吹头发。因因睡着了。
　　吹好弄好，吴玉兰收好吹风机，又把行李归置了一遍。茉莉让她先休息，明天再弄。

第三十七章 /233
　　吴玉兰站起来，随手拿起茶几下的剪刀。
　　茉莉吓得后退半步。干吗，要杀人?!

第三十八章 /239
　　去娘家接因因，茉莉尽量不看玉兰的脸。顾得茂难得在家。茉莉对老爸倒是有好脸子。
　　"都利索啦?"老顾问。

第三十九章 /246

　　善亚走了之后，茉莉猛然发现自己跟劲草的关系似乎有点变化。这种变化是细小的、微弱的，但却是深刻的。

第四十章 /252

　　劲草出去住了一个礼拜。茉莉还是心疼丈夫，主动打电话给他了，当然，不是向他讨饶，求他回家，而是要求他回来履行做爸爸的义务。

第四十一章 /259

　　又一轮谈判。
　　谈判结果：黄牵牛和党文萱暂时维持婚姻关系。张美亚稳定住大局，暂时回老家了。

第四十二章 /265

　　入冬之前，顾茉莉健身更勤了。劲草倒没太怀疑，他现在的原则是，茉莉不烦他就好。

第四十三章 /271

　　消息是从波波姐那得的。茉莉没问爸妈，也没跟劲草透露，不过，她认为波波姐也是挑着说的，应该有所隐瞒。

第四十四章 /277

　　茉莉到家，顾得茂不在，吴玉兰坐在客厅大桌子旁包过桥馄饨。茉莉深呼吸，一路上她想清楚了，她绝对不会一到家就发脾气。

第四十五章 /283

　　上高速了。
　　茉莉坐副驾驶，劲草开车，女儿因因在后座睡着了。此时此刻，茉莉紧张了许久的身心才终于放松了些。

第四十六章 /290

因因不上国学班了。找个时间,茉莉想跟吴玉兰好好聊聊。茉莉甚至觉得,这是病,得治。

第四十七章 /296

茉莉猛然停住脚,转身:"你是什么身份?你有什么目的?"夏宇快速说没有什么目的,不是希望你买课,因因不续课没问题的,我关心的是我们的关系。

第一章

敌人肯定有的。

而且还很狡猾。搞不好还不止一个,是团队作业。最要命的是,看样子,敌人不是冲钱,是冲她的幸福来的。她太幸福了,有人看着难受,所以要破坏、要摧毁。

羡慕嫉妒恨呀!世道坏塌掉!

不过,这里是上海,**魔都**,开埠一百多年风起云涌,什么人没有,什么事没有。不新鲜。天大的事,理应见怪不怪。可顾茉莉总感觉像一颗鸟屎突然落在鼻尖上,恶心巴拉!活见鬼!

此时此刻,茉莉对着电脑,无心办公,手腕一碰,咖啡溅到白色桌面,几个乌涂涂的小点。鸟屎样。她连忙抽纸巾揩拭。同事米娜走过来,递上一份文件,顺带扫了她电脑屏幕一眼。茉莉连忙关闭窗口。米娜一笑。什么都没说,走了。茉莉在搜跟踪、侦探之类的关键词。糟糕,米娜是大嘴巴,茉莉的"故事"肯定要四处流传了。

近来,茉莉老觉得有人针对她。敌在暗,她在明,十分危险。她恨不得去报案。可是,报案的点在哪里呢?她连嫌疑人的影儿都没瞧见,物证就更别提了。但她就是觉得不安全。没准,过不了多久,她顾茉莉"人生赢家"的人设要倒掉的。

婚姻。都怪婚姻。一切不都是结了婚之后才开始不一样的吗?头三十年做姑娘,茉莉觉得自己是集万千宠爱于一身。上辈子肯定行了善、积了德,才那么会投胎,成为她爸妈的女儿。

茉莉爸爸，顾得茂，长三角某发达城市的区财政局二把手。茉莉妈，吴玉兰，重点中学教导主任。因计划生育，茉莉是独女，家里的全部资源，理所当然向她集中。茉莉还算争气，成绩中等偏上，长相中等偏上，但由于环境优渥，慢慢培养出了一种"贵气"，最终是"形象气质佳"了。

当然茉莉脾气也大，甚至骄纵，惯的，可她有资本，活了几十年，她的人生就是一艘顺风船。本科在老家读，硕士考到上海，毕业后进报社当记者、编辑，这几年报社不行了，她在老爸的照拂下，考进了能源行业大国企。玩够了，乐够了，该收心了。年近三十，相亲次数不少了，周围亲戚朋友热心，茉莉偶尔配合，说真心话，她爸妈倒没催过几次，茉莉的理解是，爸妈含蓄。

其实茉莉本科时谈过两个男朋友，上班以后，也交往过一个。读书时那两个，一个出国了，一个劈腿了；上班以后这位，茉莉自己觉得马马虎虎，茉莉爸妈没看上。河南的，又学武术，身板好，长得也还算帅气，可用茉莉妈的话说，万一家暴，还不被打死？茉莉知道老妈的心结，她是嫌人家家庭出身不好，乡村来的，茉莉呢，也实在下不了决心去村里当儿媳妇。最终分了。

然后茉莉就进入了漫长的空窗期。

没关系，条件好，慢慢挑。光相亲次数不下上百！均告失败，原因，简单点说就是：她谁也没看上。顾得茂都放话了："我的女儿！我养一辈子！"

但近几年，当伴娘次数多了，茉莉究竟有点坐不住。时间不等人。她需要丈夫，需要家庭，需要孩子，周围女友们都渐次走入婚姻，拥抱幸福了，她也必须幸福。急啊！所幸，于迷迷茫茫千头万绪之际，在闺密沈榴榴的饭局上，认识了劲草。

是他追她的。这是前提。

她必须矜持。这是家教。

比茉莉大一岁，劲草为人内敛，文质彬彬。理工硕士，毕业后进入某视频网站工作，干了几年已然是技术副总监。关键是，劲草卖相不错。这个潜在要求，茉莉嘴上从来不愿意承认，但在内心深处，这可是道绝不更改的红杠杠：她未来的老公，卖相！卖相！卖相！

看着不顺眼可不行——劲草的剑眉星目大长腿一不小心打中了茉莉的心尖尖。并且，劲草能忍，土象星座，一副包容万物的样子，这在茉莉看来，既是优点，也是缺点。好处是，能容忍她的坏脾气，坏处是，人家看着好欺负，可实际上，城府深着呢。别看茉莉平时咋咋呼呼，但真要干起来，她觉得自己不是劲草的对手。

劲草特别能藏事，好多东西，他能搁心里一放好久，死不说。同时让你以为他不知道。埋伏打得特别好。然后，不晓得某天突然爆发，吓人一跳。你这才恍然大悟，呵呵，人家不是不知道，是懒得戳破你，看你表演呢。可惜，这缺点是结婚后才发现的，想退货？晚了。

婚前暴露的短板，他的家庭算一个。他本人是优秀，可家庭却谈不上"上流"。"中流"都费劲。劲草爸妈都在企业，爸爸是国企职工，妈妈是民企职员，在老家算不错的了，但跟茉莉家比，还是差着层级。要知道，劲草家在安徽呀！属于欠发达地带。茉莉爸妈有点不乐意。茉莉妈嘴上老挂着一句话，"不要被爱情冲昏了头脑！"当然，架不住茉莉一意孤行，爸妈不同意，她就闹自杀。老妈恨得牙痒："茉茉，你为一个男人，这样威胁爸爸妈妈，有必要吗？值得吗?！"没办法。幸福是主观的。她说值得就值得。她要的就是冲昏头脑，一鼓作气，潇潇洒洒。

这婚，最终还是结了。

闺女出嫁前夜，茉莉妈哭得稀里哗啦的："茉茉……这个家永远是你的家……永远欢迎你回来……"茉莉一激动，和妈妈抱头痛哭。爸爸在旁边也哭了。是啊！伤感……就要离开生活了三十年的舒舒服服的家了，离开爸妈，像一朵蒲公英那样，飘啊飘，去落地，去扎根，去发芽，去生长，长成一个自己的家。不确定因素太多，比女娲补天难度还大。

茉莉抬起脸，泪眼婆娑，环顾闺房，像是最后的道别。茉莉妈对丈夫下令："茉茉这间，永远不许动！跟张姐讲，维持原貌！"张姐是他们家的保姆。跟茉莉也亲。顾得茂说："让茉茉再跟我们拉一次手风琴。"拉手风琴是茉莉的特长，五岁开始学，童子功。在她的琴声中，老爸顾得茂偶尔会唱苏联歌曲。

好在从结婚到生孩子再到养孩子，茉莉倒没什么特别不顺心的。女儿出生，婆家虽不太积极，但面儿上还过得去，孩子小，娘婆两家轮流照顾，现在女儿上幼儿园，人松快些，茉莉终于体会到点"小日子"的滋味。

娘婆两家在他们结婚前，总爱提一句话，"老人都有退休工资，不用操心，你们过好自己的小日子就行"。好嘛，小日子来了。关起门来，一对夫妻一个孩子，安泰。

可是最近，茉莉觉着自己跟劲草之间有点异样。那感觉，像是蛋壳上裂了条细缝，也像碗边边磕出个米牙子——小日子漏了点儿缝，风钻进来，凉飕飕的。别人不知道，茉莉门儿清。

她不舒服。

起因是她偷偷去见了个老同学，没跟劲草说。结果轮到劲草同学聚会，向茉莉报备，茉莉顺嘴讥讽，酸酸地说："去见你前女友是吧？"

劲草下意识回击："你不也偷偷见前男友呢吗？"

茉莉脑袋瞬间轰的一下。什么情况，他怎么知道的？都一个月前的事了。她自认为行事诡秘，神不知鬼不觉。茉莉习惯性嚷嚷，劲草立马逃回书房去了。

茉莉追过去，拉住劲草："不行，你得给我平反。"她从姥爷那儿学的一套话语系统，很有点革命色彩。她现在经常用。

"没冤屈，平什么反。"劲草眼里能飞刀子。

茉莉着急："就是个老同学呀！"

等于不打自招了。

劲草哂笑："真没事，我不拦着。"

茉莉大吼："说了不是前男友！"

她不接受屎盆子。

劲草往外逃，他又要下楼避风头，每次吵架都这样，玩消失，但今天人家嘴上却不示弱："是不是你自己心里清楚！"音量大得能掀翻房顶。

茉莉意识到，这一回，劲草是真生气了。

冷静下来，茉莉用文献综述的办法，仔细分析了这次小事故。第一，她要自省。顾茉莉难得自省一次，这回去见陈海涛，就不应该瞒着劲草。可是，当接到海涛电话的刹那，茉莉的心还是抖了一下。他当然不是她的前男友，他是高中时期，全年级女生的梦中情人，学业优异，本科南大，硕士纽大，回来之后去北京工作，最近转战上海，想见见老同学。据他自己说，第一个就想到了顾茉莉。

曾经可望而不可即的人突然约饭，尽管明明清白得像碗阳春面，可茉莉心里老感觉有鬼似的。她本能地没告诉劲草。其实告诉了又怎样呢，她自问是可以带着劲草一起去的呀。欲盖弥彰，没有必要。总而言之，吸取教训，以后这种事，都要摆到桌面上。第二，茉莉心里有点美滋滋的，劲草闹腾，说明在吃醋，说明他在乎她，爱她，虽然方式方法不大正确。第三，也是整个事件中，最严重最核心的问题：劲草是怎么知道的？

是不小心碰到，还是有谁打了小报告，或者是圈子太小，劲草认识海涛？

为这点小事，茉莉上班都没心思。她也想到直接问劲草"你怎么知道的？"可理性告诉她，不能轻举妄动。劲草嘴那么紧，她直接问，没准他随便撒个谎打发了，核心命题还是得不到论证。

更糟糕的是，茉莉觉得遇到这种事，连个商量的人都没有，女儿可靠，但说话还不利索呢，老妈呢，说了只会引发担忧，跟公婆说更不靠谱，思来想去，茉莉还是觉得沈榴榴最安全。榴榴是介绍人——红娘，她知道她跟劲草的一切。

榴榴读的是教育学硕士，毕业后在一家线上教育软件开发公司上班，专业虽然离得十万八千里，但却跟劲草勉强算同行。因此，才有了这层联系。而且，榴榴最近很有空，公司总部搬青岛去了，她作为留守人员，班都不用坐，她整天就在家里沙发窝着，长肉。榴榴命好，摇到了经适房，一室一厅，一个人住足够。当然，房子还带来个副作用，有了窝，她找对象更不着急了。年过三十，对象还没着落。不过正因为此，茉莉才更愿意跟榴榴来往——有优越感。好在榴榴心宽，不在意这些，闺密俩便一年一年处下来了。

沙发一人把一边，脚跷在茶几上，一人怀里一碗水果沙拉，茉莉到榴榴这儿，总是恣意。

"孩子呢？"榴榴问。

"他管。"

"你说你怎么就那么好命呢。"

"最近看什么电影？"茉莉换话题。榴榴列举了几个。茉莉说自己的，"有个美国片子看过没呀？"

榴榴问讲什么的。

茉莉说叫《致命诱惑》，是讲一个美国中年女人，有老公的，但婚姻生活特别沉闷，她就出去找了个年轻男人，结果，这两人都被原配报复了。

"说明什么？"

"没什么呀，"茉莉敷衍道，"就说有这么个片子。"

"跟我有什么关系，我又没结婚，想找谁找谁。"

"不抬杠好不啦?"

"干吗……难道……"榴榴突然反应过来,伸出一根手指,"你有想法?不是吧,还不知足。"

"鬼扯什么呀!"茉莉佯怒。

榴榴煞有介事,笑:"不说我也知道,陈海涛回来了,你想见他。"

同学群里没秘密。

"已经见了。"

榴榴惊得一口提子差点没噎住喉管:"你们不会……"

"什么也没发生。"

"未遂了。"

"就没那想法!"茉莉不屑,"海涛头都秃了。"

"男人,这个年纪,秃点正常。"榴榴盘腿坐,"那至少也说明,他对你有点……意思。"

"一丝一毫一丢丢都没有,人都结过婚了。"

"那怎么没找我?"

"你肉先减减。"

榴榴反掐茉莉胳膊上的肉:"什么都没有,你用美国电影暗示什么?"

茉莉为难了。临了,她又不确定榴榴是否可靠,不过适才偷偷观察榴榴的"微表情",一副无知无畏的样子,不像是奸细。茉莉把水果咽下去,说:"去见海涛,我忘了跟劲草说。"

榴榴灵光一现,两脚放下,插进拖鞋里:"是忘了还是故意?"

"真忘了。"

榴榴撇嘴,不信:"劲草知道啦?"

茉莉颔首不言。认了。

"知道就知道呗,青天白日的,谁没几个朋友。"榴榴继续捏牙签扎水果。

茉莉着急，伸手指戳榴榴脑袋："你到底是假聪明还是真傻，这根本不是问题的关键。"

"那什么是关键？"

"他是怎么知道的？"

榴榴若有所思，半晌，惊叫："你意思是……他……监视你？……哎哟我的妈呀！"茉莉神色凝重。榴榴把她心底的担忧说出来了。

第二章

排除法。

茉莉先自查。

劲草是搞大数据的,保不齐用数据的方法跟踪她。月子期间,家里请保姆,摄像头是他装的,那么,有没有可能他在她身上也放置了什么设备呢?

皮包整个翻开,每条缝隙都查仔细。

没有。

手机格式化,避免有定位什么的。

没有。

再查书房。翻箱倒柜,看看有没有任何跟窃听、跟追踪有关的东西。

茉莉真佩服自己,调查起来,比私家侦探还带劲。可惜,翻了一圈,什么也没有。

劲草回来,女儿在哭,他抱起女儿站在茉莉面前:"你耳朵聋了?"

茉莉坐在书房:"刚哭。"

冷战继续。劲草转身要走。

"等会儿。"她说。

劲草回头。

"放下。"

劲草一放下,囡囡就哭。茉莉没办法,只好亲自动手,把女儿哄好了，又喂了奶，把她哄着了，才又找到劲草。

"我们谈谈。"茉莉先发制人。

"不用。"

茉莉着急："不行，我有话要说。"

劲草坐在飘窗上，一条腿撑着地："说吧。"

茉莉准备好了："从结婚到现在，我一直认为，我们之间是相互信任的，对吧？"

"当然，我很信任你。"

"我们之间不应该有秘密，也没必要有秘密。"

"理想情况是这样。"

"所以，"茉莉说得很慢，她仔细措辞，"首先，我要向你道歉。"

劲草一愣，还是嘴硬："你又没错。"

"见陈海涛没告诉你，"顾茉莉直呼全名，这种情况下，说"海涛"是危险的，显得太过亲密，"是我的错，我真诚地向你道歉，"顿一下，"但是，"茉莉话锋一转，微笑还挂在脸上，"这确实是个突发事件，我没往脑子里过，不是故意瞒你。"

劲草低头看地面，鼻孔喷气，像飞机屁股似的，随时能冲上天。

茉莉又说："但你也必须对我诚实呀。"

劲草哼哼："我全透明。"

茉莉发问："那你怎么知道这事的呢？"

"不小心碰到了。"

"在哪里看到的？"

"商场。"

"我们是在学校见的面，"茉莉直接戳穿他，"是谁告诉你的？"

"没谁。"

茉莉不再装白兔，进而厉声："你到底在替谁隐瞒？你怎么就意识不到问题的严重性？这件事情的核心，根本就不是我去见了谁，而是谁在你这儿嚼舌根子，这是要拆散我们你明白吗?！什么居心?！什么目的?！何其歹毒！很恐怖的！"

劲草稳住大局："你想多了，根本没这人。"

茉莉恨得眼睛冒火。他还死不承认！

"朱劲草，撒谎起码要能自圆其说晓得哦？"

劲草憋了一会儿，才说："表弟看到了。"

好了，招了。

表弟，哪个表弟？茉莉在脑子里过了一下。劲草在上海有个表哥，还有个表弟。都是姨家的。"黄牵牛？"她问。劲草不吭气，算默认。

这不有病吗?！什么亲戚?！是男人吗？东说西说的做什么?！十个八个蹄髈有你的份？

"把他电话给我。"茉莉怒气正炽。做了这么多年大小姐，哪能受这气。这不无聊嘛。黄牵牛她一直就看不惯！就那他还照牌实理地在大学当辅导员?！能教出什么好孩子?！自己道德品质首先就有问题！

"能翻篇吗这事？"劲草压着火，他想息事宁人。

"我跟你说我跟你们家人就是八字不合！"茉莉怒撑。囡囡在小屋又哭了，连她都觉得，父母的争吵，很是恐怖、无聊。

哄好女儿。屋子里安静了。既然水落石出了，小两口理应和好。其实说白了，也不是什么大事。当晚，劲草就从次卧搬回主卧，又在茉莉身边安营扎寨了。不过茉莉要摆摆姿态的，她是受害者，她不能立刻原谅他。要有过渡，要有台阶。

周末，茉莉开车，长途跋涉，带女儿囡囡回娘家。没叫劲草。她妈吴玉兰敏感，见女儿带着囡囡回来，没有男主人的身影，立刻问："吵架啦？"茉莉当即否认。

玉兰就是这样，过度关心，一点小事都能放大，把事情复杂化。结婚之后，茉莉对妈妈，是选择性汇报，小家里的事，也的确不适合让她全知道。茉莉长大了，该独立了，不再是过去每个月例假都要向妈妈汇报的小女孩。老妈猜疑，茉莉就打消她的猜疑："他加班。"可茉莉妈明显不信，还在自说自话劝道："小两口，床头打架床尾和，姿态低一点，都能过去。"

茉莉只好用发火终止话题："真没事！"

场面尴尬。如此不耐烦，哪里像没事呢？可女儿急眼，老妈也不好继续往下说。玉兰只好换话题："茉茉，那个房子，到期以后不要往外租了，房贷我们帮你还。"

提到房子，又是一场气。结婚前，茉莉家意见，男女方合资买房，一人出一半，写两个人的名字。可朱家坚决不允许。劲草爸妈的意思是，存了大半辈子钱，就为了给儿子买房子结婚，体体面面地，还请亲家谅解、成全。茉莉爸妈愤愤，说这是存心不想让两家融合。还有话吴玉兰憋在心里，只对顾得茂说了："人家这是为离婚做打算呢，给自己留后路。"茉莉爸一怒之下，给茉莉也首付了一套，租出去，以房养贷。如今玉兰提不租，茉莉问她有什么打算。

吴玉兰道："你爸要退居二线了，退休之前，我打算带他去上海，住下来，好好查查他那个腰椎。"

茉莉担忧，忙问情况。她愧疚，成家之后，对父母关心得少。玉兰却说只是老毛病，但打算好好查查，看看用什么治疗方案最好。说着，玉兰又用手比比女儿的腰，笑道："该注意啦。"

产后，顾茉莉一直没瘦下来。按说她不是易胖体质，但一来年纪大了，二来她也实在没毅力锻炼。可老妈这么一提醒，茉莉对着镜子，越看自己越不舒服，回到上海，立刻就近报了个瑜伽班。每周两次，课都在晚上。第三次课，茉莉无意中从镜子里发现，教室那头，有个女人正拿着手机对着她这边拍。刚开始她没在意，可那女人似乎不知收敛，长时间举着摄像头。而且，茉莉可以确认，就是在拍她。因为好几次，这个方向，只有她一个人在做动作。其他学员在别处散步。老师在中间。终于，茉莉决定出击了。练完一套，她快速走到教室那头，那女人来不及躲。

顾茉莉脱口而出："拍好了吗？"

那女人立刻讪笑着："囡囡妈妈，我是果果妈妈。"

哦？女儿同学的家长？她怎么不认识。"我是看您练得特别好，想录一段，回家跟着学。"茉莉反击："真荣幸，我能比教练水平还高。"果果妈妈又说："果果跟囡囡关系很好的。"茉莉没深究，放人了。

练完到家，茉莉就问劲草，认识一个叫果果妈妈的吗？她盯着劲草看，他脸上的每一条肌肉的微微颤动，她都要看清楚。那都代表某一种情绪。也许他撒了谎。相亲认识的，火速结婚，说实话，她对劲草了解不透彻。

"认识。"劲草答得很快，几乎是不假思索，毫无破绽。

"然后呢？"茉莉煞有介事地问。

"什么然后？"

"怎么认识的？"

朱劲草回头，诧异地望着妻子："你去接过几次孩子？"

茉莉噎得差点咳嗽。她接孩子的次数是少。

"果果还帮囡囡占过位子呢，天天在校门口接孩子，认识几个家长，不过分吧？"劲草又说，"我还可以告诉你一个信息，果果妈妈离婚了，一个人带着孩子，你是不是又该浮想联翩了？我请你对自己有点自信。"朱劲草在外面给人印象从来都是"沉默是金"，在茉莉爸妈面前也是，但跟茉莉单独相对时，人家伶牙俐齿着呢。

茉莉不示弱："她偷拍我。"

"为什么？"劲草问。

"我哪知道。"

"会不会你看错了?"

"抓了个现行。"

"然后呢?"

"她说要学我的瑜伽姿势,"茉莉一口气,"问题是,我才练多久?能比老师练得还好?"

"你有基础,而且你身材好。"劲草嬉皮笑脸。

"严肃点,"茉莉道,"你老婆要被人害了,你也这样?玩世不恭,作壁上观。"

劲草走过去抱住茉莉:"你什么都好,就是疑心病太重,人能把你怎么着?也许是看你好看,想拍两张,你不也在大街上偷拍过那霍什么华吗?"

"那是明星。"

"要么就怪我。"劲草突然往自己身上揽。

"什么意思?"

"怪我在外面老夸你。"

"真谢谢了。"茉莉挣扎,但很快又安于劲草温暖的臂弯。

"那人家就好奇了呀,"劲草讲他的歪理,"整天被夸得跟一朵花似的,这女的到底什么样呢?碰到了,刚好拍一个,留作证据。"

这个理由茉莉接受。论姿色,论气质,论谈吐,论一切……她都比那个果果妈高太多了。只是,她必须提高警惕,离婚女人,一个人带着儿子,很会装可怜,一看就是想黏男人的主儿,不得不防。何况又是这个年纪,如狼似虎。

茉莉警告丈夫:"我可告诉你,你要是敢背着我去弄一些乱七八糟的事情,我立马我拿刀……我拿刀我就……"话有点粗,也有点狠。茉莉没说下去,具体内容,让劲草自己去完型、去领会。反正就是吃不了兜着走就是了。

劲草啧啧:"瞧你,你不应该叫茉莉,应该叫仙人掌。"

带刺。

茉莉冷笑,哼哼,亏得有这一身刺,不然,还不被你们玩得团团转。她走到窗口,抱起手风琴,劲草出去了。茉莉兀自拉了起来。琴声悠扬,飘得满屋子都是。

第三章

顾茉莉认为公婆有个习惯特别不好。简直就是农村陋习——不打招呼直接就上门了。为什么不提前知会一下？电话干吗使的？可人家二老有理由，说是来上海看一个病重的朋友，上午探病，中午来儿子媳妇家看看，下午就走。

公公朱大力一进门，脱了鞋，熏得茉莉直接躲屋里去。劲草还算识趣，他也有鼻子，也能闻到，先安排他爸洗澡，又叮嘱用上海药皂好好洗洗脚。婆婆张善亚在屋里跟囡囡玩，她是奶奶，来了没空手，买了一个不知道几块钱的小玩具，就算大福利了。

劲草进书房。茉莉拿着块抹布，假装东擦擦西抹抹。

劲草道："住一晚上再走。"

"住，"茉莉不高兴，但面上顾着，"跟我说干吗？好像我不同意似的。"

"爸膝盖不好。"

"回头找个专家仔细瞧瞧。"茉莉接话很快。

"他得住主卧。"

哦，原来是这个意思。"住好了哇。"茉莉还是一派轻松。哼，矫情，一家人都矫情。不过这一次，公婆还算守诺，住了一个晚上，第二天果然走了。可是，仅仅是这一个晚上，加第二天白天，茉莉还是觉得自己的家被改变了。

气质变了。

大力的脚臭味还没散，隐隐约约弥漫在空气里，她怎么开窗都不行，那么只好打开空气净化器，开到最大，抽风，反复过滤，跟吸甲醛似的。善亚呢，一上午工夫，把家里收拾得窗明几净，连家里衣服都给洗了。茉莉下班回来，一开门，还以为进了别人家。大力还摸了她的手风琴。这令茉莉十分愤怒："除了我妈，谁也不能摸我的琴！"劲草只好解释，说他爸也学过一点，你们可以切磋艺术。茉莉果断表示没兴趣。

大力有个馈赠，为了给儿子和孙女补身体，他去农贸市场买了几条活鲫鱼。临走叮嘱劲草，杀两条，留两条。先养着，等他下次来再杀。他老人家弄了个脸盆，放在阳台上，囡囡倒是高兴，围着鱼玩儿，弄了一地水。当然，公婆这次来，不是没交代任务。善亚不好意思当面说，打电话拜托茉莉。劲草表弟，善亚的小外甥黄牵牛，至今没对象。

"留意着点，有合适的，安排安排。"善亚口气巴结。

茉莉糟心，被黄牵牛告黑状，还要给他介绍对象。糟心！可既然张善亚这么三央五求，她也不得不做做样子。

手头只有一个可靠对象，沈榴榴。两个人差着岁数，不止三岁。茉莉跟榴榴提，榴榴反对，说不找弟弟。茉莉道："你就当为我，上次劲草找我碴儿那事记得不，就我见海涛那次。"榴榴说记得。茉莉道："就是他告的状。"榴榴着急："都什么人品？！更不能跟他相了。"茉莉提醒，"主要目的不是相亲，是刺探情报。"榴榴被茉莉缠得没办法，答应去见黄牵牛一面。

很快，榴榴就带着情报回来了。口气很坚决："不是表弟举报的。"

"他说的？"茉莉问。

"说了，"榴榴说，"还发了毒誓。"

"有屁用。"

"反正肯定不是他。"

"原话怎么说的？"茉莉问。

"他说，这段时间，他表哥，也就是你们家劲草，都没找过他，而且他有证明。"榴榴划开手机，调出几张照片。是高铁票，两张，往返的。乘车人是黄牵牛。"看看这时间，你跟海涛见面的那天，人家根本不在上海。"茉莉不放心自己的记忆力，她调通话记录，一番查证，明晰了。她见海涛，是三月十五号，这天黄牵牛在昆山。茉莉揣度："有没有可能是，他十三号去昆山，中途又回来了，十五号在上海，然后又去昆山，十八号再次返回。"榴榴想了想说："理论上有这种可能，但他说他在昆山有会，你可以去查查会议记录，如果他会务很紧，那就没时间回上海。"

是的，可能性微乎其微了。谁会忙成那样。牵牛没必要故意跟踪。她见海涛，是突发事件。劲草说是表弟，茉莉当时就错愕。过往接触，她感觉牵牛情商不低，怎么会做这种没谱的事呢。

那么好了，问题来了。如果牵牛说的是实话，那就证明劲草扯谎了。茉莉第一反应是，再去找劲草对质。可理智又把她拉了回来。他既然有心撒谎，她再去问，有意义吗？他一定不肯说出真相。

顾茉莉脸憋红了，牛喘。

榴榴劝她："难得糊涂！"

茉莉不打算糊涂。只是，接下来怎么办，她一时也没对策。

榴榴劝茉莉："千万别想不开。"

"不会，"茉莉摆手，"我还没活够呢。"

"我是说……别离婚。"

"想哪儿去了！"茉莉不认为事情到了那一步。只不过，沈榴榴把消息一带回来，茉莉的心态立马变了。她突然精神了。刚开始，她恨劲草，觉得他怎么能不信任她。现在，除了怨恨，她还觉得这事有点意思，生活看似平静，水面以下，潜流和漩涡偏偏不断涌动。要斗就斗吧，其乐无穷，都是两只眼睛一张嘴巴，他智商也不能比她高多少。她顾茉莉也游戏人生一把。

躺在床上，茉莉把整个事情复盘，她发现自己似乎忽略了一点。为什么不可能是劲草自己发现的呢？那天他带女儿，同样可以外出，只是刚好在学校遇到的可能性比较小罢了。但如果是刻意跟踪的呢？那天的跟踪路线比较复杂，她不确定劲草能否独自完成。当然，如果是别人向他举报，他又不肯招认，那这个人肯定对他十分重要。

茉莉首先想到了婆婆张善亚。这个怀疑只在脑中一闪就打消了。那天公婆根本不在上海。亲自看见可能性不大。又或者是有熟人看到了，直接告诉了劲草，或者告诉了别的什么人，然后再传到了劲草耳朵里，为了保护线人，朱劲草把锅给牵牛背了。这档子破事，说简单简单，说复杂也复杂。茉莉只能劝自己放宽心，静观其变。

打春后，天慢慢变暖，万物复苏，上海的花开得五颜六色的，有生气。多少年了，朱家有个保留节目，一到春天必郊游。过去是在老家附近转悠，劲草到上海后，范围扩大，江苏快走遍了。今年，劲草的意思是，带爸妈去杭州逛逛，在西湖后山找个小院，煮茶赏景，清静几天。茉莉一听，有点兴趣。

行程刚定下来，公婆又改主意了，说清明人太多雨又多，到哪儿都不方便，他们来上海看看囡囡就成。不用说，又住家里。茉莉如临大敌，她讨厌公婆到她家那种"不见外"，而且公公晚上不睡觉，看电视看到十一二点，影响孩子，影响全家。他来的那一次，把茉莉整到神经衰弱，走了一个礼拜才调整过来。

茉莉早早跟劲草报备："我得回老家一趟，我爸妈要搬家。"劲草问怎么回事。茉莉这才把父母要来上海看病，房子准备收回的事说了。劲草没意见，他给丈母娘打了电话，说明了情况。他走不开。吴玉兰这边挂电话，那边就跟茉莉通气："什么时候回来？"

茉莉小声："不回去。"

"去哪儿？"

"到榴榴那儿挤几天。"

"总这样不是事。"茉莉妈知道女儿烦厌公婆，又开始玩战略转移。

"我现在才明白爸的高瞻远瞩，"茉莉抱怨，"当初就不该让他们家独立买房，现在好，进门就跟个大爷似的，鸠占鹊巢。"

茉莉妈笑："到自己儿子家，见什么外。"

"这不还有个儿媳妇呢吗？"

"人都是'双标'，"吴玉兰分析，"自己皮里出的，跟外的，能一样吗？我对劲草再好，能超过对你吗？别要求太高，差不多就行了，记住，那不是你妈。当初让你小心小心，别那么着急把自己献出去，就中了魔了……"

又来了。茉莉嗯嗯啊啊地敷衍。

茉莉妈又叮嘱："别一直不露头，走之前，你得回去，起码给人做顿饭。"玉兰向来顾全大局。

一到榴榴家，茉莉就原形毕露了。两个人好像又回到了学生时代，有点住宿舍的感觉。榴榴替茉莉抱不平："他爸妈也是，儿子都成家立业了，还老往这儿跑。"茉莉咬牙切齿道："人家可是把全部身家拿出来给儿子买的房子，朱劲草该他们的！欠他们的！就得帮他们养老送终！别说一套房子、一间屋子，就是抽筋扒皮，割肉捐肝，也是理所应当，在所不惜！"

恐怖片，血淋淋那种。

榴榴咋舌："劲草就没个态度？"

"什么态度？"茉莉啐，"在我面前一种态度，他爸妈电话一来，就是另一种态度，等真人到跟前，就是第三种态度了。我跟你说，这人城府不是一般的深。所以呀，你多明智，一个人吃饱全家不饿，舒服。"

榴榴撇嘴："现在舒服，以后呢？老了谁管我，我妈倒是守寡了大半辈子，好歹老了还有我，我呢？混一辈子，身边连个人都没有。"

"你妈要来吗?"

"不来。"

"为什么?"

"嫌我丢人,这把年纪还没把自己嫁出去,"榴榴赤脚走,去端水果,"不过我现在的当务之急,是生个孩子。"

"跟谁?"

"不知道。"

"最好独立作业。"

"哦哟,我可没那么先进。"

"结婚有什么意思,弄几个陌生人到家,鸡飞狗跳,有毛病吧?我要不是本着完整人生的考虑,能跟爸妈过一辈子。"

"你是馋人家身子。"

茉莉一口水差点没喷出来:"怎么这么色呢你!我是那么肤浅的人吗?"

"是。"

"你!"茉莉扬手要打。

榴榴躲,笑呵呵地:"还跟劲草闹吗?"

"闹什么呀?"

"那事儿。"

"没。"茉莉说。

"消停了?"

"消停是消停,就是没找到真凶。"

"估计就是个意外。"

"再意外,也得是有人看到,有人汇报。"

"八成熟人。"

"上海那么大,真他妈巧。"

"会不会是海涛?"榴榴做冥思苦想状。

"什么意思?"

"海涛把见你的消息,传给了劲草。"

"那不有病嘛。"

榴榴忽然偷偷摸摸地:"我跟你说我就有个直觉,海涛对你,绝对不是一般的意思。"

"疯了,人有老婆孩子。"

"照你这么说,世上都没婚外恋了。"

"根本没可能性!"茉莉嘴上说,心里也琢磨。呵呵,应该不会。海涛为什么要找她呢?她已然人老珠黄,腰粗得跟桶似的。而且,一个巴掌拍不响,海涛如果对她有意思,她的"雷达"不可能接收不到。那种感觉,那种气息,那种频率,一定有的。

榴榴又说:"反正,瞧着吧,如果只是偶然,那就不会有第二次,但如果是有人存心,肯定还会再出手,你还会有麻烦。"

茉莉顿时起一身鸡皮疙瘩。表情凝固。

"有怀疑对象吗?"榴榴问。

"没有。"茉莉暂时还不想把果果妈"供"出来,她觉得事关面子。有人迷恋她,行;如果劲草被人惦记,伤的是她的面子,那不行。

第四章

　　按原计划，茉莉在公婆离沪前两天返家，狠狠地买了一回菜，要烧要燎，存心表现。劲草妈拦在头里："我都来了，还要你弄啥？"她要包办整个宴席。听劲草说，晚上这顿，大表哥汪凌霄和小表弟黄牵牛也被他老妈叫过来，说聚聚。

　　"怎么不早说？"茉莉冲劲草不高兴。

　　"你这不刚回来嘛。"劲草道。

　　茉莉狠狠择菜。她烦牵牛。

　　劲草明白老婆心思，糊弄："都过去了。"

　　"嘴贱驳壳！"她骂。

　　"若要人不知，除非……"劲草严重用词不当。

　　"我'为'什么了？！"茉莉将错就错，故意来劲，"一个女人最重要的是什么知道吗？名誉！他今天能跟你说，明儿就能跟别人说，话要传到爸妈耳朵里，我成什么了？"

　　"知道你清白，你冤屈，你好人，误会，完全是误会。"劲草及时表态。

　　"人都来了，面对面，你们能装傻，我装不了。"

　　"那你说怎么办？"

　　"让牵牛向我道歉。"

　　"不是吧，"劲草急眼，"爸妈都搁这儿还嫌事不够大？"

　　"不当着爸妈也行，私下解决。"

"大事化小，小事化了得了……不是说要隐恶扬……"他话还没说完，茉莉抢白："谁恶！"

"我恶……我的错……行不行？"劲草认错及时。

茉莉捂着胸口，痛心疾首："我心里头……我难受！"

"好好好……我给你补补。"说着，劲草把茉莉拥在怀里。他也只剩这招了。好了，这下排除了——劲草拦着，不让牵牛道歉，说明线人应该不是黄牵牛。

劲草结婚后，汪凌霄这是第一次上门，伴手礼是台豆浆机。劲草很少提他。茉莉只晓得，大表哥是美国留学回来的，括弧，自费。然后去深圳混了一阵，又到上海，先开始在陆家嘴做，老去印度出差，后来转到培训行业，在英语学校做管理。劲草对大表哥不太看得起："驴屎球子外面光，不会存钱"。茉莉说："也许人家不用存钱呢？"劲草道："吃光花光，老了回老家去？"大表哥是没有房子的。

凌霄来了还算礼貌，挨个招呼了一下，就去跟二姨夫聊世界经济去了。这是他们半辈子的共同话题。过了一会儿，小表弟也来了。送的是两箱牛奶，跟豆浆机比有点寒酸了。可人家自己不觉得难看，跟没事人似的，一来就跟劲草聊开了。这弟兄俩谈得来，躲书房里，带着囡囡，窃窃私语。

茉莉在厨房给善亚搭把手："妈，上次我可是真用心了，供货供得不错，是表弟不愿意。"劲草妈回头看她一眼："你以为我真想多这事？是你三姨着急，说了好几回，咱们只能尽人事，听天命，这么近的亲戚，不帮也不好。"

茉莉问："大表哥不着急呀？"

劲草妈不假思索："他不急，你大姨大姨夫急。"两手一拍："没用呀，凌霄脖子硬着呢，砍头都不怕。"

"大表哥这卖相，应该不缺。"

"分了好几个了，"劲草妈手上忙着拾掇鱼，"卖相是一方面，但男的跟女的还不一样，女的卖相好，什么问题都解决了，男的卖相好，还得有实力才行。"

茉莉嬉笑："有愿意倒贴的。"

劲草妈小声："凌霄不愿意。"

"为什么呀？"茉莉口气像小姑娘，天真无邪那种。呀啊呀的。

劲草妈看着茉莉，停了两秒，又转回头忙自己手里那条鱼："人要脸，树要皮，人家是个硬骨头，坚决不吃软饭。"又说："人哪，宁愿前半生倒霉，也别后半生吃苦，老来受罪，悲剧。"茉莉估摸着婆婆说的是她大姐，也就是劲草大姨，凌霄的妈。

劲草妈顺着说："你大姨头二十年多风光，姊妹三个，她条件最好，那才九几年，乒乓球都要买五百块的，一双鞋子够我一个月工资，谁能想到，三十年河东转河西，那点家底，全被送儿子出国留学耗光了。外国哪儿好？"说着转头："你、劲草、牵牛，这不都国内读的，照样成才，不知道跟资本主义学的啥，西装要穿一万多的，房子还没有呢，在乎那张皮。"鼻孔喷气，她不屑。

直到饭碗摆到桌上，劲草妈这张嘴没停过，一会儿问问这个，一会儿问问那个。她给凌霄夹了块鱼肉："大宝，过年回去吧？"

"到时候看。"汪凌霄面无表情。

"别看，得回，一家三口三个地方，过年还不团聚团聚。"说着，又转脸对三宝黄牵牛，"你也得回。"

牵牛忙道："肯定回，学校放假，不回去干吗？"

大力怕老婆话多得罪人，忙提醒道："吃饭就吃饭，走一步看一步的事情，老是杞人忧天。"

劲草道："妈，您这红烧鸡、**糖醋鲤鱼**简直绝了。"他爸接话，"我养的鱼，全被她杀了。"劲草妈嚷嚷着说买来不就是吃的嘛。一家三口说笑着，别人根本插不上话，茉莉在旁侧听着也不舒服。倒不是话本身让人不舒服，她是厌烦那种氛围、那种气场，只要他们一家三口一聊起来，周围就好像有了层结界，别人根本没法加入。

茉莉看看牵牛，他只顾着吃，凌霄倒是回敬了茉莉一个眼风。茉莉笑笑。凌霄也笑笑。都很轻微，肌肉的牵动估计也就零点几秒，别人根本发现不了那种。

劲草妈又问："茉茉，你爸妈要搬过来呀？"

茉莉解释："不是搬过来，是过来看病，我爸腰椎不好，想好好查查。"不用说，又是劲草学的话。这事只有他知道。

劲草妈对她儿子："你爸腰椎也不好。"

劲草连忙："随时来看呀，赶紧赶紧。"

这大孝子。茉莉不齿。

劲草妈又说："就怕给你们添麻烦。"

这话是对茉莉说的。劲草不等茉莉回应，就抢先道："不麻烦，自己爸妈，有什么麻烦的。"茉莉只好跟着说："来的时候提前跟我们招呼一声就行。"

气氛有点僵。劲草妈又问牵牛相亲不相亲的事。牵牛自如应对。劲草妈说："要求别太高。"牵牛连忙否认，"普通人，就按普通人的标准。"茉莉插话："上次给你介绍那个，比普通人还强点呢，人有一套房。"

牵牛委屈地："嫂子，上次那个，真不赖我，人家说了，我很好，只是对我产生不了那个……"

欲言又止。

"那个什么？"劲草问。

牵牛尴尬："产生不了……爱情。"

劲草妈连忙摆手，跟赶蚊子苍蝇似的："哎哟，怪肉麻的，实际点儿好不啦，什么爱情不爱情的，见鬼了。"

饭吃完，汪凌霄走了。黄牵牛喝了杯茶，又跟囡囡玩了一会儿，也准备撤退。茉莉送表弟到门口。牵牛突然皱着鼻子："嫂子，真不赖我……"又补充："真不是我……"茉莉怔了一下，又拍拍他的肩膀，叮嘱他路上小心。

下午把公婆送上火车，回到家，茉莉洗了个澡，人才算真正松懈。终于能清静会儿。老实说，她对劲草的表现是不满意的，但她并不打算立刻发作，做夫妻这几年，她学也学会了，发作也要找准时机。要引蛇出洞，然后再打七寸。

晚间，把女儿哄睡着。果然碰到个好机会。劲草随口说我们打算在老家再买套房。

茉莉问："你们是谁？"

劲草没想到茉莉这反应，只好解释："我、我爸、我妈。"

"我是谁？"茉莉冷冷地。

劲草凑近了说："哎呀，我的好老婆，你重要，你在我心里是第一位的。"随后，他又死皮赖脸地说："你们文科生就喜欢抠字眼。"

"这不是抠字眼，两个字，把你内心深处灵魂深处的真实想法暴露得不要太明显！"

"怎么还深入灵魂去了？"劲草委屈。

"知道什么叫我们吗？"

劲草干脆沉默以对。

"你、我、囡囡，这叫我们，其他人，包括你爸妈、我爸妈，都叫'他们'，不是'我们'，明白了吗？"

"反正都是自己人。"劲草扯被子。

茉莉狠狠地："以前要知道你是这样的人，我根本不会……"

"你图我什么，你自己又不是不知道。"劲草油嘴滑舌，不让茉莉说下去。

"少恶心人。"

"要不要？你就说要不要。"

茉莉推开他，她对糖衣炮弹免疫："我爸妈要来，是不是你说的?"

"就提了一下。"

"你情商在哪里?"

"不睡觉了是吧?"

"朱劲草，现在咱们是两口子，任何事，你得先跟我商量。"茉莉循循善诱。

劲草终于不耐烦："那你都跟我商量了吗?"

又是一颗炸弹。

茉莉扯开被子："商量什么?"

劲草道："你让榴榴用美人计套牵牛的话，是不是有这事?"

王八蛋！这个黄牵牛，双面间谍！

茉莉发蒙，一时闹不清真相。

劲草继续："不是我不信任你，是你不信任我。"哼哼一声："下次弄个真正的美人，计才能灵！弄个沈榴榴，十个八个蹄髈也没她的份！"

牵牛撒谎?！不对，火车票不会假。那就还是劲草撒谎。一笔糊涂账。茉莉想分辩，劲草却已然抱着被子出去了。也是，人家是弟兄，她又怎么能指望黄牵牛向着她呢。

第五章

一冷战就是几天，茉莉坚决不投降。

家里的事务还得持续运转，比如接女儿这事，就得两个人配合着来，一人一天。这日，茉莉记错了轮次，下了班，直奔幼儿园，却远远看见劲草跟果果妈在铁门外聊得热闹。顾茉莉真想立刻走过去，赏那女人和劲草各一巴掌，但理智让她止步了。

拍照片，录视频，都是实锤，将来闹事的证据。臭狗屎！野花就比家花香是吧。茉莉隐忍了一夜，次日，轮到她去接囡囡。铁门口，果然遇到了果果妈。波浪头，涂着红嘴唇，跟八九十年代的挂历女郎似的。果果妈也看到了茉莉，率先点点头。

茉莉纹丝不动。

果果妈不放弃，走过来笑道："眉毛在哪儿做的？真漂亮。"茉莉冷冷地，不说话，瞪她一眼。果果妈想不到自己的善意却换来如此冷眼，她脾气好，还是微笑着："囡囡妈妈，你是不是对我有意见？"

还好意思问！茉莉转身直面她："有意见，你会听吗？"果果妈抱着胳膊："有道理的话，会的，人都要讲理的。"

茉莉见她那副软硬不吃的样子就恶心。

放学了，囡囡从园区出来，跟果果并排走，还没走出大门，顾茉莉就一把把女儿拽过来，囡囡胳膊被拽疼了，拧巴着脸。果果挥手："囡囡再见！"囡囡要回应，茉莉命令："不许理他！"囡囡哇的一声哭了。

这么凶的妈妈，她没见过。

这一仗，茉莉打得不算漂亮。不过茉莉不认为自己的战斗力比那个女人低，自己只是没有她那么厚颜无耻。茉莉没立即找劲草闹，她必须先稳住，伺机而动。可是，憋在心里难受，又不能跟老妈说，茉莉只好跟榴榴分享这一战果。叙述过程中，顾茉莉不忘美化自己几句，恨不得把自己塑造成美少女战士。

榴榴一听便说："男人不能找太帅的。"又分析，"难道，上次那个举报人，就是这女的？"

茉莉若有所思，理论上有这种可能，但就是没论据支持。如果再往坏了想，也不排除奸夫淫妇沆瀣一气，想找到她的"过错"，然后再提离婚，最坏最坏，是劲草想抢女儿的抚养权。所幸，她手里握着照片呢。但又一想，也不对，有这种照片又能怎么着呢，大庭广众，光天化日……又不是捉奸在床。

或许都是她的臆想。

"打算摊牌吗？"

茉莉无奈："牌面是什么都还不知道呢。"

榴榴道："我总感觉不至于。"

"人都是会变的。"

"劲草人品还是过硬的。"

"你了解他多少？"茉莉反问，"谁屋里屋外一个样，床上床下一个样？"

榴榴没词儿了。人家是两口子，她肯定不能比茉莉了解得更深入。她床上永远一个人。

"那怎么办？"榴榴迷茫地。茉莉只能说过一天算一天。又说好东西只能远观，摆近了看，再好的也变得难看了。都是人，尤其男人，都那个臭德行。

入夏之前，茉莉家的小两居收回来了，她找保洁，狠劲消了几遍毒，又添了几件家具,茉莉爸妈便打西边来,入住上海了。乔迁碰上母亲节,茉莉和劲草要去庆贺,早上出门前,茉莉嘱咐劲草,记得买礼物。

劲草打包票:"想好了,买俩榴梿,就是那金枕头,妈爱吃。"不错,这点他记得牢。吴玉兰是喜欢金枕头。不过下了班,等劲草进门,茉莉却发现金枕头没带来,改成一把五颜六色的雏菊。玉兰喜欢得跟什么似的,一个劲儿说好看,美化了空间。席间,茉莉爸跟劲草喝黄酒。囡囡喝可乐。茉莉开车,不喝酒,喝果汁。吴玉兰一个人品红酒,纤纤玉指捏着高脚杯,很风雅的样子。

劲草举杯敬丈母娘:"妈,这次来就不走了吧?"玉兰笑道:"上海我们住不惯,等你爸病瞧好了,还是回老家。"又说:"不过你们要是有了二宝,我就留下。"囡囡问外婆,二宝是哪个宝宝。茉莉皱眉,小声嗔,"妈,当着孩子说这个……"吴玉兰不管,继续道:"你们年轻,能要一个还是要一个,囡囡也有个伴。"劲草道:"一定努力。"茉莉爸补充:"不要有顾虑,不要怕养不起,爸爸妈妈都是你们的后盾。"茉莉举杯:"爸,多喝酒,多吃菜,少说话。"

吃完饭,茉莉发现婆婆朋友圈发的是康乃馨。回去的路上,她问劲草,怎么你妈是康乃馨,我妈就是雏菊了呢?劲草解释说,金枕头没货,花店人多,就剩雏菊和玫瑰两种,只能选雏菊。

茉莉斥:"这种事,就应该提前安排。"

还是不上心。

劲草道:"回头补偿,妈也没有不开心哇。"

"那是给你面子,"茉莉拆解,"母亲节,收到一把菊花,开心哇?又不是清明节。"

榴榴约茉莉喝下午茶。茉莉要接孩子。榴榴的意思是,可以找个幼儿园附近的店,边等边喝。茉莉揣摩到榴榴的意思,故意问:"附近,多附近?"榴榴道:"最好对着幼儿园大门就好了。"茉莉不含蓄:"你怎么不直接站在幼儿园门口呢，说，什么目的?"榴榴哎呀一声，说真是什么都瞒不过你，我就是想看看绿茶婊长什么样。

这是真话了。

榴榴没结婚，对离婚的世界好奇。坐在咖啡店靠窗的位置，她鼓着腮帮子，朝外面瞧瞧，又对茉莉："我仔细想了想，有一点不理解。"茉莉问哪里。榴榴道："她为什么要拍你?"茉莉呵呵，说搞不好拍回家作法呢，扎小人儿，巴不得我早点离婚，好给她儿子找个后爸。榴榴说真不知道这些离婚的女人哪儿来的自信，我这种没结婚的，还知道矜持。

"女人经验多了，就放开了，"茉莉搅拌咖啡，"最可怕。"说话间，邻桌的邻桌来了个人，他在茉莉这边并排坐下，但两个人却间隔着另外两位顾客。茉莉看到他，连忙扭过脸，装没看见。男人没发现茉莉，放下电脑，打开，一阵噼里啪啦的操作，他应该是来这儿办公，或者等人。

榴榴问："干吗，你姘头?"

这女人什么话都说得出口。

茉莉打了榴榴一下："乱讲，劲草表哥。"榴榴跟品咖啡似的，盯着人家看了一会儿，道："表哥卖相蛮好的哇，已婚还是单身呀?"茉莉说好像是单身，但不排除有姘头。榴榴不管，笑得跟中了奖似的："单身就好办了呀。"茉莉问什么好办。

榴榴不客气，"介绍给我呀！"

"你生吃呀?"

"一回生二回熟呀！干吗？觉得我配不上呀?"

"那倒没有。"茉莉小幅度撒谎。

"你没看到现在帅哥旁边都是丑女呀，"榴榴道，"何况我还没丑到那个地步吧。"话说到这份上，茉莉不好推辞了，将来公婆来，她搞不好还要去榴榴那儿避难，必须相互帮助。茉莉了解榴榴，跟她一样，标准的颜控，所以才单到现在。今天巧了，绿茶婊没等到，金龟倒来了一只，榴榴怎么肯放过。光卖相一条,表哥就比表弟好太多。榴榴故作生气,"茉茉,你整我是不是?"茉莉说真没有,没往这上面想,大表哥脾气很怪的。

"我就喜欢脾气怪的。"榴榴生冷不忌。

眼见着榴榴越来越激动,跟遇着鱼的猫似的,肯定是要吃这口了,茉莉只好成人之美,站起来,走过去,礼貌地跟大表哥打招呼。表哥微表情是慌张的,他合上电脑,两个人杵在那儿说了会儿话。茉莉往榴榴所在的方向看,汪凌霄的目光也对过来,榴榴忙点点头,装淑女。茉莉招招手,榴榴拎起包凑过去。一会儿工夫,人认识了,微信也加好了。榴榴心满意足,绿茶婊也不看了,提前走人了。什么男人不能找太帅的,这种挂在嘴上的"金科玉律"早都抛到九霄云外去了。

晚上到家,茉莉把下午的遭遇跟劲草提了。劲草怪茉莉多事。茉莉道:"真要成了,不是好事一桩吗?"

"成不了。"劲草很坚决。

"那可不一定的,王八看绿豆,说不定就对上眼了。"

"大表哥不喜欢有房的。"

"奇了怪了,有房子倒是缺点啦。"

"大表哥自己没房,所以不许别人有房。"

茉莉拽过劲草,誓要打破砂锅:"这是什么道理呀?你们家人怪怪的。"劲草说有什么不明白的,他自己没有房子,女方有房子,他面子往哪儿搁呀,要是都没房子,就一般齐一般高平等了。又补充:"大表哥自尊心很高的,跟我们不一样,留学回来的,以后要当高级职业经理人,住黄浦江边大酒店的。"讽刺的口气都出来了。茉莉及时打住,不往下说了。

劲草他妈家那边的情况,茉莉大概了解一点。三姊妹,生了三个儿子,上下不差个三五岁,从小比到大,现在又都在上海。关系很微妙。

前三十年，肯定是大宝领先的。卖相好，成绩好，家境好，哪儿都好。二宝，就是劲草，属于中等生，马马虎虎，当然卖相也是好的。三宝，成绩不好，卖相不好，家境不好，一塌糊涂。

三十年一过，三宝机会好，一毕业留上海，户口也落下来了，成中等生了。二宝工作不错，落户上海，父母支持，付了首付，娶了媳妇，生了女儿，拔得头筹，当人生赢家了。大宝呢，从国外回来，没有户口，父母没钱，买不起房子，纯属沪漂，年纪也最大，落后了。大姨也是真穷了，听婆婆说，手机掉到马桶里，接听功能都不好了，大姨都不肯换的。要省钱，给儿子买房子，可要买上海的房子现在开始攒钱未免难度太大了点。不过茉莉想，如果榴榴能把大宝收了，就当是扶贫，她跟榴榴做亲戚也蛮好。所以劲草不满，由他去。

陪女儿做完手工，茉莉洗了澡，该睡觉了。劲草突然说："明天下班我去接你。"茉莉心里当然清楚，明天是大日子。这日子她想了好几天了。但嘴上却一点不露出来，她妈妈教她的，女人，心里要明白的，嘴上要矜持的。明天是她跟劲草的结婚纪念日，他有点表示，还不是应该。

茉莉忙道："明天我去接女儿吧。"劲草说不用，已经拜托妈了。茉莉还装，问什么情况。劲草道："困死了，不演戏了吧。"茉莉拿枕头打他。劲草拖着声调："明天是结婚纪念日，我要请你吃饭，感谢你来到我的生命中，给我的生活带来了色彩。"

老手。高手。

茉莉笑着问："就光吃饭呀？"言外之意，礼物呢？劲草领会了，说明天揭晓。

第六章

　　酒店订的是四季，桌位能看到江景。劲草去茉莉单位楼下接，一见面，就送上九朵红玫瑰。同事都抛来羡慕的眼光，茉莉适意了。可是，刚到餐厅坐下，菜点好，劲草去接了个电话。然后，人不见了。服务员问要不要上菜。茉莉打劲草手机。他关机了。这不见了鬼了嘛！

　　茉莉在酒店大堂穿梭，各种找，屁影子没见一个。她急了。打了110。110对茉莉询问了劲草"失踪"前的具体情况后，安抚了她的情绪，建议她再冷静耐心地找找。茉莉又打回家，她担心女儿囡囡。老妈吴玉兰告诉她，囡囡被劲草接回家了，她问茉莉什么事。茉莉说了句没事就连忙往家赶。一开门，朱劲草正坐在沙发上，悠哉剪脚指甲呢。

　　"朱劲草！"茉莉压不住火。

　　"小点声，女儿看书呢。"

　　茉莉鞋都忘了脱，直接冲进来："你有毛病是不是？！"

　　劲草放下脚，开始磨手指甲："是有毛病，头上一不小心多了个东西。"

　　"有事说事，清爽点。"

　　劲草屁股挪了一下："你那姘头自由了，晓得不？"

　　"什么姘头？"

　　"我不知道，是不是有那什么海涛？"

　　"都说了一千遍一万遍，我跟他一点关系都没有。"老实说，茉莉也有点惊讶。海涛离婚了？消息哪儿来的？她都还不知道，怎么劲草就知道了？

"他就是因为你离的！"

"污蔑！"

朱劲草继续低头磨指甲。茉莉扯着他二头肌那块的衣服，提得老高，"你消息哪儿来的？谁告诉你的？这是重点，不是第一次了，跟上次打小报告的是不是一个人？"

劲草站起来："不管是谁，我首先关心的，这是不是事实？"顾茉莉鼻孔快冒烟了。她清清白白一个人，差点没当贞洁烈妇，怎么突然被构陷成这样。她当即拿出手机，拨海涛电话。通了。茉莉顾不了那么多，开免提，直接问："喂，海涛，我是茉莉。"对方说你好。朱劲草猫在旁边，侧耳倾听。

"海涛你离婚了是不是？"说完，茉莉看劲草，劲草看茉莉，等下文。对方迟疑了一下，回答说是，又问："你怎么知道的？"

茉莉急促地："海涛，我下面跟你说的话非常重要，你必须说实话，百分之百，好不好？"陈海涛说当然实话，我们之间没有假话。

茉莉道："海涛，你离婚跟我没关系吧？"

滑天下之大稽。她顾茉莉居然问出这种话。但时势而逼，没办法，拼了。

"不是你的原因。"海涛答得很果断。

"那就好，海涛，离婚了自己也要好好过，太晚了不打扰你了。"说罢，茉莉根本不给海涛回复的机会，啪嗒挂了。

茉莉瞪着劲草。劲草的气场明显弱下去不少。茉莉一字一句道："你宁愿相信外人，不愿意相信你老婆，你的自信在哪里？我们夫妻的信任在哪里？我们是夫妻，夫妻！在一张床上睡，在一个锅里吃的夫妻！明白吗？"

"我就问问……"劲草低语。

"结婚纪念日,你因为别人的挑拨离间,一句话没说,拍屁股走人,我跟你说这事情没完!"茉莉有理由生气,有理由大闹。

"买了包了。"劲草连忙去拿高级皮包。礼物还没来得及送。有包收茉莉当然高兴,但奸细也要抓出来。茉莉趁势道:"上次告密的根本不是牵牛,你撒谎,这次总该说了吧,里外你要分清吧,这是人家挑拨离间,对付我们夫妻,现在我们要一致对外,明白了哦?"

劲草猛吐一口气。拿出手机,递了过去。有人给他发了条信息。发信号是1069412091160078164。

内容是:茉茉,我自由了,520,老地方,老时间,等你,不见不散。

"王八蛋!"茉莉气得舌头都快捋不直了。"第几次了?"茉莉问。劲草说第二次。茉莉说上次为什么不说。劲草说气昏头了。茉莉问消息呢。

"一生气删了。"劲草道。

"内容是什么总记得吧?"

"茉茉你真好,谢谢老同学,让我找回了青春的感觉。"劲草每说一个字,都像在割他肉。

茉莉怒道:"这怎么能删呢,都是犯罪证据!这绝对是犯罪!"劲草深呼吸。夫妻俩一时沉默。茉莉又问劲草:"那么说上次收到短信,你其实不知道跟海涛有关?"劲草道:"就是诈你一下,没想到诈出来了。"茉莉窝火。可怪谁呢,还是自己心里有鬼。要是上回,咬牙不承认会怎么样?劲草也鬼,还会使诈。

茉莉又问:"那上一次,你为什么要撒谎呢?"

劲草道:"我想自己先查。"

"锅就给牵牛背了?"

"急中生智,没想那么多。"

"查出什么了?"

"就是什么也没查出来。"

女儿囡囡从书房出来，远远站着，凝望着两人。茉莉道："囡囡，该睡觉了。"又是一通忙。等忙完了上床，劲草才问茉莉："你是不是得罪什么人了？"还说他问过一个当民警的同学，对方说，可能是恶作剧，这种短信注册一个平台就能买一条，淘宝上也有卖的，很难溯源。

到底得罪谁了呢？这个问题茉莉也一直在思考。她从小成长在中产之家，自认有家教，待人接物那一套父母都教了。偶尔是虚伪点，但礼数周全，别人说不出什么来。要说得罪，可能她身上那股子傲劲估计会有人看不顺眼。哼，多半是女人作怪。顾茉莉第一个想到的是米娜。米娜跟她有竞争关系，而且她自诩毫无关系考进来的，凭真本事。而茉莉是关系户。实际上呢，关系户不要自己奋斗的？进来一样要靠自己混好吧？懒得解释。老组长退了，组里要提拔一个人，米娜最近的确在用力。可是，她即便再想组长的位子，也没必要给她的老公发这种消息呀。何况，米娜怎么知道劲草的手机号呢？好，就算手机号容易搞到，她又怎么知道陈海涛的呢？就算第一次是偶遇，看到了，也知道劲草的号码，发过去了。第二次海涛离婚，她顾茉莉作为老同学都不知道，米娜怎么可能知道？

沿着这一分析路向，茉莉确定了一个关键点，搞动作的人，是能够第一时间得到海涛动态的人。这人每次都不是胡说。而是有点苗头，并且假扮成海涛的口吻给劲草发短信。这人看不惯她顾茉莉，要把她"打造"成一个出轨的女人。

范围缩小了。

会是沈榴榴吗？茉莉打电话给榴榴，提到海涛的近况，榴榴并不知道海涛已经离婚。茉莉把劲草收到两次短信的事说了。榴榴反向思维，提出一点疑问："搞动作这个人，会不会是对劲草不满呢？"榴榴的理由是，很显然，这两次对方都是假装发给你顾茉莉，但不小心发错了，发到劲草手机上了。目的就是刺激劲草。

茉莉回去向劲草反馈，劲草想了想，实在想不到得罪了谁。茉莉又上淘宝问，有的商家，的确提供发匿名短信的服务。委托人通常会提供一个假地址去拍去下单，发送的短信可以是文字，也可以是图片，文字的话，不能有攻击收信人的言论。这操作的空间就大了。

茉莉想得掉头发，劲草劝她，可能就是有人想让我们难受，我们不要中计就好了。该怎么过日子还怎么过日子。但顾茉莉还是咽不下这口气，这是有人在跟她宣战呀！关键是，她都不知道跟谁对阵。

顾得茂去医院检查，茉莉和玉兰全程陪。吴玉兰原本说："茉茉，你忙你的，我陪就行。"茉莉不愿意，片子拍出来，茉莉忙着去交钱，玉兰不让，说都能报的。茉莉还是抢着交。玉兰陪着老公去找医生问诊。瞧完出来，茉莉问玉兰情况怎么样。玉兰说椎间盘有点狭窄，让保守治疗看看。母女俩把顾得茂送回家，都躺了一会儿，下午四五点，茉莉妈说想出去走走，合适的话买双鞋，结果在一条弄堂口早餐店看到一帮子人围着个小炉子。茉莉妈一眼就看出来，她问茉莉："这是旺鸡蛋还是活珠子？"茉莉上前问，老板娘说是活珠子。

茉莉妈惊喜，说离开南京好多年没吃了，没想到在上海遇到了。茉莉当然记得，小时候跟着妈吃活珠子，是暑假里的一大享受。活珠子跟旺鸡蛋不同。活珠子是孵化十二天左右的鸡蛋，是能孵出小鸡的。旺鸡蛋是孵化不成功的鸡蛋。

茉莉妈坐下了。茉莉跟着，难得碰到一回，少不得陪妈妈。两个人要了椒盐的。拨开一点壳儿，赶紧嘬。

荡气回肠。

吴玉兰表情都是满意。茉莉却有点为难，吃了一只就不吃了。玉兰问她怎么了。茉莉说有点像吃鬼。玉兰太懂女儿，茉莉高兴不高兴都写在脸上的，她问茉莉，是不是跟劲草吵架了。

于是茉莉借机把劲草收到短信的事说了。还分析，两次发短信，都是冒充第三者给她发，但却好像不小心发到劲草那儿了。吴玉兰二次诠释："假装是第三者发给情人的，结果发到原配那儿了，目的不晓得是气谁，大概率气原配。"

茉莉嚷嚷："那也是巴着我离婚呀！"

玉兰问是不是事实。

茉莉道："你女儿，怎么可能做那种事？"

"劲草怎么看？"玉兰又问。

"他知道真相了嘛不太在意的。"

"那么好了，"玉兰放下蛋壳，"他都不在意，你在意什么？有句话叫，见怪不怪，其怪自败。"茉莉想，或者问问海涛呢，他离婚的事，都有谁知道。再一想，问也不切实际，既然离了，就没有不透风的墙。女方那边也可以泄露。千头万绪，无从查起。"现在还拉琴吗？"玉兰突然问。茉莉说根本没心情。

第七章

　　上海又进雨季了,马路牙子都没干过。公婆放着晴天不要,非要往雨天里钻,老早就宣布要来上海了。一宣布不要紧,大家都开始做茉莉的工作了。

　　私下里,劲草倒是好声好气地:"知道你难受,知道你委屈,爸妈一年就来几个月,包涵包涵,老家的空调坏了。"茉莉骇笑:"空调坏了不能买哇?我可以出钱的呀,借口也找个像样点的好不啦?"劲草说:"谁让他们刚好就我一个儿子,你刚好又嫁给了我。"

　　"你直接说刚刚好算我倒霉好了。"

　　劲草把手机拿出来,调出一张图片,是手绘的,他学过工业设计,有点基础。他把家里的空间重新分配,指着那张图道:"主卧,你和囡囡住,我住次卧,北面这间,客厅隔出一间来,直接加个推拉门就行,爸妈住。"

　　茉莉道:"别弄得好像特别照顾我似的,爸腿不好,爸住主卧,我回我妈那儿住。"

　　劲草着急,啧一声:"这不是引发矛盾吗?"

　　茉莉说好笑了,我把空间让出来,让大家都有的住,怎么还做错了。劲草说不都是一家人嘛,夫妻夫妻,夫妻是不能分开的呀,没有你在旁边,我心不安。

　　这句软话可算说到茉莉心上了。

　　她让劲草把手机收起来:"爸妈还是住主卧,我们住次卧,囡囡由两边老人轮流带，爸妈去接孩子没意见吧？"朱劲草连忙说没意见。茉莉回娘家把公婆要来的事说了，她原本以为老妈会说公婆几句，谁知吴玉兰和和气气地："当人家儿媳妇，肯定有所约束，跟在家当闺女不一样，看在劲草的面子上，能忍则安。你要不习惯，偶尔回来住几天也行。"

茉莉搂着老妈的脖子："我想天天回来住。"

"那不行，"吴玉兰道，"老话说，女人是菜籽命，吹到哪儿，就在哪儿落地了。"茉莉讨厌这个比喻。但她又不敢多说，她怕一说多了，老妈又要说"当初"。当初他们是不同意她嫁给劲草的。玉兰又催问茉莉什么时候要二胎。茉莉说现在这样，哪还有心情，二老一来，更生不出来。玉兰剥了个橘子递给女儿。茉莉接过去，继续埋怨："能动能行，又不是躺在床上不能自理，非要来跟儿子挤，老家天大地大住得不香吗？"

吴玉兰分析："儿子是人家自己生的，房子是人家自己买的，好不容易混到上海来了，有条件，干吗不来感受感受大城市的生活？住一住，也好回去跟老家群众炫耀，人嘛，虚荣心总是有的，也是需要的。"茉莉问："是不是父母对子女，都是这样的，我对囡囡还好。"玉兰反驳："你多大，囡囡多大？人老了，总归不一样，对孩子依赖点嘛可以理解，尤其是精神上，所以做儿女的要多关心老人。像我跟你爸这种通情达理的父母不多。遇到乔布斯爸妈那样的，你能怎么办？别说他们出钱给儿子买房子了，就是一分钱没出，他硬要来住，儿子能把父母赶出去？"

劲草微信名乔布斯，丈母娘偶尔这么叫他。

茉莉听得毛骨悚然。

玉兰继续："所以说劝你们趁年轻，能要个老二要个老二，老人还能帮着带，将来你们老了，一个不成才还有另一个，鸡蛋不放在一个篮子里，概率总归大一些。"茉莉道："一个孩子不能推诿，好不好都要管，两个孩子相互推诿起来，也是了不得。"玉兰说那只能自认倒霉了。茉莉生日快到了。临出门，玉兰提醒她，要是公婆来了，生日就别在家过了，到她这里来，带上囡囡。自己人热闹热闹。

太上皇皇太后很快就接到上海来了。大包袱小行李的。看那样子，是要长住。家里窗明几净，都准备好了，茉莉做了菜，给公婆接风。老人一进门，洗个手就吃饭。谁知善亚对茉莉的手艺并不满意，问："茉茉，菜是不是没放盐呀？你江苏人，又不是上海人，怎么也做起本邦菜啦？"

劲草帮着打圆场："江苏人口味也清淡的，淮扬菜。"

大力嗔怪老婆："出门在外，凑合着点，哪能像家里一样。"

茉莉见招拆招，先对公公："爸，这儿就是您家，"又对婆婆："妈，盐我故意少放了点，盐吃多了，对孩子发育不好，爸血压也高。"

公婆囡囡安静吃饭了。

吃完饭，安排屋子。大力死活不住主卧。善亚夫唱妇随："儿子、茉茉，就听你爸的，这个家，到什么时候都要以你们为主，我们是做客。"劲草不依，说爸膝关节不好，不能受风湿，还是南面妥当。他妈又说夏天怕什么，又不是冬天，就算冬天，不还有空调嘛。到时候开空调就行。茉莉在一旁听得心惊，看看，才夏天呢，就开始想冬天的事了，这得住到什么时候。命苦！

东西都搬进去，铺盖弄好，零碎小东西安顿好，劲草给父母泡了杯茶，茉莉跟着一起，把茶进了，说是老家的习俗。

善亚抬头环顾，对她男人感叹："这房子真不错，格局好，又是全明。"大力毫不谦虚："还不是我看中的，看了多少遍，要按儿子的来，估计厕所、客厅都没窗户，买房子，是门技术活……"

茉莉不想听下去，囡囡站在门口，爷爷奶奶叫她过去玩儿。茉莉拦阻道："妈，囡囡要做作业了。"她奶奶埋怨，才多大就不让玩。茉莉不由分说，把女儿带进书房。女儿是她生的，必须跟她亲，在这个小空间之内，她也只能寄希望于和女儿保持同一战线，劲草是不中用了。他们那个"家",针插不进,水泼不进。油盐不进。只要他父母一出现,他就像一颗油珠子,立马就融进那锅地沟油里去了。她呢,则是一滴纯净水,死活融不进去,就漂在上头。悬浮。对,就是这种感觉,公婆一出现,她顾茉莉立马悬浮。

不落地了。

劲草叫她。茉莉只好过去,他让她把爸妈的洗漱用品什么的都拿出来。茉莉只好去客厅翻牛津布的包,牙刷、牙缸、毛巾,都拿到洗手间去。先把自己和女儿的毛巾拿下来,挂到门板后头,再把公婆和劲草的毛巾搭到毛巾架上去。她晓得的,大力洗脸洗脚用一条毛巾一个盆,而且那条毛巾,上面还好多洞。大力不是一般的抠。她不要跟他们为伍。等会儿她还要给劲草打预防针,让他去沟通,让老人早晨不要跟他们抢厕所。他们上班的上班上学的上学,时间赶的。

善亚要用洗手间,茉莉连忙出去。等出来,她问茉莉:"你爸妈还在上海吧?"茉莉说在。"过几天,我来做饭,请亲家来聚聚,好久不见了,怪想的。"茉莉连忙说不用,说他们就是来看病,马上就回去。听茉莉这么说,善亚也就不提了。估计只是个客气话。晚间散步,玉兰来电话了,茉莉接,叫苦连天。吴玉兰劝道:"忍耐!慢慢磨合,总归跟家里不一样。"老这么一句话。不一样不一样,她要的是一样!茉莉吐槽:"朱大力,大力出奇迹。"茉莉跟老妈总是直呼公婆名字,公公就朱大力,婆婆就张善亚。吴玉兰洋气,有时候也叫乔布斯爸、乔布斯妈。茉莉觉着就冲这名字,劲草一家都应该去演小品相声。

玉兰问出了什么奇迹。

茉莉嘲讽:"脸布脚布一条布,上面洞大得,囡囡拳头都塞得进去。"玉兰也不附和,只解释道:"艰苦年代过来的,朴素惯了,也是个优点,你们要多学习。"

说实话,茉莉就佩服老妈这点,一辈子贤良淑德,温柔可亲,她几乎就没怎么听过老妈在背后直接说人坏话，总是客观，总是带着体谅。她总能看出坏人的不容易，也能看出好人的刻薄面，茉莉总爱说她妈，不愧是天秤座，和平主义者，一碗水总是端得平平的，还总是那么优雅。茉莉不喜欢自己的星座，金牛座，过于迟缓。所以她更多地喜欢提及自己的上升星座，白羊座。说是三十岁之后，就要看上升星座了。

公婆来了一个礼拜。茉莉不乐意了。第一个爆发点在菜上。劲草给的饭钱不算少，可公婆掌控下的伙食，要么冬瓜茄子，要么就上海青，偶尔见肉，最多是肉丝，细条条的，通常是肉末，比苍蝇屎还小。

茉莉关起门小声厉色对劲草："你去说！搞什么？又不是难民营。"

劲草挤着笑："你不是要减肥嘛。"

"我要减肥，囡囡也要减肥呀？"茉莉大喘气，"你不说我说了，看来这个坏人迟早还是要当的。"

劲草只好说我去沟通。

茉莉不解气，继续道："房子嘛也定了，大事嘛也完成了，还想怎么样？"劲草说房贷不还没还清嘛。茉莉说房贷没还清不也是你自己在还。

"爸妈也给钱的。"

"公积金呢？"

"不够的。"

"每个月除了生活费的那些钱呢？"

"我不要应酬的？"

"没有钱，你为什么不跟我商量呢？"

"不能拿你的钱。"

"你的、我的、永远都这样，"茉莉越说越来气，"分得清清楚楚，结婚的时候两家凑钱能买个大的，你不，非要自己买小的，现在好了，挤在一起，步子都迈不开，你就是不想跟我融合，觉得我不配当你的队友，或者就是图换队友方便。"

劲草也毛了："你这个人不要不讲道理，不是我不融合你，是你不想跟我们融合。"

茉莉气更大："听听，我们、我们，又是我们，哪个我们？永远是我们！你跟谁是我们，拎拎清！"

第八章

公婆来了，接囡囡的任务落到他们身上。茉莉每天多出几个小时自由活动时间，尤其下午，不用那么赶了。大力善亚出现之后，她也懒得回家那么早，劲草还没下班，她一个人面对公婆，不知说什么。关在房间里也不礼貌。反正难受。因此，茉莉偶尔会约榴榴到单位楼下喝咖啡。

这天，榴榴冷不防爆出个大新闻，说这话的时候，榴榴满脸少女的娇嗔："我跟大表哥约了。"

茉莉惊得咖啡差点没吸到鼻孔里。

"哪个大表哥？"她求证。

"还能有几个大表哥？就是你们家那个大表哥呀。"

"黄浦江水要倒流了。"

榴榴得意："他约我的。"

"干吗了？"茉莉追问，"标准间还是大床房？"

榴榴说了声去，揭秘："约会踏青，不是约炮！"

茉莉失笑。都几月份了，哪儿还有青好踏？她问大表哥怎么约的。榴榴说就是微信上聊聊，聊得好了，他就说周末要不要一起出去玩。

"真纯洁。"茉莉怪笑。

"当然。"

"真要跟我做亲戚呀。"

榴榴展开了说："大表哥人挺好的，也挺可怜的，他妈身体不好，爸爸在马鞍山工作。他家九十年代就有机会在上海买房，那时候买房还送户口。没买。说他妈说要存钱给他上学。他高考发挥一般,考到北面去了,赌着口气,去美国留学。一留学好了,首付款没有了,一直耽误到现在。"

茉莉讥诮地说:"比我了解得都清楚了。"

榴榴直言:"大表哥比小表弟好。"茉莉道:"你跟我一样,都是外貌协会的,只看卖相。"榴榴摆手:"不不不,大表哥我感觉是想结婚的,小表弟不想的。"茉莉提醒榴榴:"你想清楚,大表哥是一定要自己买了房子才肯结婚的。"榴榴面容坚毅:"还没到这一步,慢慢想办法了。"又说:"大表哥恨他妈妈的。"

这事茉莉都不清楚,她倒有一手情报了。

"嘴上不说,"榴榴婉转地,"心里头也是有一点点恨的,一直没结婚,就是一种无声抗议。"

"抗议来抗议去,把自己给耽误了,"茉莉把一点咖啡底子打扫干净,"我是过来人,给你一点忠告,穷男人不能找。"

"你不也没找富男人吗?"

"那是我娘家有,任性一点。"

"我还是要爱情的。"

"人不能那么自私。"

"怎么就自私了呢?"

"你房子是家里买的,你妈妈对得起你。你找了穷男人,将来不能给孩子买房子,你为小孩考虑过吗?对得起小孩吗?"

榴榴弱弱地:"也许以后就好了,大师说了,运是会转的。"茉莉看得透:"上着个班,能转到哪里去,真等男人转运了,女人的青春也没有了,就怕到时候又要被转手了。"

榴榴被说得一肚子心事,只好转而问茉莉跟公婆相处情况。茉莉喟叹:"一个人要是没有公婆该多好。"榴榴说:"你老公也不是石头缝里蹦出来的。"茉莉说:"不一定呢,孙猴子是石头缝里蹦出来的,劲草没准也是。"闺密俩哈哈大笑。

回到家,茉莉立刻不愉快了。家里多了只猫。中华田园猫。楼下流浪猫生的,囡囡喜欢,善亚就给带回来了。茉莉不跟善亚吵,还是等劲草回来沟通。她压低嗓门,胸口起起伏伏地:"不是我不喜欢小动物,是它就不卫生,野猫生的……问都不问就往家带,谁知道有什么病毒。"劲草讪笑:"刚出生不都干干净净的?"

茉莉就知道跟他沟通肯定不爽气,只好加大马力:"道理不用我跟你说了,都懂,这里不是你们老家,一层带院,养多少只都没问题,想献爱心,回头把红十字会的账户给你,捐多少没人管。家就这么大,实在摆不开。"喘两口气,继续:"天天在人身上省,给畜生花钱倒舍得,猫罐头都买上了。"

这次劲草还算给力,去讲道理。说通了。猫到家里,吃喝拉撒要花钱不说,抓破了皮,又得去医院打狂犬疫苗,也要花钱。大力善亚算了笔账,最终放弃豢养。可是,不养归不养,怎么处理小猫成问题了。请神容易送神难。名字都取了,叫棒棒,才来一两天,小猫也似乎认人了,有感情了。直接丢到小区花园于心不忍。

善亚念佛,不做杀生的事。劲草提议,要么就送到丈母娘那儿。茉莉第一个反对:"我妈猫毛过敏。"放到闲鱼上卖,一时半会儿也没买家。只好去猫狗论坛发帖,看有没有人想领养。

耗了几天,办法来了。劲草发了朋友圈,果果妈应征,说想养。她家本来就有一只猫。多一只还有个做伴的。茉莉虽然对果果妈一万个反感,可她能帮忙解决问题,那她顾茉莉也愿意暂时化干戈为玉帛,天下大同。茉莉的意思是,猫是婆婆捡的,就让婆婆带着囡囡去送。劲草不同意,说没礼貌。本来就是给人添麻烦的事,是他联系的,送也应该是他。茉莉道:"那我们一起,一家三口。"劲草不反对。选了个周末,带上瓶红酒,纸盒子里装着小猫,朱氏夫妇上门了。

老实说，去之前顾茉莉是花了几分心机的。打扮必须恰当，走低调奢华风。劲草看出来，道："翡翠坠子怎么不挂上？"茉莉被看出玄机，老大不痛快，冲劲草道："什么坠子，没有坠子！"直到果果家门口，茉莉还是紧张的，她想赢，可当门一打开，她那种压人一头的迫切感立刻就不见了。

房子总共就一个开间，简朴得跟那个平日里恨不得烈焰红唇的女人对比不要太强烈。果果妈素颜，杀气不见了，成了标准的江南女儿，小家碧玉，人见犹怜。茉莉还看到，她家门口除了孩子的鞋，没有男鞋。她的鞋也就那几双。可怜巴巴。这样一个女人，她要再踩一脚，就有点不地道了。果果用欢呼声迎接囡囡和小猫。劲草在，茉莉矜持着，一个劲儿说打扰。果果妈也不好意思，说家里小。

劲草直言："没关系的果果妈妈，你这儿要不方便，我们可以再想办法。"

果果妈道："方便的方便的，果果喜欢小动物，我们家球球也要个伴的。"

茉莉道："这猫叫棒棒。"

两个孩子立即叫闹着："球球、棒棒，球球、棒棒……"两个女人下意识伸手堵耳朵。果果妈问："棒棒是男猫女猫哇？"劲草说是男猫。果果妈笑说那么牢靠了，不会出事故。

三个人都笑了。

上门送了一次猫，让茉莉对果果妈的态度有了点转变，过去，是刚对刚，硬碰硬，看到的都是面子，如今冷不丁撞上里子，千疮百孔的，茉莉真心觉得，果果妈不过也是个可怜的女人。她为什么离婚？老公现在在哪儿？给孩子抚养费不？她在哪儿上班？房子是自己的还是租来的？要是租来的，就太惨了，混到这个岁数，连个落脚的地方都没有。身边还没人。猫都有伴了，她没有的。茉莉猛然明白这女人为什么总是一副浓妆，那是她的铠甲、她的画皮，出了家门，她就必须是个妖，才能应对上海的生活，回到家，洗尽铅华，才重新变个人。一个女人只要当了妈，就逃不过柴米油盐酱醋茶。

这次送猫，茉莉还知道了果果妈的大名：高夏菁。看，名字都那么普通。茉莉对劲草说："果果妈挺好的。"劲草放下手机，看了他老婆一眼："本来就挺好的，是你老戴着有色眼镜看人，是个母的，你就不容。"

茉莉道："那榴榴跟我这么多年，怎么处下来的？"

劲草脱口而出："那是她比你难看，没你优秀，愿意当绿叶配你这朵红花，你是恨不得百花园里就你这一朵花开放。"嘿嘿，还是老公了解她。茉莉拧劲草胳膊一下。劲草疼得叫。茉莉悠悠地："我妈生我的时候，我爸在保健院花园就看到一枝白茉莉。"劲草颇识趣，配唱："好一朵美丽的茉莉花，好一朵美丽的茉莉花，芬芳美丽满枝丫，又香又白人人夸……"

就是这样，人人夸。

从小到大，茉莉都是要出头的。美貌不够，气质凑，成绩不够，家底凑，反正要凑成个大放光彩，自信体面。不过现在生了娃，人也到这个年纪，茉莉的那股子傲劲，比以前低多了。最近组里升职的事，她就没跟劲草说。组长那个位子，茉莉没去争，让米娜上了。

公婆来了，家里事多，孩子也小，她跟劲草还在考虑要不要二胎，一旦当了小官，忙颠颠的，家里这头可能就丢了。再者，米娜还没结婚，一门心思干事业，她要抢到她前头，绝对被恨死。米娜那样的坏人，让她走了也好，她去当其他组的组长，茉莉这边，还是向副总汇报工作，并行不悖，什么都好了。

茉莉还藏着一点想法，她总觉得，恶作剧短信米娜也不能排除嫌疑。如果真是她，那肯定就是因为工作上的不愉快。如今她得逞了，他们夫妇也安泰了。当然，这只是有可能。谁知道，米娜升职没几天，这天晚上，茉莉在卧室梳妆镜前卸妆，手机嘟嘟两下。茉莉以为是垃圾短信。

没看。等都收拾好，她拿起手机消遣，才赫然发现噩梦般的短信息来了。这一次怎么发到她手机上来了？

总共就一句话：我姨妈快来了，晕晕的，我们下次一起去酒吞吧，好久没吃了。

血轰的一下全涌到脑门上。茉莉可没劲草的肉头性子，她立刻就开诚布公给劲草看，问作何感想。劲草一点不慌张，道："一看就是恶作剧了，搞不好是一个人弄的，上次说你出轨，这次轮到我了，这个人脑子就不动动地，真要是在外面轧姘头，谁会发短信，都是用微信的。而且每次都发错，好笑的，说多了狼来了就不灵了。"

茉莉还是觉得瘆人，她分析说，这个人应该是针对我们俩的，是你和我都认识的人。

劲草揭开毯子上床，若无其事地："这种人，不敢见光的，都是背后搞搞小动作，无聊透顶，不过既然被人盯上了，以后这种短信有的收呢，我们不要在意就好了。当作笑话看看，反正你和我，是情比金坚的。"

本来是个惊悚片，被劲草"情比金坚"四个字一冲，茉莉又觉得像喜剧片了。提心吊胆没有了。劲草提了一句，说最近公司变化大，他可能也会有变动。

茉莉紧张："不会要裁员吧？"

劲草握住茉莉的手："放心，裁也不会裁我的。"又说："反正你已经嫁给我了，我要饭，你也要跟着要饭的。"茉莉道："都什么时代了，还嫁鸡随鸡嫁狗随狗呢，没等你要饭，我早跟你离婚了。"劲草连忙呸呸呸。老家的习俗，不许破嘴话。他逼着茉莉也呸。茉莉没办法，只好呸了三声。

外头有响动。是大力起夜。他膀胱不牢固，一晚上要起来两三趟。茉莉躺下，脑袋里揣着恶意短信的事，还是觉得有点恶心，仿佛一觉醒来，突然看到劲草半夜抹在帐子上的鼻屎一般。

第九章

世上只有妈妈好。

茉莉对这句话是深信不疑的。她对囡囡好,她妈对她好。她过生日,老公给了红包,让她自己去买东西。她老妈呢,一不小心给了她一个大惊喜。

第一眼,茉莉以为自己在做梦,或者是进了白雪公主的世界——她老妈把上海的两居室中的一间重新装修了,完全按照她老家的闺房,等比例复原!茉莉差点哭了。这就是她生活了几十年的小屋呀。

茉莉上前抱住玉兰,感谢的话不晓得怎么说出口。玉兰道:"这样你就不想家了。"茉莉抹泪,撒娇:"想家我可以回去嘛。"吴玉兰道:"总归远一点。"茉莉问老妈是不是要回去了。玉兰说听你爸的意思。

茉莉又对顾得茂说:"爸,上海生活蛮好,就住下吧,我还能来陪你喝喝老酒。"顾得茂说:"怎么不让劲草来,亲爸来了,我这个老丈人就不是爸了?"他对劲草永远有意见。茉莉说不是怕爸爸不喜欢嘛。顾得茂哑着嗓子说:"是不喜欢,把我女儿抢走了,还想让我喜欢?!"茉莉上前挽着爸爸胳膊说:"看我面子,包涵包涵。"顾得茂道:"也是个不成器的!比我当年……"吴玉兰上前,不让他说下去。

顾得茂能起来,多亏了老丈人支持。茉莉姥爷干过革命,在市人大,资历老,人头都熟。当了他的女婿,顾得茂等于坐上火箭了。不过,玉兰是聪明人,里里外外,她从来都充分尊重丈夫,给足他面子,让他当个顶天立地的男人,不给他营造一丝一毫上门女婿的感觉。这些年,这对伉俪在外口碑不错。人们都说他们肯定能白头偕老。

饭后洗碗，玉兰问茉莉跟公婆磨合得怎么样。茉莉道："回头你跟劲草说，每周我起码回来两天，就说你和爸想我。"玉兰微笑："我不能说这话，亲家要有意见的。"茉莉嗔道："妈！我到底是不是你亲女儿！你都不知道，跟乔布斯爸妈一个屋檐下住着，有多压抑，相互监视的。"玉兰问："还要老二吗？"茉莉撇嘴："还怎么要？一点动静不能有。"玉兰说："偶尔也可以出去浪漫一下。"茉莉连忙道："想都别想，儿子不回来，老太婆要打电话的。"

聊了一会儿，劲草来电话，茉莉该带女儿回去了。玉兰送她们到电梯口，顺带提了一句，说下个礼拜要去浦东看看翁阿姨，时间再定，要是茉莉有空，就送送，路她不熟。茉莉一口答应。她对不上号，问哪个翁阿姨。玉兰说是以前家旁边厂子里的，个子不高，鼻子上有个痦子，上海知青。茉莉说好像有点印象。

晚饭过后，公公婆婆带囡囡下楼遛弯。临出门，婆婆换鞋的时候，还故意朝里头吆喝一句："九点半以后回来哦。"茉莉在忙着收拾换季衣服，听了一耳朵，过了好一会儿，才觉得有点古怪。

散个步需要那么久吗？

直到朱劲草的头搭到茉莉肩膀上，他朝她耳朵里吹气，茉莉才明白婆婆那句话的用意。他们是在给她和劲草留时间、腾空间，用来造人的。想明白了，茉莉猛然觉得悲哀，对劲草帅气的面庞也就兴味寡淡了。

茉莉推开劲草的头。劲草硬来，直接新娘抱，把茉莉摔在席梦思上。茉莉整个身子弹起，颠颠簸簸。这场景是在电影里看到的，她跟劲草提过，说喜欢。她五行缺公主抱。人家现在依葫芦画瓢了。可电影和现实究竟差距巨大。这么一颠，茉莉觉得自己骨头都要散架了。还想吐。劲草像饿虎一样扑上来。

茉莉竭力推开他。

"不行的……今天不行……"茉莉扭捏着。她实在没心情。正牌夫妻,弄得跟偷情似的。偷的还不是那个味道,像吃了一盘隔夜菜。

"怎么又不行了?"劲草觉得扫兴。

"它来了。"茉莉开始编谎话。

他明白了。是她那个"亲戚"。"不管它。"

"不能不管。"茉莉坚持。劲草一个侧躺歪在床上,立刻死蛇烂鳝了。

屋子里静悄悄的。

茉莉破开寂静:"我还没去过酒吞呢。"

劲草迟疑了一下:"我也没去过。"再补充。"回头带你过去。"

茉莉说:"我在想,上次那个发短信的,虽然是挑拨,但内容也不是完全没有真实的成分,比如他就知道我跟海涛见面了……"

茉莉还没分析完,劲草就拦话道:"你能不想吗?"

"我是科学研究的角度。"

"诺贝尔奖怎么不是你得呢?"

"没跟你开玩笑。"

劲草突然撑起身子,从床头拿起手机,解锁后,甩到茉莉面前:"好好查查,看有没有什么犯罪记录。"劲草突然这么坦诚,茉莉反倒不好再查了。"我不知道。"茉莉道,"也不想知道。"

劲草叨咕:"夫妻之间一点信任都没有了。"

茉莉道:"我这不是想挖出幕后真凶嘛。"

"那要都能让你挖出来,他就不鬼鬼祟祟了,而且也没有必要跟着他的节奏走,"劲草脾气起来,又抓过枕头,抱着,"你不抓紧时间,以后嘛没那么方便了。"茉莉问什么意思。劲草说:"公司岗位调整,我马上去金山那边带团队。"

金山,穷乡僻壤,都快到海边了。

"单程五十多公里。"劲草阐述。

茉莉有点蒙,消息来得太突然。噩耗。

"那怎么上班?"她问。

"要加班的,公司有宿舍,半个月回来一次。"

"不行!"茉莉惊叫。老公不在家,她一个人面对公公和婆婆,还要带小孩。这日子能过哇?!疯掉了。

解决办法跟劲草提了,全遭否决。茉莉生了一夜的气,第二天一早,两口子一起出门,刚上车就吵起来了。

"工作辞掉?喝西北风呀!"劲草拿出大男人的气势。茉莉说:"没说辞工,是换工,这是下下策,上策就是我带囡囡去我妈那儿住。"

劲草果决地:"我不同意。"

茉莉道:"朱劲草我告诉你,你不在家,我跟你爸你妈,日子没法过的。"

劲草阴沉着脸。

茉莉继续说:"不是我不孝顺,给爸妈花钱,我什么时候含糊过?远香近臭晓得哦,没有办法的事情,你不在,我跟爸妈讲什么?"

"都有磨合期的,爸妈一心一意为我们的,孩子嘛带得好好的。囡囡就是你们的共同点。"劲草劝道。

"都冷静冷静,开车吧,我跟你说的是两个频道上的事情。"

"我看是一个频道。"

茉莉提着气:"非要我把话说明白了是哦?你爸妈跟你,是一个频道,你跟我是另一个频道,你爸妈跟我,不是一个频道。"

劲草急促促地:"那不也是你爸你妈。"

茉莉不客气道:"我妈住虹口呢,普陀的是法律上的爸妈,因为你才有的爸妈,你不在,很难相处,明白了吗?"劲草知道说不过茉莉,一踩油门,车子冲了出去。茉莉尖叫:"疯了哇,你想不开自己去跳黄浦江,我还有老爹老妈要养呢。"

劲草恶狠狠地:"老吾老以及人之老。"

茉莉啐道:"行啦,开你的车吧!"

僵持了几天,劲草还没跟他爸他妈提这事。茉莉回娘家,她跟老妈讲好了要送她到浦东去。约的地方在公园门口,茉莉有点奇怪,但也能想得通。多年不见,老年人不喝咖啡,公园里好说话。人民公园天天一大堆老年人。这日天气不好,云头压得低,阴沉沉。茉莉陪老妈站在公园门口,看看手机,时间差不多:"人还来不来呀?"玉兰说再等会儿,又说,你有事你就先走,我坐地铁回去。茉莉不放心老妈,坚持陪着等。

又过了好一会儿,一个老太太夹着个大包,鬼鬼祟祟朝这边走。玉兰认不清,喊了一声翁姨,那老太抬头。玉兰还是不敢认。老太走近了,问:"玉兰吗?"茉莉妈这才认出来故人。脸带惊讶道:"翁姨,您怎么……"老太一身的风霜,看上去过得很不如意。

茉莉探头看,包里都是纸皮和塑料瓶。老人拾荒,估计换点小钱。翁姨脸朝茉莉,问玉兰:"这是……茉茉吗?"她还记得。玉兰连忙让茉莉叫人。茉莉不晓得辈分。玉兰让叫奶奶。茉莉连忙叫了。玉兰见老太有点窘,便支开茉莉,让她去买瓶水。茉莉赶忙走开了。

一场久别重逢,吴玉兰忧心忡忡,直到道了别,上了车,茉莉沿着隧道往浦西开,她老妈眼角的泪水好像还没干。茉莉没追问,过了江,玉兰暂时不想回家。茉莉带老妈去吃饭,吴玉兰又后悔怎么没请翁姨吃一顿。"有儿有女,混成这样。"玉兰感叹。茉莉问:"房子呢?退休金呢?"吴玉兰说:"房子给儿子了,女儿不愿意,弄得不来往了。她又跟儿媳妇弄不到一块儿。知青,外地退休的,退休金就那么一点。"大拇指抠着小拇指内盖:"白天就出来捡点东西,晚上回去睡一觉。说是公园里有好多这样的老人,把公园当家,那儿有热水,没饭吃就问别人讨一点,没钱就要一点,反正都是穷人,互相帮助。"

惨哪。

信息量太大，茉莉都不晓得有这种事，她给老妈加水："这儿媳妇也太厉害了哇，我就不行，我还要被赶出来呢，鸠占鹊巢也没办法。"

吴玉兰问怎么回事。茉莉这才把劲草要出去上班，她跟公婆没法相处的情况挑明了。玉兰沉默，可能因为翁姨的情况，她将心比心，不建议女儿太强势。茉莉道："妈，实在不行，我只能回你们那儿凑合了。"玉兰当即表态说不行。

第十章

茉莉嚷嚷:"妈,连你都不管我了呀!"

玉兰劝:"不是不管,是没法管,你要想离掉就搬回来,住一辈子我和你爸爸都欢迎。"

茉莉叹气。

吴玉兰继续:"当初你这个婆家,我们就不喜欢。乔布斯是不错,可事情不是那么简单的……"茉莉打断老妈:"现在说这些有什么用,孩子都有了。"

玉兰停顿了几秒,说:"要么你就彻底搬出来,独立,清清爽爽过小日子,我跟你爸回老家去。"

"不行!"轮到茉莉投反对票了。为了给他爸妈舒服,让她爸妈回老家去,绝对不行。

"那你们又融不到一块儿。"

"要么出来租房子。"茉莉看着老妈的眼睛。玉兰想了想,说也不失为一个办法,还说:"你这个婚结得,我看着都累。"茉莉说我也累。后半句她没跟老妈讲——有什么办法呢,她还爱着他。

陷进去了,一时半会儿出不来。图卖相害死人。

为了说服劲草,茉莉主场作战,把人叫到娘家来开会。劲草是聪明人,上门提了这个药酒那个燕窝,狠花了一笔钱。顾得茂不领情:"用不着做表面功夫,我们不指望你孝顺,对我女儿好点!否则,别怪我不客气!"

当领导当惯了，谁都是他的下属。

玉兰连忙把老头子往屋里赶。她来做工作。索性还没等丈母娘开尊口，朱劲草便率先表态："妈，跟您说个事，我马上要去金山外派，半个月回来一次。"

玉兰装作不知道，惊诧地："哦哟！那家就丢掉啦？"

劲草继续说："我爸妈身体不好，茉茉没人照顾，我本来想，要茉茉和囡囡到妈这儿，妈关照点，我总归放心。可又一想，妈还要照顾爸呀，再添两个人，太累了，受不了的。所以我打算给茉茉租个房子，就在我家跟这儿的中点上，两边老人都方便去看孩子。茉茉生活也适意些。"

真是好女婿，不用她费口舌了。玉兰微笑不语，端然坐着，跟尊菩萨似的。她年轻时是个瘦溜美人，如今上了年纪，脸上有点肉了，堆在那儿，是白肉，外面再擦上霜啊粉啊，更白。谁见了都说是富态，是福相。

茉莉在旁边屋偷听，暗暗得意。玉兰笑道："乔布斯，你办事，我放心。"劲草讪讪地说："妈，我怎么成……乔布斯了？"玉兰笑得腰都弯了，"你那个微信昵称，"她用手比画，"以前不是，乔、杠、布、杠、斯吗？"劲草摸摸后脑勺，乔布斯的确是他的偶像，但也是几年前的事了，他现在崇拜马云。

玉兰又补充："我是巴望着你成乔布斯，我们茉茉也能跟着享享福。"劲草道："乔布斯死得早的。"玉兰道："所以说，年轻时候就要保健，不能等到事业成功了，才开始注意身体。"

说了说囡囡，吴玉兰又要给劲草冲糖桂花喝。但一出家门，上了车，劲草脸色就阴沉了。茉莉道："干吗？演变脸呀？反正不许变卦的。"

劲草痛心疾首："让我怎么跟爸妈说？"

"总归你去说的，我不能去说。"茉莉守住底线，"你妈练过武术。"

真打起来，茉莉双拳难敌四手。

"现成的房子不住，出去住。"

作！

茉莉大声说："哎，朱劲草，你这么说话就没意思了，方案是你提的，在我妈面前答应得好好的，不兴两面三刀。"

劲草不理睬，专心开车。

茉莉凑趣："钱一人出一半。"

"是钱的事吗？"

茉莉说："怎么不是，太是了！就是！你要是乔布斯，立刻拿下一套房，一碗汤的距离，大家寻常看不见，偶尔露峥嵘，关系保管好了。"

劲草说我试试看。

茉莉抢白："别试试，说到就办到，换位思考，我要让你跟我爸妈住，你受得了哦？人要将心比心的。"

老公怎么说服他父母的，茉莉不感兴趣，她只求一个结果——最后结论：搬。不过从战斗现场看，公公朱大力，又一次大力出奇迹了。他摔碎了跟随自己多年的茶杯——一只大型玻璃罐头瓶。大力饮水量大，只有这种杯子能满足他。

茉莉看在眼里，乐得当个好儿媳，到楼下便利店买了个什锦罐头，水果她跟囡囡分，瓶子留给公公。洗好涮好，拿到人跟前，漂亮话还是要说的："爸，您以后缺什么，直接跟我说，不用客气。"大力阴沉着脸。她婆婆张善亚就着台阶下："茉茉，你受委屈了，我们也知道，年轻人跟老年人，作息习惯不一样，吃的口味也不一样……"

茉莉不愿意背锅，连忙道："妈，不是这样的，劲草出去工作，必须用车，我上班远，不开车不行，那么只能出去租个小套，骑脚踏车就能上下班了。我爸妈身体也不好，有时候我还得去看看，两边跑，实在吃不消……"理由合理又充分。她婆婆一听又说要去看看亲家。茉莉连忙说不用。善亚又问："你爸妈不走了吧？"

茉莉挤着笑："慢性病，得慢慢看。"

房子找好，准备搬了。茉莉下了班就忙着收拾东西。劲草嫌她收拾得猛，不看老婆，若无其事说："少带点，家都搬空了。"茉莉叨咕，说都是要用的，主要是你女儿的东西，我一张凉席就行。

夫妻俩正说话，大力在外头叫儿子，劲草开门出去。十几分钟后，回来了。手里捏着个牛皮纸信封，看上去厚厚的。茉莉眼睛发亮："爸给钱啦？"他们搬家，按说公公应该支持一把。

劲草回："没钱。"

茉莉更好奇了："那是什么哇？支票呀？！"

洋气的哦。大力用上支票了？

劲草咕哝一声。茉莉没听清。劲草只好一字一字地说："家书，一封家书，信，懂了哇？"

朱大力是《傅雷家书》的拥趸，多少年了，有样学样，也给劲草写家书。一年至少一封。茉莉抢着要看。劲草不给。茉莉道："是不是写我坏话？"

必须要看了。

两口子扭打一阵，茉莉终于得手。信封里有个简易相册，都是劲草从小到大的照片。其中一封信抽出来，展开，嚯，还是手写的，一手娟秀的小楷，跟他大力的名字和大力的外表形成巨大反差。

茉莉小声读："儿子，首先祝你事业又有了新的进步，为社会做出了更大的贡献。"茉莉嫌肉麻，喷了一声，继续："在此，爸爸整理了一些你成长的照片，留作纪念。"茉莉挨个翻，基本按照时间顺序，记录了劲草的成长，每张照片下面，还配了文字。茉莉没想到公公粗中有细。

她放下照片，继续读家书："寄儿三点希望，第一，要做一个懂得感恩的人，叹号。"茉莉停顿，对劲草："听到没有？让你感恩！"

劲草不理她，靠在床上刷手机。

茉莉忍不住点评："真不知道还要怎么感恩，房子自己不住，给父母住。"劲草抬眼瞅她一下。茉莉不抱怨，继续读："首先要感恩父母，是父母给了你生命，给了你优秀的基因，括弧，尤其是你帅气的外表，给了你我们已经尽力提供的良好的成长环境！如今你成家立业，父母的一切都维系在你身上！其次，要感恩你爷爷奶奶、姥爷、大姨三姨、大姑二叔，从你呱呱坠地到长大成人再到成家立业，都浸润着亲人们的汗水和心血，所以要永远记住他们，你是朱家下一代唯一的男丁，力所能及地帮助他们，责无旁贷是家族的脊柱……"

茉莉停下来："用词不当，什么'脊柱'，应该是'脊梁'。"

劲草不耐烦，侧个身，屁股对着她。

茉莉读下去："还要感恩所有帮助过你的人，比如老师，比如朋友，等等，叹号。"茉莉放下信："压力大的哦，生了个孩子就让孩子感恩，怎么没说感我的恩呀，是我把你从茫茫人海中捞起来的好不，还有，谁生的囡囡，喊！"

劲草嚷嚷说别看了。

茉莉不理，读自己的："中间两段跳过，要你做一个有担当的人，要你做一个能坚守的人，中心思想，还是围着第一段，好了那么最后，爸爸要告诉你，父母给予孩子最大的礼物，是给了孩子生命，寄托了他们对生命的延续，爸爸希望你幸福快乐。爱你的爸爸，没了。"

这一段家书，茉莉读得一脑门都是问号。她私心里想着，有这种爸爸，儿子能过得好吗？儿女是应该孝顺的，但父母不能主动要求，主动要求就不对了。儿女是否孝顺，是一个自然产生的结果，是能要求的吗？你要求了，他就不是孝顺的孩子，你有什么办法？

好笑的。

茉莉用脚趾夹劲草屁股上的肉，劲草疼得躲开。茉莉苦笑道："什么感想？"劲草说没感想。茉莉说："你以后，不许给我女儿写这种家书，要人命的。"

劲草说放心，家书到此为止，下一代没有了，我写字也不好看。茉莉呵呵道："我怎么觉得，这个家书是写给我看的呢？"

"又多想。"劲草坐起来。

裤子口袋里，手机振了一下。茉莉背过身，瞄一眼。又来了。妈的。这次更赤裸：你老婆什么时候搬走？我们去迪士尼玩。

小心脏瓦凉瓦凉的。

她要搬家黑手都知道。这什么人？什么情况？难道劲草真有故事？！茉莉转过身，把手机藏好。这一次，她不向劲草透露，她要独立作业，完成情报工作。茉莉突然有点怀疑，劲草去金山工作，是不是有猫儿腻？又或者，是公婆在搞鬼？那真叫老骥伏枥了，这么大年纪，还学会发匿名短信了？

劲草双手一撑，身子在床上弹了两下，人过来了。茉莉吓了一跳。他一伸手，把信拿过去，折好，塞进信封。又起身去书架上找了本《英汉大词典》，随手翻开，把家书夹了进去。

第十一章

搬家前欢天喜地,真搬过去了也就那样。地方实在小,一居,她跟女儿住都有点挤。可是能有什么办法呢,都是自己选的。

榴榴鼓励茉莉:"慢慢来,你这等于建立根据地了,只要坚持下来,胜利最终还是你的。"

茉莉苦笑:"多久?五年?八年?还是十年?老头老太太身体好着呢。"榴榴说:"他们不会一直住在这儿吧?好意思的?"茉莉说:"真没有一点不好意思。"

"会不会是对你有意见?"

"随便。"

"我的意思是,嫌你没有给他们生孙子?"

茉莉发气:"谁生谁是孙子。"

榴榴往下解释:"落后地区,观念陈旧,一个孙女,让你住小房子,要是一个孙女一个孙子呢,还让你住小房子?还不得对调呀!"茉莉说:"不是我不想生,哪有机会生呀,半个月才回来一次,以后都这样了,等于两地分居了。"榴榴不想茉莉太过担忧,不往下问了。两个人静静坐了一会儿,都有点感伤。

茉莉没话找话,问她跟大表哥有没有进展。榴榴说大表哥高冷得跟霍建华差不多,但她就是喜欢。茉莉点了一下嘴唇:"到没到这儿?"榴榴不好意思,作样轻拍她:"想哪儿去了?"茉莉说又不是高中生,有什么说不开的。榴榴说不是说不说得开,我觉得大表哥这人蛮绅士的。

茉莉戳破了："那是对你没兴趣。"

"喂，生活已经够残酷了好不啦，人艰不拆哇。"

话确实重。

茉莉笑嘻嘻地："哪天去吃酒吞？"

榴榴捏捏肚子上的肉："本来想去的，被你说得，不敢去了。"茉莉拿出手机，翻出提到酒吞的那条短信，给榴榴看。榴榴一口葡萄籽差点没卡喉咙里："还活动哪，白色恐怖呀！能不能报警哇？"

茉莉道："我是做好长期斗争的准备了。"

榴榴问："拿它没办法了吗？"

"问了民警，说这种骚扰消息，很多是从境外发过来的，根本查不到，"茉莉说，"我现在最担心的，是怕它假里面还有真。"

榴榴反应过来："那你要小心点。"

茉莉恍然大悟似的叫道："会是我婆婆吗？"

榴榴脑筋急转弯："你的意思是，你婆婆希望你离婚？"茉莉又把一封家书的事说了。榴榴顿时鸡皮疙瘩掉一地，分析道："没有你，还有其他人呀，她儿子自理能力都没有，不可能光棍一辈子呀。"茉莉笑说那可不一定，他们可以照顾呀，哪怕照顾不了，后面的事情人家也不管了，他们就要儿子感恩报恩，把老一辈子照顾好了就好了嘛。

榴榴又觉得老人不一定会玩这种把戏。

茉莉说："本来我也觉得应该不会，但其实我婆婆淘宝玩得溜着呢，不能低估。"榴榴大喘气，想了一会儿，才说："我感觉我妈也不想让我结婚。"

"不至于吧？"

"都不催了。"

"过了一定年纪，就不着急了。"

"不催也不正常呀。"

"你妈什么时候过来？"

"感觉已经在准备了。"

"跟老妈搭伴，多好呀。"

"不一样，要都像你妈那样倒好了，我跟我妈，长期不在一块，也要磨合的。"

茉莉又跟榴榴提到翁阿姨的事。榴榴也大叹闻所未闻，可一切又似乎都在眼前。前几代人，多子女的，老了尚且如此，他们这代独生子女，上头那么多老人，怎么弄。榴榴感叹："你还好些，有女儿托底，我呢？一个人，将来肯定要住养老院了。"茉莉安慰她，说不是还有大表哥呢嘛。榴榴说那只能是有枣没枣打一竿子，整体是悲观的，毕竟大表哥卖相不错，她没有信心拿住。

茉莉提醒她："你有房子呀。"

榴榴无奈："在上海混了那么多年了，也就这套房子能给点安全感了，不过也危险的，万一将来失业了，房贷还不起，房子就没有了。"

劲草正式去金山了。囡囡，茉莉接得多。爷爷奶奶一周接一次，去家里吃饭。茉莉慢慢认识到，老人对第三代，根本没有嘴上说的那么在意。他们真正在意的，是自己儿子。说句难听话，孙女的福，他们估计是享不上了，但儿子正是收获期，完完全全属于自己。

因为要接孩子，茉莉调整了下班时间，以前下了班，要多坐十分钟才走，现在是提前十分钟，去幼儿园之前，她有时候会拐去买点菜。这就经常碰到果果妈高夏菁了。接触了几次，茉莉才知道果果妈在金融系统待过，现在是银行的理财经理。高夏菁送过茉莉两次面膜，都是台湾研发的新产品。茉莉笑说："真不好意思，帮不上你的忙，有孩子了，一点闲钱没有。"高夏菁笑说不必有压力，这个都随缘的。

果果和囡囡能玩到一块儿。大人关系也近了。茉莉为还高夏菁面膜的人情，提议去吃寿司，反正两个女人下了班都没事。高夏菁问劲草呢？

茉莉把家里家外的事简单交代了，包括跟公婆分居，高夏菁说那你自由了。

茉莉说所以呀，也不知道能自由到什么时候，快活一天是一天。她说我请你。高夏菁不肯，说要AA制。茉莉故意问："去吃酒吞怎么样？"她故意提这家餐厅，为的是观察高夏菁的微表情。高夏菁也算嫌疑人，也要摸底，一个单身女人，搞不好就会觊觎别人的老公。她有"作案动机"。

谁知高夏菁略有点惊讶，她感觉有点贵。

茉莉说："老实说，以前我家庭条件不错的，对自己，我不节省的，后来到上海了，结婚了，不一样了，买汰烧都会干了，换季收纳灰头土脸，又搬家，狼狈得。我们家先生一出去工作，公婆天天快活，我心里又不平衡了，孩子我带掉了，家里我顾好了，他们都及时行乐就好了，凭什么……"茉莉越说越多。

高夏菁插了一句："你还有的埋怨，我呢，孩子只能我带掉了，家里只能我顾好了。"

茉莉戛然而止了。是的，高夏菁比她更苦。那就更应该喝一杯了。茉莉特意没开车，和高夏菁去了酒吞。清酒满上。真有点姐俩好的意思了。茉莉掏心窝子，高夏菁也说真心话。她跟茉莉说了她离婚的事，前夫怎么出轨的，怎么联合小三对付她的，她怎么捉奸的，怎么抓破小三脸的，怎么因为离婚到上海的，怎么一个人抚养儿子的……高夏菁说得唾沫横飞，茉莉听得花容失色。真是一部连续剧。反正，归根到底就两个字：苦的。命苦，生活苦的，当女人总是很苦的。

茉莉问："就没想过找个人靠一靠？"

高夏菁带点醉意，声音都大了些："靠谁呀？谁靠得住？带着儿子，谁要你？哪个男人傻？帮人家养儿子，是没有回报的投资，没人愿意做的。"

茉莉只好安慰："一个人过自在。"

高夏菁道："跟你不能比，你后头有靠，我父母都是穷人，还指望我接济呢。"越说越难过，茉莉只好举杯，结束这个不愉快的话题。

高夏菁识趣，转而说："你手风琴拉得不错。"茉莉问她怎么知道的。高夏菁笑说，有时候晚上能听到，前面楼传过来的，后来听你婆婆提，才知道是你。茉莉喟叹："过去想玩，能玩，会玩，现在有了孩子，事情又多，偶尔晚上来两段，消愁用的。"

高夏菁道："活着就是愁。"

茉莉出来租房，隔三岔五，张善亚也上门，每次来，都把房间收拾一通。还现身说法，教育茉莉："多干家务，对身体好，你看我和你爸，我多干，他不干，到这个年纪差别看出来了。"

茉莉没法跟她理论，平时工作忙，又要带孩子，茉莉一周会请保洁来一次。"妈，真不用您动手。"茉莉说了多次，善亚根本不听。茉莉上班，她偷偷就过来了。茉莉明白，人家是心疼儿子，半个月回来一次，到家要利亮。茉莉只好打电话给劲草，让他去沟通，说你妈打扫可以，但厨房和卫生间，不用她过问。

"我得锁起来。"茉莉很严肃。

劲草说至于嘛。

茉莉大声："至于，太至于了，我不能什么都被人看透了，我的内衣裤，我自己安排！"这些私密的角落，是茉莉死守的最后的尊严。

国庆节前，张善亚摔了一跤，骨折了，大力慌乱，给劲草打电话。劲草又打给茉莉。茉莉不高兴，公婆明明有她电话，为什么不直接打？还是把她当外人！

天黑了，茉莉把囡囡放到她妈那儿。玉兰也担忧，问要不要跟着去。茉莉说她一个人去行。送到医院，要做手术。善亚死活不肯，说要等劲草回来。

茉莉着急："他回来，该做不也要做吗？我跟爸都在这儿，劲草已经在路上了。"

不行。人家要等。好像全世界只有儿子信得过，老公都不成。都是来谋害她的。

好不容易，朱劲草回来了。手术也完成了。

她还光着呢。

茉莉连忙背过脸，她这次意识到婆婆还是裸体状态。医生们见怪不怪，扯了张床单给她包上，抬出去了。

伤筋动骨一百天。善亚倒了。谁照顾她，成了个大难题。劲草没说，但茉莉能感觉到老公对她的期待。这种时刻，正是她表现自己的大好机会。可是一来茉莉刚搬出来，清净日子没过几天，二来她也要上班，是个职业妇女，让她照顾一个躺在床上的老太婆，实在有难度。

善亚眼看出院，要进入漫长的恢复期。茉莉踟蹰不前，一直没表态。玉兰对茉莉说："你要不想过了，就别回去。"茉莉虎着脸。玉兰又说："囡囡我帮你带，反正就半天，白天让她儿子请护工，晚上你稍微看着点，咱们做人做事，不能叫别人挑眼。"

茉莉道："那小房子呢，钱白出啦？半年一付的。"

玉兰和顾得茂商量了一下，表示这个损失，他们兜着。

第十二章

照顾婆婆最大的困难不是照顾本身,而是婆媳之间那种不尴不尬不远不近的状态。不能太亲密,又不能太冷漠,不能说太多,也不能什么都不说。

于是,婆媳俩永恒的话题就只有朱劲草,多半是善亚说,茉莉听。高兴了,善亚恨不得从生劲草那天开始讲起,悲伤了,又好像在托孤,她会拉住茉莉的手说:"以后我们都不在了,他还得靠你!"

茉莉连忙带点揶揄地:"哎呀妈妈,你可不能不在,还是得你亲自照顾,我水平达不到。"

善亚给茉莉喂好听的:"当初劲草说找你,我一看照片就说你行,憨厚、老实,能吃苦。"

茉莉诧异,这几个词,好像跟她一毛钱关系都没有,也没一个是她想要的。

茉莉借着势说:"妈,劲草是大人了,该独立了。"言下之意,你老人家少管点闲事。

善亚根本领悟不了,直接道:"再大在父母面前都是小孩。"

茉莉气得深呼吸。

张善亚受伤,吴玉兰前来探望,走个过场。亲家见面,虚伪难免。茉莉懒得听,到厨房洗菜。榴榴也上门一次。茉莉的理解是,沈榴榴还是想跟大表哥发展,所以多在外围做工作,积累人缘、口碑。高夏菁也来了,提着果篮,因为接孩子老遇到,她跟张善亚也算有点交情。茉莉哩哩啦啦地照顾到年前，张善亚能站起来了，但走路还有点困难。善亚让劲草和茉莉过年务必回老家一趟，姥爷是大年初一的生日，今年又是大年份。茉莉问劲草姥爷高寿了。劲草说是八十三。八十四是个坎儿，所以提前一年冲一冲。

劲草姥爷也有故事，干革命出身，但却清廉一辈子，三个女儿的工作，他一点没帮，还拖了后腿。因为是干部，军分区给分了房子，按级别，住单独的小别墅。过去不值钱，现在不得了。老伴去世后，姥爷一直靠保姆照顾。算下来也十几年了。三个女儿都知道，老爸跟保姆有感情，但她们没打算认她当妈，老爷子也拎得清，只给钱，不转正。如今风烛残年，保姆私下闹过几次，可姥爷脾气硬，咬住了，保姆也没办法。茉莉没去过劲草姥爷的房子。跟劲草结婚，去老家办了一场酒，住的是酒店。结婚过后，有一年没去，之后两年都带孩子回了娘家，也没顾上看姥爷。

转眼就到了过年。开车回劲草老家的路上，茉莉问劲草，姥爷的房子，百年之后怎么分？劲草说，道理上，是三家平分，不过老头子脾气古怪，最后怎么样谁也不知道。

茉莉道："张善亚女士能不想？"

劲草好笑，他妈妈的名字总有种喜感："张善亚女士想，真亚女士、美亚女士也想，没用，你想，人家得给才行。"茉莉说："反正，我是巴望着妈得，得了钱，能在上海买个小套，大家解放。"

囡囡在后排睡着了。茉莉借机道："我又收到短信息了。"顿一下，又说："全是举报你的。"

"干脆报警吧。"劲草不耐烦了。

"不是说警察不管吗？"

"那也得报呀，图个心安，否则天天疑神疑鬼。"

"你现在半个月回来一次，平时需求都怎么解决？"茉莉直白地说。

劲草脱口而出:"年纪越来越大了,哪还那么多需求?"

茉莉发笑:"哎哟,那我该高兴还是不高兴呀?"

"随你。"

"你要有什么,可得跟我说,有问题解决问题,不怕有欲望,要找正常的途径。"茉莉同事里就有外派出去长期嫖娼的。

劲草听着别扭,但又不晓得怎么接话。

茉莉乘胜追击:"反正,预防针给你打过了。"劲草道:"不用打预防针,用完左手用右手,就那么回事。"茉莉直言:"我可以给你买器具的呀。"劲草反问:"那你呢?"茉莉道:"我天天照顾妈,我能干什么呀?干吗,还怀疑我呀?"

车进服务区,三口人下来上厕所,吃点东西。劲草突然说:"谢谢你。"茉莉心里一暖,面上却不动声色:"谢我什么?"劲草说:"都是你受委屈,我才能跟爸妈团聚在上海。"茉莉道:"你们自己买的房子,随时都可以团聚的。"劲草连声说:"没有你我过不下去。"

有点油腻了。但茉莉还是喜欢听,劲草难得花言巧语。她理解为是对她辛苦照顾婆婆的补偿。也是一种怀柔策略,天晓得他在老妈那儿同样说了多少好话。可是,一个男人还愿意来回周全,就算不错了。

茉莉当然明白劲草的心,他是读过书的,又在外面混了那么多年,什么事情他不懂?父母不讲道理,他一本清账。可没办法。就像家书里写的,他必须感恩。现在不是十年前二十年前了,没有父母的帮助,他连房子都买不起,怎么在上海立足?没房子,总归心不安的。还有工作,据说也是朱大力托了战友才找到的。这是大力告诉她的。劲草从来没提过。茉莉也不戳破。现在外地青年到上海,靠一代人的积累是不行了,都得拼爹、拼爷爷。

其实茉莉家能负担这些。比如买房子,男方不买,只要茉莉真喜欢,茉莉爸妈愿意掏钱。可是茉莉知道,劲草自尊心承受不了。比起欠老丈人丈母娘老婆的,他宁愿欠父母的。可是这一欠,和父母的关系又千丝万缕了。茉莉老说,你就跟在盘丝洞里差不多,好不容易走出来了,又被丝拉回去了。劲草道:"你不也一样,闺房都搬到上海来了。"茉莉着急:"我妈没让我天天陪着!"劲草无奈:"那是时候没到,真到那天,不能动不能行了,还得靠你。"

真是恐怖片。

茉莉不敢想那一天,在她的世界里,父母是能关照她一辈子的。"独生子女是不好。"茉莉喟叹。劲草说那抓紧时间,我们尽量避免。茉莉说你都不回来。劲草说你算好日子,我能赶回来的。

茉莉说那一点意思都没有了。

茉莉原本以为,去劲草老家过年有意思的,到了才知道,年味还不如上海。上海好歹黄浦江上还亮亮灯呢。年初一这顿寿宴,没在别墅办。这年轮到劲草三姨张美亚出钱,早早订了酒店。时间一到,所有人开过去。蛋糕是大姨真亚买的,托儿子汪凌霄带过来。真亚身体不好,动步就喘,平时住在黄山婆家,过年才回来一趟。但今年过年雾霾大,她出不了门了。真亚老公在马鞍山工作,也没回。所以这顿大餐,只能让凌霄代表全家出席。

善亚这边,劲草、茉莉和囡囡代表。

美亚家倒是全员到场,总共三个,美亚、美亚老公、儿子黄牵牛。姥爷还是保姆扶着,落座,问了问情况。年纪大了,什么都看得淡,只顾自己,老大老二两个女儿没到场,他似乎也无所谓。姥爷倒是喜欢小孩子,逗囡囡玩半天。饭菜上来,姥爷也没夹几筷子。点上蜡烛,众人起立,唱生日快乐歌,美亚让老父亲许愿。

姥爷道:"我都这个年纪了,说走就走了,还许什么愿,我就希望你们都好好的,不要给我找麻烦。"表情看着有点像生气,他停顿片刻,突然一指凌霄:"你。"又指牵牛:"还有你,都早点成家。"

凌霄笑呵呵应对，说继续努力。黄牵牛积极，不等姥爷深度询问，就自己爆料："姥爷，估计等不到你下个生日……"他说话一骨节一骨节，众人听得心惊，这不是咒人嘛。美亚骂儿子："别放屁！"她做了一辈子女工，说话粗俗。

牵牛笑呵呵继续道："我是说搞不好，不到姥爷下个生日，我就结婚了。"

这个消息来得突然，看那样子，美亚似乎也没提前得到情报。保姆金姐替姥爷问得仔细，茉莉也感兴趣，跟着追问。美亚一脸得意。劲草只顾吃自己的。凌霄可能觉得尴尬，听了一会儿，就心不在焉了。

最后，基本情况摸清楚了。牵牛现在谈的女朋友，是个博士，皖北的，年纪比他大。属于姐弟恋。女方挺着急结婚，也看得上牵牛，对房子没要求，愿意共同奋斗。美亚人还没见，光看照片，就一万个满意。她和老公没本事，不可能给儿子在上海买房子。她心目中最理想的情况是，直接找个有房的女人，但蹉摸了几年也没着落，毕竟牵牛卖相一般。如今有博士愿意下嫁，愿意一起吃苦，美亚为儿子高兴。

她对茉莉道："人呀，不能太挑了，时间是最宝贵的，挑来挑去，自己被剩下了，不管男的女的，只要剩下了，就都不值钱了。"

话应该是说给凌霄听的。

茉莉代人听了话，也不回应，只是微笑着，左耳朵进，右耳朵出。

中午这顿吃完，下午，美亚当向导，带着茉莉和囡囡在市区里几个景点转转，散散步，消消食。初二就要回上海，劲草只有下午半天能跟同学聚。他本来说不要去了，可同学一会儿一个电话，一定要见。茉莉不想被说成是阻碍老公社交的坏妻子，还是打发他去。

美亚挽着茉莉的胳膊，行走在公园的鹅卵石小路上。茉莉是上海来的，美亚多少有点儿巴结。茉莉问三姨，大姨什么病。美亚说："查不出来，过敏，对空气过敏，所以只能住到黄山去，那儿空气好。"茉莉说恐怕是心病。美亚道:"换谁谁也得有心病,那么大儿子,漂在外头,老公也不在身边,大宝恨大姐。"

茉莉诧异。

美亚又说:"不过维持现状,大姐也喜欢,她不喜欢她儿子被人抢走的,反正大宝一天不结婚,就一天全部属于她,结了婚,就该是人家的老公、人家的女婿,没那么单纯喽。"

茉莉笑着对三姨说:"你不担心三宝呀?"美亚问担心什么。茉莉说:"被人抢走。"美亚哎呀呀地:"随便抢,我们家这活猴,早抢走,早去祸祸别人。"

玩到晚上快十点,劲草到家浑身酒气。茉莉陪囡囡放完烟花,给女儿洗脸洗脚,都收拾好进卧室,发现劲草已经睡着了。

手机视频开着,是他喜欢的喜剧节目,里头不时传出爆笑。茉莉拿过手机,迅速点掉视频。屋子里安静了。她大拇指放到锁屏键上,刚想按下去,又停住了。她从没看过劲草手机,虽然上次他说,密码你都知道的,但她不当真。密码可以换的。可这次机会难得,手机摆在眼前,是看还是不看呢?

茉莉纠结。

看,万一看到什么生气的,那就糟糕了。不看,万一有什么不好的,那么她就当蠢老婆了。

一只猫跳到卧室窗台上,喵呜喵呜叫,吓得茉莉手机差点没抓牢。劲草翻了个身,茉莉连忙蹑手蹑脚出卧室。到客厅,灯也不开。黑暗中一块光斑,跟通往异次元空间的入口似的。茉莉擎着手机,呆呆立着,终于还是趁它没自动锁屏,在屏幕上点了一下。

第十三章

茉莉点开微信，只见几个工作群在跳。聊天记录是被清空的。几秒钟后，两条消息跃了出来。

茉莉轻轻触碰。

一条是，"还在吗？"

另一条是，"睡了吗？"

发信人头像是一朵黄色月季花，性别显示为女。

茉莉愣了好一会儿。朱劲草啊朱劲草，终于还是有情况了。冷静！必须冷静！她必须师出有名。

顾茉莉拿出自己的手机，先给聊天记录和微信号拍了照片。都是证据。然后，又翻看通话记录和手机通信录，没查到这个人。茉莉怀疑对方是劲草单位的同事，劲草是中层领导，又出去带团队，有小姑娘往上扑不意外。但茉莉可怜自己，好好一个天之骄女，不图他钱财不图他事业，因为真爱跟了他，买汰烧都学会了，简直成了黄脸婆，他呢，还在外面潇洒！

取证完毕。顾茉莉无声地哭了，她想打电话给妈妈，可这种丑事，她连老妈都不想告诉，太丢人！男人在外面搞，不恰恰说明另一半没有吸引力嘛。这种故事她听得太多，只是没想到这么快就轮到自己头上。

手抖，几乎拿不稳手机，顾茉莉深呼吸，坐到沙发上，她拧开矿泉水瓶盖，猛灌了两口凉水。深呼吸，一、二、三……慢慢地，整个人才平静下来。

微信名叫rebecca，没有备注。看名字，是狐狸精无疑了。茉莉假装劲草的口吻回了一条：喝多了，刚才睡着了，好累。

对方立刻回复：你老婆呢？

妈的！还没睡？！还好意思提人家老婆！铁定惯犯！活脱淫妇！

周身全部的血液瞬间都往头上冲，茉莉毫不怀疑，如果这个女人现在敢出现在她面前，她能立刻拿刀把这个女人劈成两半！

大喘气！全身肌肉都紧绷着，茉莉觉得自己快被点燃了。她真想回复一句：我就是他老婆！你他妈是谁？！可是，这样不就太过愚蠢了吗？茉莉听高夏菁说过她的遭遇，她当初就是这么在手机上问小三的，人家直接来一句：问你老公去。

顿时就被动了。

还是应该稳住。顾茉莉又回复一句：头疼，要睡了。

然后把聊天记录拍下来。她打开转账功能，要给rebecca转账，昵称后面自动出现两个*，最后一位是一个"伟"字。茉莉拍下这张图，然后才让手机锁屏。上了锁，茉莉后悔，为什么不问她要手机号码？那样，她或许可以查出对方更多的信息。她本能地觉得，这个人跟那些匿名短信有关。然而，叫"伟"不是很奇怪吗，看聊天记录和性别设置，应该是个女的，但"伟"，以男生居多。这就是说，这个微信号的实名认证，很可能是个男的。也不对。茉莉高中有个女同学叫吴伟，大学还有个女同学叫张强呢。叫伟并不是说就一定是男的。

夜越来越深了，茉莉一个人坐在沙发上，呼吸都不自然，尽量轻，怕是惊扰了谁似的，窗外对面楼的灯光，一盏一盏熄灭，茉莉觉得自己仿佛是一个人在黑夜中的大海里游泳，谁也帮不了她，只能往前游，一直游到岸。

手机里能提取的信息只有这么多。这是物证。眼下，她要做的，是审人证。人证和嫌犯是同一个人——她老公朱劲草。这必将是一场鏖战，无论从体力上还是精神上都是。茉莉站起来，先走到女儿的卧室旁，推开门，女儿的呼吸声很均匀，睡得酣甜。面对女儿，顾茉莉眼泪忍不住扑簌簌往下掉。但一转身，关上门，穿过客厅，站到主卧门口，眼泪就干透了。

她走进去，再转身把门关好，然后，一指禅点开大灯。朱劲草立刻曝光。他缩在被窝儿里，一动不动。茉莉走到床边，掀开被子给了他屁股一脚。

酒一下醒了。

被窝儿被掀开一角，朱劲草半撑着身子，眼睛被光刺得睁不开。

"干吗？"他语气透着不解。揉揉眼，不是做梦。

茉莉把他手机递过去。劲草接过来，还是不懂她卖的什么药。"打开。"茉莉看上去冷酷无情，亲手挑起了战争。劲草抓着手机，开锁，"看微信。"茉莉进一步指示。劲草点开微信，又立刻锁上了。

"不是你想的那样……"劲草声音有点求饶的架势。

气势上首先就输了。

"谁？"

"没谁。"

"全部招了，咱们好说。"

劲草嗫嚅："一个……网友。"

"什么网？哪个友？"

"附近的人。"

"多久了？"

"就几个礼拜。"

"叫什么？"

"不知道。"

"连叫什么都不知道，就跟人家……你侬我侬了?!"茉莉恨铁不成钢。

"网友嘛,都叫网名……谁用真名……"

"不说实话是吧?"

"都是实话呀!"

茉莉恨得抄起床边打被子的拍子抽了他两下,她真想咬他一排牙印,"到什么程度了?"

"没有……"劲草又开始语无伦次了。

"说!"拍子再度高高举起,茉莉像审反动派。

"就是网聊。"

"见过面了?"

"没有。"

"网聊?"茉莉追问,"多深入的网聊?是文字聊、语音聊,还是视频聊?是穿着衣服聊,还是脱了聊?"说到这儿,茉莉突然啐了一口唾沫到他脸上:"怎么就这么不要脸!"

朱劲草理亏,处处忍让,可茉莉一口唾沫啐得,他瞬间触底反弹,理直气壮起来:"网上聊个朋友怎么啦?!偷啦?!抢啦?!"又带点委屈,"还不是你逼的,生完囡囡之后,你理过我几次?眼里只有女儿,还有我吗?晚上不是屁股对着我就是把脚戳到我脸上,你跟我沟通了吗?你管我心情好不好吗?知道我最近想什么有什么麻烦吗?你尽到老婆的责任妻子的义务了吗?要不是我爸妈来我都能疯!"

劲草的突然爆发让茉莉一愣,他这个逻辑新鲜,可也不全无道理,只是,轨道有点偏离眼下的主题,茉莉纠正道:"你出轨还有理了?"

"没出!"

"这就是!"

"手机上聊几句就叫出轨了?"

"确定没见面是吧?要被我查出来二度撒谎……"茉莉话还没说完,

朱劲草就抢着说:"我确定我肯定我对天发誓只是网上聊天没有见面如果撒谎出门被车撞死我被雷劈死……"

这誓言有点狠,但茉莉还是直接问下去:"到什么程度了?"还是老问题。今天必须榨出来。

"什么?"劲草迟疑。

"你跟姘头,发展到什么程度了?"

"说了没有姘头!"劲草屁股挪了挪,他去抱茉莉的腿,像狗:"茉茉,真的是冤枉,就网上聊聊解解闷……"

"跟我没话说,跟她有话说?"

"不是……"

"到底什么程度了?!"茉莉不客气,"正面回答。"

"就普通网友……"

"是吗?爱情这个东西,就是一瞬,有就是有,产生了就是产生了。"

"没有!"劲草矢口否认。身体出轨的人,只要被抓,就知道没的洗了,精神出轨不一样,还有辩解的空间。

"真没想到你是这样的人。"茉莉喟叹。

"不是你想的那样,没那么严重。"

"你的底线呢?"

"我的底线就是忠于你,"劲草装情圣,"但有的时候,念头不受控制,你敢说你就没有一秒钟或者半秒钟的走神?就跟你对霍建华一样,情有可原。"

"霍建华可没空跟我聊天,也不会问我老公在不在。"

"就是打个比方。"

"她什么情况?"茉莉回归理智,继续拷问。

"好像二十多岁……本科毕业……"

"学历都知道了,"茉莉不屑,"做什么工作的?"

"好像是销售。"

"通过语音没有?"

"一两次。"

"到底几次?"

"两次。"

"很好,"茉莉拿指甲戳他的胳膊上的肉,"声音酥麻吗?跟林志玲比怎么样?"

"不是……茉茉……咱不折磨自己行不……"他去抱茉莉的腰。

茉莉甩开他。

"花了多少钱?"

"这个真没有。"

"只为感情?不为钱?免费跟你聊天?你魅力好大哦!"茉莉挖苦着。

劲草拿出手机,嘀咕:"删了……立马删了……"

茉莉喝道:"不许删!你这是销毁犯罪证据!"

劲草只好停止操作。

茉莉陡然柔缓下来:"好了,现在嘛需要你表态了,你是改过自新,争取从宽,还是一意孤行,自取灭亡?"

"改过,从宽。"劲草不打磕巴。

"你是站在我这边,还是投靠那个女的?"

"茉茉,我真的真的真的是爱你的。"

"是,我们是夫妻,是一体的,我不可能害你,但是如果你变了心,你是有可能害我的。"

"我对天发誓……"

"行啦,留着对你妈说去吧!"茉莉不耐烦地说,"朱劲草,我再跟你确认一下,你没有被骗钱,对方没有让你转账,没有问你要钱,是吧?"

"确定,没有。"

"那人家图什么呢？"话又绕回来了。回到最初的动机研究。

"网上聊聊天，消遣。"

"现在很多这种骗子，网上聊天，然后骗你见面，见了面，一个肾就没有了，男的就给送到煤窑干苦力，女的就给卖到山区当媳妇。"

劲草色变。

茉莉继续道："对方有可能是男的，你信吗？"劲草说不可能。茉莉让他打开手机，点开rebecca的对话框，走转账，立刻出现"**伟"。

"看到没有，伟大的伟，叫伟的女人可不多的，微信实名认证，你通过语音，对方是女的，但你不知道她本名，很有可能她用的微信是用别人的身份证、银行卡注册的，不是她本人的。这个叫伟的，八成是团伙成员之一。他们是团伙作案。"

越分析越恐怖。

劲草一张脸被灯光照得惨白："没那么严重吧。"他也不确定了。

茉莉继续道："你要信得过我，你要还想跟我过，你要还在乎女儿还在乎这个家，你要不想我把这件事告诉任何人，包括你爸妈和我爸妈，你就把这个微信给我用。"

"什么……"劲草觉得自己像在做梦。还是噩梦。

"这个微信给我，你重新申请注册一个，家里不还有个小手机嘛，群你退出，好友我不会动你的，但这个人留着，我跟她聊。"

劲草迟疑。这拨操作太大胆。

茉莉追击："干吗，不敢？还有没交代的？还是感情深到怕我发现？"

"里头有两千多个好友呢。"

"没关系，现在放假，我不嫌麻烦，我帮你操作，"茉莉说，"你不觉得这个人跟发匿名短信的人有关吗？"

劲草沉默。他垂着头，今天晚上，他彻底被茉莉斗败。但他还没失去理智。过了好一会儿，他提醒茉莉："如果这个人，是我们认识的人呢?"

茉莉问什么意思。

劲草解释道:"假如发短信的人和这个人有关系,他们有可能是我们的熟人,那我重新换微信,万一被对方知道了,不就打草惊蛇了吗?"

茉莉想了想,说:"如果是熟人,不管你惊不惊蛇,蛇都不会出来。"又问:"她是在哪里加上你的?"劲草说记不清了。茉莉质问:"你为什么要把附近的人打开?想约炮才会那么干。"

劲草说真是忘了关。茉莉明知道他在撒谎,但眼下追究这事没有意义,当务之急,是把"鬼"揪出来。茉莉两手交叠,大脑迅速运转:"你不用把微信号给我,但每次你跟她聊天,我必须在场,不在场就远程参与,也就是说,我们同时跟她聊。"

劲草说我怕你不高兴。茉莉道:"没关系的,现在我们一致对外嘛。"又补充:"一个原则,你不主动找她,等她来找你,随时通知我。"挖地三尺,茉莉也要知道这个rebecca的真面目。实际上,打心眼里,茉莉巴不得这只是一场简单的网聊,因为如果跟匿名短信有关系,事情就太复杂了。

第十四章

　　初二一早返沪，中午到婆家，晚上回娘家，行程满满当当。一路上，劲草开车，茉莉带囡囡，两个人没再交流过rebecca的事。在婆家，善亚给了囡囡压岁钱，囡囡狠磕了几个响头，阖家欢乐。

　　善亚大力问老家情况，劲草简单说了说，又说了最大的新闻，黄牵牛准备结婚。弄得善亚立刻就要给牵牛打电话，要让他带着女朋友上门。

　　晚上去娘家，到门口，劲草忧心忡忡。

　　茉莉道："打起精神来。"

　　"没事。"

　　"等就行了。"茉莉小声。他明白她指什么。年初二一天，rebecca那边都没来消息。根据战略方针，敌不动，我不动。

　　"耐心点。"茉莉继续做思想工作。

　　茉莉接过囡囡，劲草敲门。

　　茉莉又举起拳头："我们是一体的。"

　　进门一桌子菜，玉兰早就准备好了。顾得茂端坐着，等女婿陪他喝几杯。劲草不敢怠慢，连忙送上蜂王浆冻干粉。老顾和玉兰吃了多少年，保养身体。劲草早早买好了。囡囡要玩手机，茉莉不让。吴玉兰道："过年，玩就玩会儿。"茉莉说："眼睛看坏了。"说着，就跟玉兰去厨房端汤。

　　一进厨房，玉兰的表情松快些，问她女儿，去婆家怎么样。茉莉说就走个过场，又说，老太爷跟尊佛似的，还配了个丫鬟呢。玉兰问怎么回事，茉莉把保姆的情况说了。

玉兰笑:"万一将来我先走,你可得想着给你爸也配一个。"

茉莉不答应:"妈!大过年的说这个。"

茉莉想起来牵牛的事,便跟她妈说还有一出戏。玉兰问什么情况。茉莉说一会儿吃饭时再聊。

女婿先干了,白的。顾得茂才抿一小口。

"出去工作了?"他问,没头没尾地。

"不远。"

"也顾顾家,"顾得茂喝两杯就上头,"一等男人,干事业,顾家;二等男人,事业一般,顾家;三等男人,不干事业,不顾家。"

吴玉兰打圆场:"放心,劲草肯定是一等一。"

朱劲草脸色尴尬。

茉莉道:"爸,劲草那个表弟记得哇?"

得茂、玉兰都说记得。

"要结婚了。"

玉兰立刻放下筷子:"跟谁?"

"一个女博士,华东师大毕业的。"

"也在高校教书哇?"玉兰非常感兴趣。

"好像不是,家是安徽北部的。"

"那比中部还穷。"得茂插嘴。

玉兰拍她老公一巴掌:"现在穷,也不代表以后穷。"得茂道:"这话十年前说对,现在嘛不好说了,一线城市房价起来了,降是不大可能的,光一套房子,搞死脱。"玉兰笑道:"夫妻齐心,其利断金,大的、市中心的买不起,去青浦、金山买买就好了哇,实在不行,申请福利房,等一等,总归有的。"

顾得茂说:"女博士,读书出来的,在老家都是人尖尖,到上海,就算能申请到房子,不是好的学区,等于还是底层,将来孩子读菜小,又要重头再来。"

茉莉嗔："爸，说得我都不敢生二胎了。"

顾得茂立即说："生，该生还是生。"又对劲草："我就茉茉一个女儿，以后家里的东西，还不都是你们的？将来我跟你妈不在了，老家的房子卖掉，还值几个钱，作为给囡囡和二宝的成长基金，总可以的。"

劲草奉承道："爸，您长命百岁。"

茉莉看看老妈，玉兰也忍住笑。

出了家门，茉莉又是一种脸色，不跟劲草嘻嘻哈哈了。车上了公路，劲草提二胎。茉莉道："不怕女儿听到？"劲草从后视镜里看，后排座上，女儿囡囡睡着了。他说不是爸提的嘛。茉莉不饶人："爸可以提，你不能提，你现在还是戴罪之身，爸还说将来他的都是我们的呢，你真信吗？"劲草说爸不会撒谎吧。

茉莉冷笑："爸不撒谎，你撒谎，爸一辈子坦坦荡荡，你抠抠搜搜，爸的东西都是我的，不是我们的。我们能不能过到头？我没信心。"

劲草讨饶："茉茉，我要怎么做你才能解气呢？问题没那么严重，虽然苗头是不好的，可我不也在你的帮助下，悬崖勒马了吗？"

他掏出手机，夹在车头手机架上，按指纹解锁，rebecca的微信裸露出来。静悄悄地，好像失踪了。

"要不我们先跟她说句话？"劲草试探性地。

茉莉想了想，举起一只手示意停。又说："我倒不怕她是个诈骗犯，真来要钱，我们把钱打过去立刻就可以报警。"

劲草撇撇嘴。他老婆霹雳手段。

"为什么就没动静了呢？"茉莉自言自语。

"都要过年的。"劲草这么解释。

"你通风报信了？"

劲草双手脱离方向盘："绝对没有。"

"好好开车！"茉莉连忙稳定行驶方向。

回到小房子，rebecca依旧没动静，犹如死人。囡囡睡了一路，到家继续她的睡眠。茉莉去洗澡，朱劲草光着身子进来了。从后面抱住她。

"我洗完你再洗。"顾茉莉从镜子里看到自己的脸。没有妆，整个人显得很憔悴。湿漉漉的头发并在脸颊两边，真像个鬼。劲草还要强行作业。茉莉挣扎。劲草说："一起嘛，过去你不是蛮喜欢的。"

"过去是过去，"茉莉道，"你不用假装对我还有兴趣。"

"没假装。"劲草给她看自己的反应。

"那也不行。"茉莉逃出去了。

房间装了地暖，她裹上纯棉厚款浴衣，头发用毛巾擦干，整个人陷入小客厅单人沙发里。一盏落地灯，照得人心事重重。片刻工夫，劲草出来，他的心思根本不在洗澡上。

他赤着脚走过来，坐到茉莉身边沙发扶手上，说："对不起了。"

"其实这种事情正常的，谁没几个网友。"茉莉说反话。劲草说："那也不对，我们之间不应该有秘密，就算是聊天，也必须提前告诉你。"

真是好丈夫。

茉莉转脸看着劲草，半晌才道："那就没有偷情的刺激了。"

"不是偷情，"劲草当即否认，"只是……压力大……无聊了……"

"谁给你压力？"

"生活。"

"生活？"

"爸妈要孝顺，孩子要养。"

"没我什么事。"

"你是我队友。"

"真荣幸。"茉莉啧啧。到这会儿，她平静多了。兵来将挡水来土掩，她庆幸，老公还站在她这边。如果劲草跟对方一条心，孤立她，事情就难办了。

"就这么一直等?"劲草问。

"不然怎么办,主动惹狐狸?惹得一身臊。"

"其实可以随便说点什么,"劲草道,"你想出气,我可以帮你的。"茉莉心暖,但又替那个女人不值。看看,男人都是这样,随时可以背叛你。贱骨头。

"睡吧。"茉莉起身。她不急于一时。稳住了。以静制动。小不忍则乱大谋。

春节假期快结束了,对方毫无动静,茉莉坐不住,开始展开调查,宁可错杀,不能错漏。她让劲草统计,所有认识的人里头,不管是同学、朋友还是亲戚,凡属名字里有个"伟"字的,且必须是三个字的名字的,都列出来。她这边也是一样。

茉莉初步判断,他们两口子,可能还是得罪人了。

劲草翻遍好几个手机,还有名片,甚至把以前的同学录都翻出来了。新的旧的混杂在一起拉了个表。茉莉坐在他跟前,劲草拿笔,在本子上写写画画:"发小,余和伟,读小学时就跟我不和,打过几次架,上次回去又差点打起来……"茉莉打断他:"下一个。"劲草只好说他先顺着读一遍:"王钦伟、余和伟、赵一伟、冯建伟、张民伟、李大伟、祁伟伟、卞晓伟、古德伟、马志伟、姜善伟、胡思伟……"劲草念完了茉莉念。

统统念完,茉莉统计下来,总共三十六个叫伟的熟人。茉莉说:"多年不联系的,有仇恨可能性小,有竞争关系的,比较有可能下毒手。"劲草仔细研究,他这边,前领导余总可能跟他不对付,他当副总监之后,跟余总平起平坐,开会呛过几次。茉莉这边,似乎一个都没有嫌疑。夫妻俩头顶头研究了好一会儿,始终不得要领,看哪个都像,但又好像哪个都不是。

劲草着急:"亲爱的,这样可不行,大海捞针,而且光一个伟字,不是充要条件,万一对方用的是亲戚的身份信息绑定的,比如,他爸的、他妈的,我们根本辨别不出来。"

茉莉挠头:"那怎么办?"

"多套点信息。"劲草道。

两个人正发愁,rebecca送上门了。

她发微信给劲草:你干吗呢?

劲草连忙把手机推到茉莉面前:"你回。"

"平时怎么聊的现在还怎么聊,不能让她觉察到异常。"茉莉两臂抱着,像班主任在监考。

劲草回了三个字:躺着呢。

茉莉立刻大怒:"什么意思啊?躺着呢,接下来是不是就要开始做坏事了?要不要我回避?"

劲草委屈:"你让我随便说的,自己又过分解读,那你来聊。"茉莉说:"巧妙地问问她是哪儿人,在哪儿呢,有没有结婚。"

"不懂怎么巧妙。"

"问她在哪儿呢。"

劲草小心地键入文字:你在哪儿呢?

对方答:家呢。

等于没答。太模糊。茉莉心想这样不行,舍不得孩子套不着狼了。她手指快速敲击桌面,那是她头脑风暴的节奏:"问问她,想怎么玩。"

"啊?"劲草嘴巴微张。他没想到老婆这么放得开。"不是……亲爱的……"他下不去手。

"加这种东西,不就是各取所需嘛,如果她不需要,就代表另有所图。"

"合适吗?"劲草难为情。哪有偷情偷得这么光天化日的?那不叫偷情,叫公开审判。茉莉不管,把手机夺过去,果然回复了那几个字。

对方很快答:现在不方便。

又追问：你老婆呢？

茉莉反倒被气着了。

"你跟她谈过我?!"她鼻孔快能喷出火了。

"说过已婚。"

"然后呢？"

"没然后了。"

"怎么评价我？"

劲草语塞。

茉莉追击："反正在她面前肯定不能说我好。"

"没有……"

"回复！"

"说什么呀？"

茉莉大声："说你老婆不在，说你老婆特别坏，所以你才找人。"劲草手指停在那儿。不敢轻举妄动。茉莉气了一会儿，还是以大局为重："说你老婆出差了。"

"具体怎么表达？"劲草被吓成机器人，没法独立措辞。

"她出差了。"茉莉指示。

朱劲草发了过去。

对方很快回复：你在上海吗？

"在。"茉莉说。劲草回复了。

对方道：有空见见？

劲草头皮发麻。茉莉迎来重大考验，她只停顿一秒："没问题。"劲草不动。茉莉催促："回复没问题。"劲草只好回了。表情跟便秘似的，难受。

茉莉道："怎么？害怕了？"劲草说没有。茉莉说："不用怕，我陪你去。"又说，"很快就要水落石出了。"

第十五章

　　地点是对方提的，素凯泰。茉莉讽刺说小三的品味，都很高雅的。又说，意图很明显嘛，先奔现，合适的话，直接开房，都不用转战其他地方，不过这个房费，我估计她是不会付的哦。

　　一敲定时间地点，茉莉就没收了劲草的手机，避免他里应外合，通风报信。她也吃不准朱劲草跟姘头到哪一步了。不排除劲草撒谎，没准都有感情了呢。

　　劲草原本不想给，说有工作随时要回复，但茉莉强势，表示缴枪不杀，工作可以电话联系。劲草只好从了。

　　劲草还在做茉莉的思想工作："亲爱的，到这一步了吗？会不会太夸张哇？就一个普通网友。"

　　"你害怕了？"茉莉问，"还有什么是我不知道的？"

　　"无聊。感觉没必要，简单问题复杂化。"

　　"无聊？"茉莉眉毛提起来了，"你知道我们现在有多危险吗？有人盯着我们，人为刀俎，我为鱼肉。搞不好这个人跟发匿名短信的人有关系，你明不明白？我们要不反击，人家很快就会升级！你去见，还不一定能见着呢，打语音rebecca都不接。"

　　"我就没想见……是你非要安排……我现在的身份，根本不适合曝光，你说万一传出去……"

　　"你还要脸皮呀？"

　　"说了一千遍了，就是一个普通网友，永远不会见面的那种。"劲草哀求。

"要不这样,我见。我代替你。你在旁边埋伏。"

"行吗?"劲草松口了。

"有什么不行的。"

乔装打扮。茉莉是没吃过猪肉,但见过猪跑。

穿上劲草的羽绒夹克,虽然有点大,但还算能hold住,裤子也是男式的,运动鞋。最关键的,戴上渔夫帽,头遮住大半个,有点搞地下工作的感觉了。Urban酒廊,茉莉背对着入口处。确保人来了,先看到的是她的背影。劲草跟她坐大对角,远远观望。

发微信过去:我到了,褐色夹克,渔夫帽。

对方回复:马上。

手心攥紧,出汗了。茉莉想不到自己居然有今天,要跟老公网聊的女网友见面,她做好准备了,一旦开打,她会毫不示弱。这儿人少,打起来也方便。

等了十五分钟,人还没到。

再催一次:到了吗?三号桌,渔夫帽。

对方不回复了。

茉莉抬头看劲草,眼神发问。又发短消息给他:你通风报信了?

劲草回:用生命担保没有。

又等了一会儿。还是没人来。

茉莉追问:到哪儿了?

rebecca不回复。

再问:你到了吗?

消息发不过去。对方已经把自己拉黑了。

年后,沈榴榴找茉莉聚,两个人一起去做脸。榴榴满肚子惆怅。她过年回了趟老家,看亲妈,结果惨遭围剿。所有人都告诉她,你该结婚了。

"我去观音洞摇了个签。"榴榴说。

"怎么说?"茉莉耐住性子。她还没跟榴榴说过年期间的遭遇。

榴榴躺着,摸到手机,读:"劝君切莫向他求,似鹤飞来暗箭投。若去采薪蛇在草,恐遭毒口也忧愁。"

"听着挺恐怖的,"茉莉说,"谁是毒口?"

"不知道。"

"大表哥呢?"茉莉猜到榴榴是来打听大表哥的。

"过年他回去了?"

"就吃饭露了一头。"

"没提我?"榴榴问。

"你们到底进展到什么程度了?"茉莉问。

"就是朋友。"

"需要我帮忙吗?"

"怎么帮呢?"

"多夸夸你。"

"那谢谢了。"

做完脸,闺密俩又去喝东西。茉莉这才把前几日惊心动魄的遭遇告诉她。榴榴吸管里的果汁喷出来好几次。

"是我太不像了?"茉莉把手机伸过去。

是劲草帮茉莉拍的乔装背影照,榴榴凝视许久:"反正我分辨不出来。"

"说了马上到,一下又没影了,拉黑了,说明什么?"茉莉问榴榴。

"说明……"榴榴开启分析模式,"有可能对方看到了朱老师,"——她有时候称劲草老师——"或者看到了你,所以识破了这个局,及时抽身了。"茉莉微微点头,她也在思考。榴榴问:"这人跟朱老师视频过吗?"

"他说没有。"

"发过照片吗?"

"也没有。"

榴榴果断地说:"假设朱老师没撒谎,那就是说,这个人在去素凯泰之前,应该是不知道你们的长相的。就算她看到朱老师在现场,也不会警惕,理论上,她会寻找戴渔夫帽的人,并且跟你碰头。可实际上并没有。这就说明,这个人可能认识你们。"

"我也觉得像熟人。"茉莉叹气。

"会不会是你婆婆?"榴榴大胆揣测。

她看过不少婆媳剧,心理阴影巨大。

茉莉愣了一下:"那么就有意思了。"

会是婆婆吗?如果是,她为什么要这么做呢?唯一的理由是,她希望他们离婚。可以肯定,婆婆谈不上喜欢她顾茉莉,但她条件不错,又给朱家生了孩子,即便再不喜欢,也不应该"下此毒手"。而且她不相信婆婆有这本事下这么大一盘棋。当然,茉莉提醒自己不能低估任何一个人的能力。再往深了想,婆婆是有动机的。事实上,她顾茉莉到现在也没能彻底融入婆家。从小到大,朱劲草都是父母的宝贝、家族的骄傲,立足上海之后,更是。公婆砸锅卖铁给儿子买房子,就是希望他们能够在儿子的未来生活中能够有一席之地。就跟《聊斋》里的一个故事似的,富人帮穷人,穷人还不起这个人情,那只好拿命还了。劲草的左右摇摆,其实就是觉得亏欠父母。没结婚前,女方对于公婆来说,还有个作用:生孩子。结了婚之后,这个作用减弱了,那么她顾茉莉搞不好就成为公婆(尤其婆婆)眼中的绊脚石了。如果张善亚心态再阴暗一点,故意搞事情,不是完全没有可能的。可是,这个假设,茉莉无论如何是不能够跟劲草分享的。说外人搞他们,劲草还可能跟她同一阵线,对抗外侮。说他妈整他们,朱劲草是怎么也不会信的。搞不好,还会掉转枪口对付她。

茉莉决定独立作业。当然,在行动之前,茉莉又跟劲草确定一遍:

"你到底有没有给rebecca发过照片，或者视频露过脸？"

劲草再次对天发誓："没有。"

"身材照呢？发过？"茉莉问。

朱老师还是残存几块腹肌的。

劲草嗫嚅："一张。"

茉莉喝："浑蛋！"

玉兰做芝士核桃司康，叫茉莉回去拿。茉莉一到娘家就说怕老妈累着，直接买现成的就好了。玉兰道："买的油不好，自家做的放心。"又叮嘱她给公婆送去一些。

"他们不吃这个，"茉莉赌气，"馒头包子够他们吃了，又不是喝下午茶的人，吃什么芝士核桃司康？"

"吵架啦？"

"没有。"

"那这个样子。"

茉莉拉住老妈的胳膊，一只手揣进围裙前兜："妈，你觉得我婆婆他们，对我有意见吗？"

"哪方面？"

"整体，全盘，统观。"

玉兰想了想，说："面子上总归有光的，穷乡僻壤出来的，找了个江苏儿媳妇，私底下，可能觉得不太实惠。"

"哪里不实惠？"

"不听话，不鞍前马后伺候，不三从四德。"

"什么年代了？我做不到，我吃他家米了挖他家粮了，还伺候？"

"都是正常的，"玉兰转过身，把厨具一一收好，"不是自己肚皮里出的，肯定区别对待，但只要你不为难他们儿子，他们也不会跟你撕破脸皮。"

"那要是他们儿子为难我呢?"

"怎么啦？劲草出故事啦？"

"我的意思是，公婆可能看我不顺眼，因为他们也到上海来了嘛，本来住到一块的，现在我们搬出来了，他们肯定认为我拐走了他们儿子。"

"孩子大了，总归要离开父母的。"

"我公公还给他儿子写家书呢，第一条就是，要求他感恩。"

"有这事？"

"当他儿子跟卖身有什么区别，父母给了你生命，你就得什么都依着父母？父母给了你生命，你就不能有自己的意志、自己的生活？什么都得尽着父母？肚子上的脐带割掉了，精神上的脐带什么时候能割断？"

"劲草是有点妈宝男。"

"不是妈宝男，他倒是挺独立，"茉莉分析，"就是他们这一家子，太紧密了，我这生了孩子，都跟外人似的，侬晓得哦，有时候吃着吃着饭，他们都说家乡话的，说快了，我都听不懂。"

"话说快了难免。"

"张善亚看我难受，我看张善亚也难受。"

"那怎么办？"

"能怎么办，耗着，"茉莉道，"不过我感觉，张善亚要还在上海待下去，我跟劲草迟早出问题。"

"你可别乱来。"

"就那么个预感，"茉莉和老妈走出厨房，"你在淘宝上买东西不？"

"我不用那些。"

"你得与时俱进妈，"茉莉道，"张善亚网购，可溜了！还会用1号店了，现在日常快消品，她都不去超市买，全网购，让人送。"

"我是落伍喽。"吴玉兰长叹一声，"我喜欢去超市，看得见摸得着，踏实。"

第十六章

这个把月茉莉和劲草的生活还算平静。匿名短信没再发来。但rebecca的事,茉莉还挂在心上。周末,劲草不回来,茉莉带囡囡去奶奶家吃饭。善亚不在,说是下楼晒太阳去了。她的骨头恢复得不错。

茉莉故意问大力:"爸,过年那会儿,妈都在家不?"

大力想了想,说:"在家。"

也对,婆婆骨折刚好,怎么可能去大酒店赴约呢?而且,婆婆跟劲草网上聊天?母与子,怎么也不合适。茉莉又觉得自己似乎多心了。十点多,善亚回来了,拎了两根大白萝卜,说炖排骨配着。茉莉说自己手机没电,让囡囡去玩奶奶的手机。善亚二话不说,手机贡献给孙女了。茉莉先在厨房帮忙一阵,又去找囡囡。她借故要来手机,迅速点开微信。

婆婆的微信还是那个名:善人。她的好友,统共就那几十个,没有rebecca。再切换账号,切不过去了。婆婆就一个微信号。然后看短信,看通话记录,似乎都没有破绽。善亚就是那种寻常的中老年妇女,朋友圈、同学群、闺密群,就是她的最大社交范围,她根本没有能力去设计那么大一盘棋。

或者有人帮她呢?也不对,如果她认识rebecca,不可能没有rebecca的微信。

那公公呢?

他更不可能了。他还在用翻盖手机老人款。连微信都没有。

"茉茉,料酒没有了。"善亚看到茉莉拿着她的手机。

"不要老看手机,对眼睛不好。"茉莉对女儿轻吼,竭力无缝切换,表现自然。她把手机递给婆婆。善亚揣在围裙兜里,盯着茉莉看。茉莉有些不自在,想说点什么,又不知从何说起。

"妈——"

"我知道——"善亚突然语重心长。

她知道什么?劲草把事情告诉她了?天,这什么奇迹母子,难道没有秘密吗?

善亚继续道:"天暖和了,我跟你爸下个礼拜打算回老家。"

"回去上坟吗?"

"暂时不过来了。"善亚没正面回答。

"怎么了?"茉莉怅然。不是装的,是真心错愕。发现婆婆不是"凶手"后,她对她印象立马好转。婆婆的菜做得不错,周末来吃一顿,也算享受。

善亚又说:"劲草快调回来了,你们的日子,还是你们自己过,我们不掺和。我们走了,你搬回来,每个月能省一笔。"

茉莉连忙说:"是劲草的意思吗?我都不知道。"

善亚语重心长地说:"来了这段时间,打扰你们了,多多体谅,儿子养了这么多年,我跟他爸,都有点离不开,主要劲草太优秀……"夸起儿子一点不客气,"可是不行啊,总有离开那天,只有你能陪他到最后,我们得学会放手。"

婆婆突然明事理。茉莉很不适应,人心换人心,她心里也怪难受,"妈,该住住,没事的,租房子能花多少钱……"

"茉茉,你能答应妈妈一件事吗?"善亚有点动感情了。茉莉连忙说您说。您字都用上了。这在平时是不可能的。方言里也没这习惯。

"我身体不如你爸,"善亚道,"大概率,我比他先走……"天,想那么远,茉莉无法应对,她总觉得时间还早。"到时候,你们可不能不管他呀。"

"您放心，真到那一步，我们会管的。"

"你爸不想去养老院。"

"就住家里。"

"他特别啰唆。"

"我们听着。"

"肥肉不能给他吃太多，要也不能给。"

"买瘦肉吃。"

劲草推门进来，叫了声妈。一抬头，见老母亲两眼泪涟涟，他怔住了。

尽管劲草反复强调，回老家是爸妈自己的决定，可茉莉总觉得不对头，大力善亚要来上海的时候，那是一股扎根养老的势头，宁愿让儿子媳妇出去住，也不愿意让房子。怎么现在就轻轻松松、心甘情愿了呢？在这个世界上，除了他们的亲儿子，恐怕没人能说服二老。

"你跟爸妈怎么说的？"

"什么都没说。"

"你什么都没说，爸妈就自己要走了？"

"都不是傻子，都能看出来，"劲草道，"小日子就要让小两口自己过，老人最好别掺和进来。"

"这事爸妈是最近才明白吗？"

"早都明白了。"

"那为什么早没走？"

劲草终于发毛："我都不知道你纠结什么，过去不走，你嫌弃，现在要走，你又嫌弃。"

茉莉较真道："走不走都不是问题，重要的是动机。为什么不走？明白了。为什么走？不明白。"

"你应该去公检法上班。"

"你心里有鬼。"茉莉指了她老公一下。

劲草立刻递上水果刀:"你挖吧,挖出来看看。"胡搅蛮缠,是朱劲草先生的最后一招。

回娘家,茉莉把公婆的最新动向跟老妈说了。没跟老爸说。吴玉兰笑:"斗争胜利啦?"茉莉环抱住老妈脖子:"根本就没斗,人家主动撤兵了。"

"为什么?"

"说老家生活方便,有朋友。"

"过去可不是这么说。"

"反正,走了好。"

"跟劲草闹别扭了吧?"

"没有。"

"老感觉不对。"

"现在嘛,清清爽爽,关起门来过日子好了,劲草马上也调回来了。"

"短消息还来不啦?"玉兰问。

"没了。"

"消停了。"玉兰放下手机,摘掉老花镜,"你帮我把窗帘拿下来,不敢让你爸爬高,高血压要命的。"

茉莉刚站到椅子上,玉兰扶着,茉莉的手机振动了一下。她下意识觉得不妙连忙掏出来,也不下地,就站在椅子上看,瞬间表情呆滞。玉兰问怎么了。

"又来了。"茉莉说完,嘴唇抿得坚毅。

这次总共发来五个字:别带你老婆。

玉兰见惯了大风浪,还算有点幽默感:"这个人蛮有毅力的。"

假设。茉莉告诉自己，目前只能假设。有两种可能：一、劲草撒谎。他出轨了，有情人，他跟rebecca的关系没那么简单，他们见过面，甚至发生过关系。这样一来，事情就能说得通了。那天在素凯泰碰面，淫妇来了，但茉莉始终强调的是夹克和渔夫帽，淫妇进酒吧之后，同时看到了戴渔夫帽的假劲草和坐在对角的真劲草，从而觉察出不对，当场撤了。跟着，劲草怕事态进一步恶化，把父母先支回家，这种事有损他在父母面前的完美形象，他怕她顾茉莉闹事。二、劲草没出轨，他说的是事实，跟那个人就是通过微信中附近的人添加的，且那人主动。那么对方的目的是什么呢？约炮？太随便了吧，而且对方好像并没有这个意思。诈骗？这个倒有可能，但现在对方已经拉黑劲草，暂时没有进一步行骗的空间。可是，公婆这时候离开上海，又为什么呢？显然，劲草做了他们的工作。他是怎么说的呢？但眼下不管茉莉怎么问，朱劲草都说是父母自己提出来要回老家的。就这么回老家了，茉莉感觉劲草的动作未免太过夸张。以她对大力和善亚的了解，就算他朱劲草真在外面有女人，二老也不会苛责儿子。他们只会说，是你顾茉莉缺乏吸引力，没有能力管好老公。

　　冷静下来。茉莉认为第二种猜测目前无法验证。第一种猜测，则有办法求证。如果劲草已经跟淫妇发生关系，那一定不只微信联系，极有可能通过电话，甚至还可能有开房记录。这些是可以查的。通话记录最容易调出来，拿上劲草的身份证，去通信公司打印个流水——茉莉也是这么干的。除了个别熟悉的号码，比如公婆的——劲草还是喜欢给父母打电话，而不是通过微信联系。还有客户的，偶尔打一两次那种。剩下的就是骚扰电话、同事的号码，多次通话的几乎没有。有个别值得怀疑的，茉莉直接打过去，对方是男的。她便说打错了便挂断。

　　开房记录查起来有点困难，但信用卡账单、微信和支付宝的账单，茉莉偷偷去劲草那儿调取——劲草的密码永远不变——女儿囡囡的生日。

一番查探后，茉莉基本确认，劲草出轨的可能性不大。是啊，一对夫妻，七年之痒，他们才几年，朱劲草还不至于痒成那样，虽然他们夫妻生活的频率已经大不如前。茉莉理解为身体机能下降。她自己就有这种感受，过了三十，一年不如一年。她目前只能倾向于第二种可能：rebecca只是一个意外。这段"奸情"被发现得早，结果很幸运地胎死腹中。

调查中断了。公婆回乡了。茉莉和劲草的生活似乎重回正轨。幼儿园办亲子活动，茉莉带了手风琴去给女儿伴奏。囡囡在歌声中翩翩起舞，很出风头。

表演结束，果果妈来恭喜茉莉。

"一点小把戏。"茉莉谦虚。

"你是才女。"

"都生疏了。"

"我就后悔，小时候怎么没学乐器。"

"太苦了，"茉莉说，"我都不打算让囡囡学，我们家先生也不爱听。"

"那他是身在福中不知福了，"果果妈微笑，"最近没看到你婆婆。"

"走了。"

"天。"她误会，以为人仙去了。

"回老家了。"茉莉忙解释。

"吓我一跳。"高夏菁捂着心口。

"人家身体好着呢。"

"想开了？"

"什么？"

"不掺和小家庭的生活。"

"不是我让他们走的。"茉莉解释。

"自己明白不更好吗？"高夏菁说，"本来一男一女，凑在一起过日子就够难的。"

"大实话。"

"你跟你老公认识多久，你婆婆跟你老公认识多久？"这说法有意思。

茉莉撇撇嘴说："人家是从娘胎里就建立的革命友谊。"

一个年轻帅气的男子抱着孩子经过两人身边。高夏菁朝茉莉使了个眼色。茉莉不懂她的意思。等人走远了，高夏菁才小声说："班里的风云人物。"茉莉问谁是风云，孩子还是大人。高夏菁侧过身子，一只手捂着嘴巴："都是风云。"茉莉表示感兴趣。高夏菁继续说："代孕的，美国人。"

难怪那孩子有点混血样子。

"现在这样的也多。"茉莉见怪不怪。高夏菁又说："爸爸没结婚的。"

茉莉说："那意思是……"她两只食指弯了弯。

高夏菁没等她说出来就确定："对。"抬头又看了看背影："这世道，女人都没法混了，是个人都能来抢，跟女人竞争完了，还要跟男的争，像我这种，只能当铿锵玫瑰。"

茉莉不晓得怎么安慰她。上海这种地方，确实适婚的男人少。她想了半天，才说："宁缺毋滥。"高夏菁说只能这样了。

第十七章

榴榴最近迷娄烨。他导的片子,全部刷一遍。一见面,还一直向茉莉安利。

茉莉看透她:"是大表哥喜欢吧?"榴榴说你怎么知道。茉莉说大表哥是艺术范儿,看法国电影、德国电影、意大利电影,你是看好莱坞电影。

"我变了,我艺术了。"

"推荐一部。"

"《苏州河》看过吗?"

"大学时候看过,文娱部组织的。"

"《推拿》也不错。"

"知道,讲盲人按摩的。"

"还有《春风沉醉的夜晚》,"榴榴越说越兴奋,"中国的文艺片真不多,看一部少一部,跟男人似的,根本找不到好的。"

"讲什么的?"

"你自己去看嘛。"

"简单说说哇。"

"男女、男男、女男,有没有女女不记得了。"

茉莉啧啧:"听听这话。"

"这有什么,见怪不怪了,"她指指地下,"魔都哇!"茉莉才想起来幼儿园那一幕。她想跟榴榴说。但念头在脑子里走一圈,又消停了。别人的八卦,她懒得提。她现在讨厌八卦,就想过过简单的日子。

晚上到家，劲草已经回来了，两个人点了外卖，茉莉给囡囡做鸡蛋羹，就算晚饭了。吃完饭，劲草和茉莉并排坐在沙发上，囡囡坐在地毯上折纸。劲草说选个片子看看。茉莉挑了一圈，嫌电视盒子里没好看的。劲草说你不看我看体育频道了。茉莉让等等，她去电脑上把《春风沉醉的夜晚》下载下来了。

U盘插到机顶盒上。刚走了两分钟的戏，朱劲草就坐不住了，只见两个男演员滚在床上，抱在一起。

"看这干吗？"他表示质疑。

"艺术。"

"孩子在这儿呢。"

"过了这段就没了，"茉莉说，"榴榴大力推荐。"

朱劲草起身，抱起囡囡，一把拾起玩具，往书房去。茉莉盘着腿，捏加应子吃。继续看。电影谈不上复杂，但有点混乱，人到底喜欢什么，有时候自己也搞不清楚。生活的边界，本来就模糊。茉莉最喜欢女人去秦昊扮演的男人的办公室去闹那一段，最世俗、最戏剧化。

看完片子，难得囡囡已经睡着了。劲草没脱衣服，袜子也没脱，靠在床上，闭着眼。茉莉想拉一段手风琴，打开窗，对着月亮拉，就拉那首《玛奇朵飘浮》。

今天显然不行了。她不能打扰老公和女儿休息。公婆走后，小家回归到她手里。公婆在，茉莉总是有种强烈的意识，丈夫是她的。公婆走了，丈夫自然而然成为她的了。茉莉又觉得陌生。她身边的这个人，原本是陌生人，现在睡在一张床上了。何况他还有那么多未知，或许是秘密。

快睡着了，迷迷糊糊，茉莉脑海中突然蹦出个猜测：假如伟就是个男的呢？他用rebecca这个女性名字打掩护，跟劲草聊天……假如劲草早就知道这一切……是他们合起伙来欺骗她……思绪放松，继续飘……难道劲草跟幼儿园里抱孩子的男人一样？

那她成什么了？

瞌睡瘾一下没有了。再想想，似乎逻辑也对。他不敢跟她一起看《春风沉醉的夜晚》，过去看岛国动作片人可来劲。心里有鬼！为什么要打发公婆走？企图掩盖这个惊天秘密？他怕他的事一旦被她挖出来，父母接受不了。善亚能接受儿子搞女人，换成男人呢，那就是丑闻！另当别论了。对，就是女扮男装，是他们百密一疏，没想到她顾茉莉会用转账看真名。

新结论出来了：劲草的姘头是伟。伟是男的。

荒不荒诞？如果一切属实，那整个故事里，最最可悲的是她顾茉莉。

她一夜没睡踏实。

第二天早晨起来眼泡是肿的。当务之急：求证。证明她丈夫的性趣爱好。顾茉莉害怕，她怕自己较真到最后，跟电影里一样，抓到个男的。四只眼对面，她怎么办？跟他对打吗？打得过吗？即使侥幸胜利了，她也注定一败涂地。这场仗没有赢家。可是，她才不要糊里糊涂活着。

妈的！

照镜子的时候她突然明白了，rebecca是个假发品牌！伟用rebecca做微信名，意思是自己戴了假发，那他是个男人的可能性更大了。

茉莉觉着自己真是天才，应该去写侦探小说。劲草起床了。光着上半身。他还有腹肌、胸肌，结婚以后，他还尽量保持。越看越像了。他是rebecca那个族群的"菜"。茉莉把牙膏沫狠狠吐在水槽里。一个男人结婚后还在努力锻炼，把身材保持得很好，那他的太太就要小心了。

"早上吃什么？"劲草问。

茉莉没理他，目不斜视，直接走出洗手间。她今天的行程很明确：送孩子去幼儿园，请假，然后去造船厂找劲草的大学同学兼好友王艺凯。凭直觉，她认为他手里可能会有点线索。

虽然很不礼貌，但没办法。王艺凯是顾茉莉知道的、见过的、能接触到的唯一的"那种人"。虽然艺凯没出柜，但他的行为言谈都是肆无忌惮的，他嘴上喜欢说"我前对象"，谁都知道他前对象是个男的，他喜欢花样滑冰，是一个日本男运动员的粉丝，还自费去索契看冬奥会……最关键是，他是朱劲草高中同班（同宿舍）、大学同校，整个上海，恐怕没有人比他更了解朱劲草的历史。隐秘的历史。

茉莉一进健身房就闻见一股怪味。好几个壮男见茉莉进门，以为是新学员，围上来打招呼。窒息。一群野牛。茉莉说找人，野牛们散去了。

王艺凯正平躺在器械上，刷手机。茉莉笑着跟他打招呼。艺凯坐起来，自嘲："没怎么练。"无线耳机挂着，手腕上是黑色橡胶圈，老王的装扮很有未来感。

茉莉提议换个地方说话。

中午了。楼下的咖啡厅，茉莉点了个三明治。艺凯什么都不要，他带了饮料，还有沙拉，训练后尤其不能多吃。这几年他一直在增肌减脂，但始终没什么效果。

艺凯先切入主题："是大队长的事吗？"他习惯叫劲草为大队长。学生时代，朱劲草是风云人物。

茉莉口气沉重又恳切："真的非常非常抱歉，我是实在没办法了，才来找你。"

王艺凯诧异，问出什么事了。

"这关系到我和大队长的未来，"她也叫他大队长，口气郑重，"虽然我知道这样直接来找你，很可能会失去你这个朋友，但没时间了，我必须知道答案。"

艺凯动了动屁股。他的沙拉还没打开。可能不打算打开了。他两手放在桌面上，坐好，等她的下文。

"我想问你几个问题。"

艺凯用笑掩饰尴尬，随即打了个OK的手势。

"你不用直接回答，"茉莉略有点紧张，语无伦次，"我的意思是，你不用说出来，如果答案是'是'，你就点头，如果不是，就不用做任何动作。"

荒诞。荒诞的游戏。这是茉莉想到的最不尴尬的办法。

艺凯准备好了。他诚挚地看着她的眼睛。

茉莉深呼吸，她知道自己这么问有点缺德，可既然来了，伸头是一刀缩头也是一刀。她缩了缩下巴，不看他，好像在做心理建设，片刻后，她慢慢抬起脸，嘴里吐出的每一个字都好像有千斤重似的。

"你是吗？"她问出来了。

斯芬克司之谜。

王艺凯定在那儿。脸好像突然被人抓了一把，全面收缩，但只过了半秒钟，又舒展了。

他微微点头，承认了。

他什么都不怕。

茉莉猛吸一口气，吐出来，又问："他是吗？"

艺凯脖子歪了一下，显然，这个问题超出了他的意料。他打破规则，开口说话了："这我不太清楚，要想知道鸡下不下蛋，得问鸡自己。"

茉莉呆滞。她就是觉得问劲草可能也不会得到真实答案才从侧面求证。老天爷，生活太难了！

"你自己没感觉吗？"他反问她。

道理上，她应该发现蛛丝马迹，但不排除他是个好演员。

"我不知道，"茉莉抽了一下鼻子，"我的感觉是乱的。"

"我觉得应该不是。"

"不用安慰我。"

"我表白过，"艺凯苦笑，"他拒绝了。"

够大胆。这故事一说就长了。又恐怖又悲伤。

"也许只是个例。"茉莉说。

"那就是我魅力不够了。"艺凯自嘲。

"你们同学里有叫伟的吗?"茉莉追问,"叫伟,三个字,现在在上海,跟你们还有往来,有吗?"她问得具体。王艺凯眼睛看天花板,说这个他得好好想想,想到之后,第一时间告诉她。

告别之前,茉莉叮嘱王,不要告诉任何人她找过他。王艺凯答应了。他送她到咖啡厅门口,突然问:"如果是,你怎么办?"

残酷的问题。

茉莉戴上墨镜,她不想让王看到她慌张的眼神:"我也不知道。"

艺凯淡然:"大队长很怕孤单的。"

"谢谢你。"茉莉说。

晚上到家,看劲草的神情,茉莉就知道王艺凯背叛自己了。是啊,她幼稚。他跟劲草近二十年的交情,怎么可能站在她这边呢?他能说几句实话,已经算给了天大面子。算了,发作了也好。正好问个清楚。饭吃过了,女儿在听英语。书房里不断传出英文对白,一男一女,轮流说。茉莉又放《春风沉醉的夜晚》。她要激怒他。

果然,没几分钟,朱劲草便发作了:"顾茉莉,你到底想干什么?"他声音低沉,但透着狠劲。

茉莉按暂停键,直面丈夫:"你还有多少事是我不知道的?"劲草说有些事情是别人的隐私,你这么跑过去问,是对人极大的不尊重。茉莉冷笑:"别人的意思我不在乎,你的隐私,如果影响到了我,我就必须过问。"

"你就不能直接问我?"

"你不说实话。"

"信任在哪里?"

"你配信任吗?"

"那你也不能去找艺凯,问那什么……"他支吾。

"他向你表白过。"

"那是他的事!"劲草大怒,"跟我一毛钱关系都没有!"

"你呢,到底选男选女?"终于问出口了。茉莉感觉脸上一片烧。劲草咳嗽两声,然后突然发作:"我的表现怎么样你体验不到吗?"

茉莉声音劈了:"我跟你说我现在都不知道你哪些是真的哪些是装的。"她哽咽。她委屈。她堂堂一个大小姐,天之骄女,怎么会走到这一步?在回来的路上她想过离婚,如果是真的,那就必须离婚。可她又舍不得。朱劲草是王八蛋,可男人是自己选的,她爱他呀!

茉莉吸溜鼻子。劲草激动,张牙舞爪胡乱吻上来,仿佛要当场证明自己。他是个男人,合格的男人。茉莉推开他。劲草坚持要她自己感受。"伟是谁?"躺在他臂弯里,茉莉还没忘记查案。"真不知道。"朱劲草被逼得头发都快竖起来了。

第十八章

大力走得很突然，心脏病，一觉就过去了。善亚发现的时候，人都凉了。葬礼当天，张善亚哭得昏天暗地，茉莉的理解是，婆婆是真悲痛。哭大力，更是哭自己，在她的计划中，她张善亚是要比朱大力先走的。死在夫前一枝花，她才不要面对一个人的日子。

事发突然，茉莉和劲草必须团结起来。什么"出轨"，什么短信，什么附近的人，统统放一边。他们有这个默契。茉莉的调查停止。从搭灵棚到送葬，全部流程她一手把控，好让劲草腾出精神来尽情悲伤。她能理解劲草的痛，他可是背负着三个人的荣耀前行的呀！

头七还没过，茉莉就开始考虑以后的事了。公公眼一闭，什么都不管了，婆婆还活着。那么，老太太以后的生活该怎么安顿，成为小家庭需要面对的当务之急。

茉莉跟老妈商量过。吴玉兰的态度很坚定："必须管，现在是你婆婆最脆弱、最无助的时候，你们必须管到底。"这话不用老妈说茉莉也明白，善亚就一个儿子，他不管，谁管？而她呢，作为劲草的另一半，自然不能置若罔闻。而且，茉莉还明白：最好她主动提，表现出高姿态，还能在劲草那儿落个人情。谁料五七还没出，劲草就先发制人，找茉莉聊起善亚的去向问题。

"妈一个人在老家不行，"劲草一开口就定下基调，"她情绪不太好。"

"正想找你说这事呢。"

"要不这样行不，"劲草道，"在家附近找个一居，大开间也行。

妈住。"

"我搬过去。"茉莉忙不迭。他们母子都高姿态了,她也必须高风亮节。又说:"其实一起住没问题,爸走了,咱们应该好好孝顺妈。"这不是漂亮话。茉莉发自真心。老公走了,善亚弱势,茉莉不能欺软。

"各住各的吧,距离产生美,"劲草说,"你要是同意,我回去就找房子。"

茉莉感动得要哭。这还有什么话说呢?只要不住一块儿,她觉得婆婆也是美丽善良的。

一番操作,五七刚过,张善亚又搬回上海来了。上次来,是夫妻齐心,善亚神气活现。老两口劳累了一辈子,终于给儿子买了房子,看着儿子成家立业,那房子她住得理直气壮。这次来就不一样了。老伴没了,她形单影只。一辈子夫唱妇随,冷不丁没戏唱了,张善亚像被抽了魂。老家人夸赞,说劲草孝顺,能把老妈接到上海去养老。也有夸茉莉的,说她能容人,是个好儿媳。

三姨美亚忍不住做对比,她跟儿子牵牛说:"你二哥就是榜样!"不过私下里,她又不指望黄牵牛能做到接她去上海——牵牛连房子都没有呢。正因为此,张美亚对她那个女博士准儿媳又不太满意了。无他。没财力。她跟牵牛两个人联手,暂时也买不起房。于是张美亚只能跟老公抱怨:"你可别走在我前头!我受不了那个罪!"

大姐真亚倒看得开。她想清楚了,别说她没钱给儿子在上海买房子,就是有钱买,她也不去受儿媳妇的气。她打算在黄山终老。二妹夫死她没敢大哭。心脏不好,受不了刺激。他们这一支,仍旧由凌霄代劳,前后操持。有意思的是,这次奔丧,沈榴榴竟跟得紧,猫在凌霄后头,在家族的视野里第一次亮相。别人不知道,牵牛看榴榴不顺眼,人来了,他装没看见。

茉莉发微信问榴榴:"这算是官宣了吧?"

榴榴回:"对外说,我是他秘书。"

大力一走,顾得茂竟兔死狐悲。茉莉回来,他问得比谁都细。玉兰打断他:"人都没了,问那么细干吗?"一转脸,顾得茂偷偷跟茉莉说:"将来我要有那天,你可得顾着你妈。"茉莉说:"爸,您要是真爱我妈,就走在她后头,您老婆,怎么托别人照顾?"

顾得茂发急:"我倒是想,这事也由不得我呀!"

跟顾得茂相反,吴玉兰看得开:"父母儿女,就是一段路的缘分,谁能陪谁一辈子?往后你爸要先走了,你就也给我租个小房,只要能动能行,我就自己住,不能动不能行,去养老院。最好我先走。眼不见为净。"茉莉连忙说那不行。玉兰道:"一碗水得端平了,你婆婆住不进你家,我也不能去。"

茉莉越想越恐怖,她只能让老妈多朝好处想想。

善亚驻扎下来,情绪不那么激动了。她看来是准备在上海终老了。茉莉给自己定了个睦邻友好基本原则:凡事以礼相待。现在善亚弱势,她这个儿媳妇但凡敢有一点喳喳,不用说,劲草肯定站在他老妈那边。而且老人现在看得开,孙女她不带,只一三五负责接送,劲草从金山调回来,工作更忙,急于表现,周末能带囡囡出去玩一趟拍拍照片就是好爸爸了。

活儿全压在茉莉身上。

上班,带娃,家里打扫什么的,不跟婆婆住,也能请阿姨了。茉莉宁愿多花点钱。她父母也给她塞钱。亲爸亲妈就是不一样。

榴榴来看茉莉。茉莉问她跟大表哥的进展。

"量变。"榴榴说。

茉莉道:"量变挺好,等你到质变,就知道质变的苦恼了。"榴榴问她跟婆婆的相处情况。茉莉爽利地说:"反正呀,人不犯我我不犯人好了,生活不是电视剧,我们不演《双面胶》,还好,我婆婆深明大义,主动出去租房子住了。"

榴榴问房租谁付。

茉莉说:"她儿子呀!"

"又不心疼啦?"

"心疼也没办法,"茉莉说,"而且老头一走,老太太在金钱观念上,有点变化,人生那么短,对自己好点怎么啦?留着钱给谁花呀?我现在跟我婆婆,就像是两个国家,偶尔搞搞外交,都笑脸相迎就可以了。"

很快,茉莉发现这外交不好搞。

晚饭时间,劲草妈把一盆大馒头端上来了。他们家的老习惯,晚餐吃稀饭馒头。一三五,善亚接囡囡,晚上这顿,就在她家凑合。茉莉吃不惯这寡淡的饭菜,可婆婆安排好了,她少不了识趣忍忍。而且,因为劲草也来,婆婆已经加餐了,除了稀饭馒头,偶尔还炒个大头菜,或是土豆炒肉丝什么的。

茉莉敦促囡囡洗手,坐回来,准备开吃了。刚准备拿筷子夹馒头。劲草妈下手迅速:"你一个,你一个,你一个……"跟念经似的。

瞬间,馒头分配好了。

大家只能吃各自碗里那一份。一天不在意,两天不在意,三天五天,一个礼拜半个月,久而久之,茉莉还是发现了"馒头的奥秘"。

她忍不住回家跟老妈抱怨:"人家水平高着呢。"茉莉捏着嗓子,学善亚的声音:"你一个,你一个。"她又哼哼两声说:"每次都把泡了水的那个给我。"

"凑巧了吧?"

"绝对不是凑巧!"茉莉举着筷子,夹起一块猪蹄,"我观察好几次了,每次都是,稳稳地,她儿子就吃好馒头,我永远是坏馒头。"

"把那一块剥了不就得了?"

"怎么剥,剥了又说浪费粮食,你不知道他妈嘴有多碎叨。"茉莉啃猪蹄。在家熬得慌，到老妈这儿加餐。玉兰严肃地说："不要总是纠结一个问题，记住了，千万别指望你婆婆像对待她儿子一样对待你，你要觉得吃得好，就勤往家里跑跑。"茉莉撇撇嘴，吃自己的。过了一会儿，才问："爸怎么还不回来？"玉兰道："去基金会了，他那些同学朋友过去的领导，好几个都退休了，一群老同志感慨人生呢。"

玉兰还问茉莉，最近还有没有骚扰短信。茉莉说公公去世后，就没有了。玉兰笑道："总有云开雾散的时候。"茉莉顺着想，说："不会是我公公吧？"玉兰说那怎么可能。茉莉说："要不你看，公公没走之前，风波不断，走了之后，风平浪静，说明什么？"玉兰认为只是个巧合，估计幕后黑手也觉得没意思，所以停了。

本来茉莉都快忘了这茬，老妈一问。睡觉之前，她又跟劲草提起这事。劲草道："没有不是挺好，省得你又怀疑这怀疑那。"

茉莉侧躺着，单手撑着脸，见床上放着影集，便随意翻起来。里头都是劲草过去的照片。

"本科照片没几张，不爱拍？"茉莉问。

"忘了。"

"哎，说说，过去你什么样！"

"这不都有嘛。"

"我是说，整个人的状态。"

"状态良好，比现在瘦十斤。"

"不是这种状态，是说精神状态、生活状态、情感状态。"

"精神恍惚，生活艰难，情感空白。"

"少来，"茉莉蹬他一脚，"爸出事，我才没跟你计较。"

"睡吧。"劲草迅速躺下。随时准备昏睡。

茉莉扳他肩膀："我还没说完呢。"

"你就是没事找事。"他不客气了。

茉莉不太正经地说："王艺凯这人虽然是个二百五，但好歹还算坦诚。"

"他说什么了？"

"你紧张了。"茉莉竖起一根手指，眼睛放光。

"紧张个屁。"他不惜粗俗。说明有故事。

"他爆料了一个惊天大秘密。"

"那啥啥？"劲草表达得很隐晦，变回老家口音。

"啥啥不啥啥。"茉莉学他。

"就是你揪住不放的那个问题。"

"哪个问题？"

"春风沉醉的夜晚。"

茉莉咯咯笑，故意小声，贴到劲草耳朵边："被人表白的感觉怎么样？"劲草不听，一拽被子，背对着她。茉莉探过身子，继续说："你是不是觉得特得意？男女通吃呀！"劲草转头，陡然变色："你这个态度很不尊重人，老王没错，我也没错，就是对不上号，仅此而已。"顿一下，"看看，"劲草指着镜子，"看看你那看笑话的样子，跟天线宝宝似的。"

茉莉不放过："就求证一下，我怎么就看笑话了？我从来都是尊重少数族群的呀。"还追着："说说，当时怎么拒绝的，他骚扰过你吗！"

劲草不满："想什么呢？那要骚扰过，还能继续做朋友吗？"

"你们班有个叫伟的是不是？"

"这件事能到此为止吗？"劲草终于生气了，"验也验了证也证了，说了不是不是不是，你怎么就不相信呢？我只对你有感觉。"说着就抓过茉莉的手往他特殊部位放。

"看着我的眼睛！"劲草霸道总裁上身。

茉莉盯着看。瞳孔里是她的倒影。

"看到没有？"

"什么？"她不解风情。

"欲望。"

"没有。"

劲草只好饿虎扑食了。

"行行行，"茉莉翻身倒在床上，"我就是看偶像剧的心态。"她今天没性趣。哦不，几个月来，她都没性趣。劲草道："你要是腐女，我可跟你过不下去。"茉莉说腐女是腐别人，又不是腐自己，榴榴过去就是腐女。

劲草不想听，装睡着。茉莉口气跟探寻UFO似的："你说，匿名骚扰那人，就这么消失了吗？"劲草不回答。没多久，他的呼噜声就在茉莉耳边回荡开了。

第十九章

茉莉带囡囡去果果家看棒棒。

搬回来之后,她去高夏菁那儿串门更方便了。孩子们玩猫,大人们欣赏音乐,高夏菁不知从哪儿弄了套音响,说挺高级的。两个女人坐在餐桌旁听林忆莲的《伤痕》,高夏菁建议茉莉,仔细听第一句:"吹气如兰有没有?一开口就秒杀现在的女歌手。"

茉莉听了好几遍,真听出好来。

夏菁问茉莉,手风琴能不能拉出这个调。茉莉说估计有困难,《伤痕》属于布鲁斯,手风琴很难表现出那种节奏。

这次来,茉莉发现老高竟是个多肉玩家。花都放在阳台上,洗衣机挡着,不深入腹地不大见得着。这个地界是猫和果果都被禁止进入的。她的自留地。

"怎么样?"夏菁很得意。

琳琅满目,叹为观止。茉莉搓手,想据为己有。高夏菁如数家珍:白菊、碧桃、三色堇、观音莲、冰莓、女王玫瑰、mozel……说完,夏菁打趣:"你可不许要,除了我婆婆和嫂子,谁也休想找我要多肉。"

茉莉不理解。不是离婚了吗?怎么还有婆婆、嫂子?

"不过现在婆婆、嫂子也不存在了。"夏菁补充道。

"不存在最好。"茉莉咬牙。

"怎么?又闹矛盾了?"高夏菁敏感,笑着问。

"没有。"

高夏菁不追究，把话折回来："养的时候，家里还有男人，现在男人没了，多肉还在。"她苦笑，无奈地说："多肉不会背叛你。"

"你前夫一定瞎了眼。"茉莉说。

"那肯定的。"

两个女人都笑。

"真不找了？"

"找不着。"

"我帮你留意。"女人还是要帮女人。茉莉突然想起陈海涛。他离婚了，倒是个不错的人选。只是人家能不能看上高夏菁，待定，试一试都没损失。

"瑜伽你还练吗？"夏菁问。茉莉说不练了。夏菁说有点可惜。茉莉说每天家里家外，当哪吒都忙不过来。

周一上班，单位要求中层以上人员上报配偶和子女情况。表是茉莉经手的。她不是中层，不用上报，但米娜得报。茉莉发现，米娜竟然隐婚许久！更奇怪的是，她丈夫叫刘大伟。

那么有意思了。

茉莉忍不住联想，会不会是米娜用她老公的身份注册了微信，然后去跟劲草聊的呢？朱劲草几次来接她下班，米娜都看到了。看她的眼神，有点羡慕。刘大伟肯定长得不怎么样。

如果真是这样，那米娜未免太煞费苦心。她的动机是什么呢？搞垮她顾茉莉？有必要吗？她已经当了中层。还是真想吃这口腊肉？似乎也没必要，一旦闹出来，她职位都可能不保。或者根本是意淫？……

人心叵测，茉莉猜不透。

联系方式一栏，有刘大伟的手机号，她便抄下来，用微信搜索。没搜到。茉莉把新情况跟榴榴分享。榴榴也认为只存在理论上的可能。离得太远，关键现在她们也没什么冲突。

又是周三。善亚接了囡囡。茉莉和劲草去她那儿吃饭。小饭桌上摆着猪耳朵、红油拌肚丝。哦哟，太阳从西边出来了，平时四五十块钱的紫燕百味鸡，善亚是绝对不肯买的。这回一次两盘。准备开饭，善亚又把大馒头端上来了。茉莉瞧得仔细，挨着盘边靠左的那个，又是被蒸汽荼毒的，底座一片潮湿。

是坏馒头。

"有没有酒呀？"劲草来兴致。有菜，怎么能没酒！

张善亚道："你爸泡的药酒，我从老家带来了。"

人死了，酒还在。

劲草让拿来。茉莉起身问在哪儿，善亚忙说她去拿，在床底下。茉莉道："我去吧，您别闪着腰。"说着就往屋里去，一番寻找，药酒找到了，里面泡着枸杞、海马。善亚去厨房找口杯。茉莉一低头，赫然发现那只泡了水的馒头，又在自己碗里了。

她打发劲草："去看看，别让妈爬高。"

劲草和囡囡一起颠颠地去厨房看情况。茉莉手快，迅速把她和劲草的馒头对调。

满足了。

一切齐备。四口人坐好，开吃了。善亚眼尖，看到劲草碗里的馒头变了，于是不动声色把馒头拿到自己碗里，又去厨房蒸锅里夹了一只新的给劲草。这一夹不要紧。

晚上回自己家，茉莉终于跟劲草闹开了。

"朱劲草我告诉你，我顾茉莉平生最恨三个东西：凉不唧唧的茶！泡过水的馒头！出了轨的男人！"茉莉火气大得头发差点点着了，"你妈什么意思？每次都把潮馒头给我，好馒头给你，我就不喜欢吃馒头，为了她，我忍辱负重委曲求全不吃米饭，那么好了，人家次次给我这待遇，什么意思呀！"

"都是巧合……"劲草语重心长。

"一天巧合，天天巧合吗？就是故意！心坏！"

"下次这样。跟我换，你把那个什么……潮馒头，是吧，给我，我还喜欢馒头泡汤呢，"他又要上去抱她，温柔灭火，"不就一个馒头嘛，还能引发血案啦。"

茉莉恨道："馒头是现象，本质是什么？"

劲草背过脸，他不要听。

"你以为我想去吃那顿饭，我是为了和平、和谐，为了你的面子，咱们家不演《双面胶》，本来就是各过各的日子，真要这样，以后孩子不用妈接了，我接。"

"随你。"劲草也没了好脾气。

很快，善亚还以颜色。反击的办法是，无限制占用劲草的时间。一三五，劲草、囡囡去她那儿吃饭。每次都弄到十点多才回家。茉莉不问，她不接招，她知道，只要她一开口问，朱劲草肯定有一大堆理由。慢慢地，二四六也被瓜分不少。剩下一个礼拜天，如果奶奶要带囡囡出去，劲草跟着，那顾茉莉就被排除在外。

本来以为是《双面胶》，突然变成《金锁记》了。劲草要当曹七巧的儿子，那就让他当去。茉莉可不做被逼死在帐子里的儿媳妇。他们出游。她就回娘家。周日晚上也在娘家住，那儿永远有个温暖的小屋。

茉莉背着老爸，跟老妈抱怨。顾得茂最近还是在外面会朋友。茉莉问玉兰："爸是不是更年期到了？"玉兰道："他玩就让他玩，男人到了这个年纪，可怜的。"

"可怜什么？"

"没人需要他了呀。"

"你需要他。"

玉兰纠正："他需要我，超过我需要他。"

"那我要不要表达一下我对他的需要?"

"不需要,"玉兰微笑,"孤老头孤老头,让他一个人待着。"茉莉又开始把话题转到善亚身上。玉兰说难免,毕竟是人家儿子。茉莉道:"妈你这个观念就不对,龙应台的《目送》看过吗?"她随即翻手机,搜那篇文章,找到了,开始读:"我慢慢地、慢慢地了解到,所谓父女母子一场,只不过意味着,你和他的缘分就是今生今世不断地在目送他的背影渐行渐远。你站立在小路的这一端,看着他逐渐消失在小路转弯的地方,而且,他用背影默默告诉你:不必追……"

读完,茉莉抬起头,强调:"不必追!"

玉兰笑着说:"人家这是什么妈?官员,有事业,她是不必追。张善亚是什么妈?退休工人,事业为零,老公去世,那点可怜的注意力除了放在儿子身上,你还能让她放在哪里?所以人家追到上海来了。"

"那是她儿子,不是她丈夫,儿子总归要有儿子的生活,她的儿子,同时也是人家的丈夫、孩子的爸爸。"

"所以让你们生两个,多少能转移注意力。"

"妈,你们这代人怎么就这么难沟通呢?这不是一个两个的问题,就算生十个,我的生活也不能附着在儿女的生活上,我不是……"蛆字太难听。茉莉咽下去了。

"你这是被西方的女权思想洗脑了。"吴玉兰批评。

"人还是应该独立。"

"等你到我们这岁数,再体会体会。"即便说最严厉的话,玉兰脸上仍旧带着笑意。

"反正我得找她谈。"

"不要直接冲突,"玉兰说,"找你劲草谈,实在不行,让他来,我跟他说。"

"我直接找他妈说,没什么不能摆在桌面上的。"

"那你就等着离婚吧，"玉兰语速加快，"不要心存侥幸，你跟他妈掉水里，他永远是先救他妈。老婆还能再找，妈妈只有一个。"

"离婚不可怕。"

"嘴硬。"

"高夏菁离了，不也过得挺好。"

"苦的时候你没见着。"吴玉兰叹息。

言出必行。

凑个空，两边拉和拉和，茉莉把高夏菁和陈海涛凑到一张饭桌上了。意思没明说，属于朋友聚会，但两方都理解这顿饭的目的。高夏菁一洗烈焰红唇，变成清秀碧玉，这路子，还是茉莉给指的。从餐厅出来，茉莉让海涛送夏菁回家。夏菁忙说不用，她打车。陈海涛也没坚持。

隔些日子，茉莉问夏菁。夏菁的意思是，男方条件太好，恐怕未必看得上她。茉莉说那可不一定，海涛不是那种庸俗的人。高夏菁索性挑明了，她说她不想处男朋友，对她来说没有意义，她现在需要婚姻。可是，她和海涛都有孩子，且都是男孩，年龄都不大，这阻碍就巨大了。

茉莉劝道："有孩子的人就不再婚了吗？"

高夏菁笑而不语。

茉莉说："我反倒觉得，你要趁着孩子小，迅速再婚，否则再过几年，孩子大了，懂事了，反对意见就大了。"

高夏菁却说："可是我不可能把他的优先级摆到我儿子前面。"停顿半秒："他也是一样。"茉莉着急，说难道你还想往下找，没有经验的更难。高夏菁再次感谢茉莉，说合适的话，会处处看。

海涛那边始终也没动静，茉莉这才理解了夏菁的退缩。她是给自己留面子，找台阶下。她和海涛之间的主要问题不是孩子，而是阶层。海涛有三套房子，风生水起的事业，她呢，只有个不知道是租还是买的大开间和永远卖不出去的理财、保险。高夏菁找陈海涛，那是高攀。是她顾茉莉欠考虑了，才把这两张根本不应该出现在一个牌桌的牌凑到一块儿。半路相逢，没有前情，想要让这个年纪的男人冲冠一怒为红颜，难度太大了。婚姻市场也是市场，尤其是二婚，更要符合公平交易的原则。茉莉替夏菁难过。她这样住开间的女人，下半辈子似乎只能靠自己。

相亲事件过去后，茉莉遇到一件猜不透的事。有人通过手机号搜索加了她微信，但还没等茉莉说话，对方又把她删了。茉莉找榴榴分析。榴榴建议她不用过于敏感，有时候那种做微商、保险和搞营销的人，也会乱加的。茉莉果断调整隐私设置，不许任何人通过手机号搜索到她。

第二十章

　　牵牛带女博士到善亚这儿吃饭，劲草要求茉莉必须到。这叫顾大局。关起门来怎么闹都行，对外，他希望小家庭看上去还是铁板一块。

　　到二姨这儿，就是回家了。牵牛不客气。善亚不住给女博士夹菜，又问："博士毕业都不分房子呀？"

　　劲草怕表弟面子挂不住，道："妈，博士和房子是两码事。"

　　善亚道："书中自有黄金屋。"

　　茉莉冷眼望着，颇有点瞧不上婆婆，她知道，张善亚就是显摆。显摆自己有房子，显摆自己有能耐，她儿子是硕士，却能超过博士和留学归来的硕士（大表哥），独占鳌头。牵牛乐观，看了看博士女友，又对他二姨道："商品房买不起，就买商住，我跟文萱打算到朱家角去看看，弄个复式，一样住。"

　　善亚立刻道："商品房不能贷款的哇？"

　　女博士笑说两家凑凑。善亚知道美亚没钱，但在外甥媳妇面前，她又不好拆妹妹的台，便又问朱家角老远老远，上班怎么办。

　　牵牛说学校有班车。

　　善亚畅想未来："这样也好，先落脚，慢慢来，以后把你妈接来享享福。"一提到美亚，党文萱的脸色有点不大对劲。茉莉解围道："走一步看一步，现在不想那么远。"

　　吃完午饭，劲草送囡囡去上英语班，茉莉也想走。善亚热情，硬留牵牛和文萱，让茉莉作陪。茉莉心里就是再不痛快，也不好拔腿走人。

午饭刚过,她便开始操持晚饭。调了馅,和了面,准备包饺子。

文萱识趣,凑过去帮忙。

善亚打发她:"没进门呢,不用干活儿,以后进了门,活儿不能少干。"又补充:"一家两口子,多干活儿的那个身体肯定比不干活儿的好。"

茉莉悄悄白她一眼。她最恨这种歪理邪说。

文萱脸臊得红扑扑的,到客厅跟牵牛看电视去了。

茉莉却跑不掉。她属于进了门的,理应干活。厨房操作台旁,善亚擀皮,茉莉包饺子。婆媳俩静悄悄地,无话。说什么呢?两人心照不宣,尽在不言中。

客厅内茶几上手机响。牵牛叫二姨。善亚拍拍手上面粉,笑着走出厨房,拿了手机,钻到洗手间接电话。

过了好久,厨房灶上那锅鸡汤煮变了色,只剩一点底子,茉莉不敢擅自处置,大声叫婆婆。善亚从洗手间出来,冲进厨房,见砂锅里汤少,直接责怪茉莉:"都快煮干了!"茉莉提议放点水,善亚也不同意,说这鸡汤是原汁,放水味道会变。

茉莉讨了个没趣,放下饺子,且去方便。

厕所里的灯昏昏沉沉。

这房子旧,劲草租来,灯具没换过。茉莉嫌马桶圈不干净,用纸巾铺了一层方才坐下。刚坐稳,马桶旁边洗衣机上却发出喂一声。

茉莉心噗地一沉。

闹鬼吗?

仔细瞄瞄,善亚的手机躺在那儿,屏幕上跳着秒数。

茉莉好奇,下意识拿起手机,对方似乎感觉到有人,话头便接上了。是个男的,操皖北方言:"嫂!当初我跟大哥在山西拉煤的时候……大哥就跟我讲过……那趟车如果走不下来的话……谁活着……谁将来照顾你……现在大哥走了……"

茉莉头皮过了道电。

手臂上，鸡皮疙瘩起来了。

是……劲草的小叔……朱二力！

后面的话更加不可描述。

茉莉向来嘴上厉害，哪里真见识过这等事。她吓得跟被蛇咬了一般，五指一撒，手机掉在地上。尿也识趣，及时回缩。

茉莉站起来，裤子刚提到一半，善亚推门进来了。

低头望望手机，抬头瞅瞅婆婆，茉莉弱弱地叫了声妈。善亚狠狠瞪她一眼，二话不说，三两步上前，拾起手机，挂断，转身出去了。

从出洗手间门到出婆婆家门，整个晚饭时段，顾茉莉都是手足无措的。反观善亚，镇定自若，谈笑风生，好像什么事也没发生过，茉莉这才感受到自己和婆婆道行的差距。她是道高一尺，善亚就是魔高一丈。

她真后悔拿起那个电话，后悔知道了婆婆的秘密。或许只是小叔追求善亚，善亚对他没意思呢？也不对，后面那些不可描述的话，已经足够证明叔嫂的关系。

茉莉怀揣着这个秘密回到家，洗了澡，还一脸的忧心忡忡。劲草看出她的不愉快，问："下午没事吧？"茉莉一惊，冷静下来，才明白劲草是正常询问。她说没事。劲草又问："匿名短信又来了？"茉莉说没有。

劲草跟着道："刚妈夸你饺子包得好，手巧。"

看看，过去从未夸赞过，这特地地夸，恰恰说明心里有鬼。茉莉把这个秘密憋在心里几天，始终不消化。不不，不能跟劲草说，他肯定向着他妈；也不能跟榴榴说，万一将来榴榴真跟大表哥有后续，善亚也算是她的长辈。茉莉只能在回娘家的时候，跟老妈嘀咕嘀咕。她把这事描绘成一个男盗女娼的香艳故事。

玉兰笑："想不到你婆婆这么受欢迎。"

茉莉着急，嘴里的无核蜜枣还没咽下去："她受欢迎是她的事，问题的关键在于，她知道我知道她的丑事！那我不就成她的眼中钉、肉中刺了？瞧着吧，她肯定会报复我。"

跟绕口令似的。

玉兰说："也许会讨好你呢。"

茉莉道："不不不，她不是那样人！瞧着吧，绝对不会善罢甘休。"

果然，没过几天，善亚又叫茉莉、劲草带着囡囡去家吃饭。吃完了，张善亚突然说："茉茉，我还没你微信呢。"劲草也附和说应该加一个。婆媳俩向来电话联系。茉莉讪讪地，等她掏出手机，婆婆的二维码已经在那儿等着她了。成为好友之后，善亚又说："茉茉，你拉个群，把劲草、牵牛、凌霄，还有那个文萱，反正在上海的亲戚，都拉进来，以后大家相互帮助，团结友爱。"劲草说妈我来吧。说着，就迅速拉了个群，在里面发了个笑脸，群名为"和和美美一家人"。

婆婆加她微信，茉莉觉得，这里头一定有深意。可一时半会儿，她又领会不到善亚的心思。就她这方面来说，重中之重，当务之急，是要让婆婆打消顾虑，要让张善亚知道，虽然她顾茉莉不小心听到了不该听到的事，但她嘴巴紧，不会二次传播，更不会干涉那些事。电话里的内容，只能是烂在她肚子里。

茉莉有点后悔告诉老妈了。天下没有不透风的墙，老妈知道，保不齐老爸就会知道……不过这种事，张善亚想要瞒到天荒地老也不切实际。就算她不说。朱二力那张嘴也会泄露出去。

事到如今，装傻不切实际。她琢磨了一夜，没有头绪，上班时间，茉莉昏昏欲睡，黑咖啡也没办法帮她提神。米娜进门，拿着材料，递给茉莉同屋的小姑娘。她一惊一乍地说："哟，不一样了啊。"小姑娘窘，说哪儿不一样。米娜指了指她小腹："这儿。"小姑娘脸红了。米娜笑："放心，我不会说出去。"小姑娘怀孕了，不到三个月，米娜怎么就火眼金睛看出来了呢？

茉莉讨厌米娜那副嘴脸，她说不会说出去，八成出了这个门就会大肆宣传。小姑娘刚入职就怀孕，上司那儿，免不了一场不痛快。

茉莉站着，端着马克杯，目送米娜妖娆的背影远去。她脑中突然叮一响，跟微波炉到时间似的。放心，我不会说出去。这句话好，简明、直接，最关键是，这话在茉莉脑海中，跟婆婆的微信对接起来。她只需要发个朋友圈，设置为婆婆一人可见，不就把自己的态度准确传达过去了吗？

顾茉莉拿起手机，点开朋友圈，发布消息，文字照抄：放心，我不会说出去。配图是她春天在郊外拍的，一条白狗，回头凝望，卧在草坪上，阳光普照。

发送完毕。

茉莉坚信，只要善亚能看到这条朋友圈消息，就一定会理解她的苦衷。这事就算翻篇了。

女儿在客厅地毯上玩耍。电视里放着广告。是某保健品宣扬的"婆婆妈妈节"，说婆婆也是妈，用心感谢她。劲草从外面回来，他刚去给善亚送钙片。善亚骨质疏松，还摔过，更要注意补钙。

"妈说什么了吗？"茉莉假装随意。

"没说什么，"劲草停顿一下，又补充，"哦，说七月节回去一趟。"

"回去干吗？"

"给爸上坟。"

茉莉走到餐桌旁坐下，突然悠悠地说："爸走了也有好一阵子了。"劲草没吭声，他要摸烟，被茉莉制止。

"妈年纪也不算太大。"茉莉又说。

劲草猛然抬起头，像看外星人一样看茉莉："我自己妈，我自己能养活。"

茉莉微笑："万一妈自己有意愿呢？"

"是妈的意愿还是你的意愿。"

茉莉骇然。这不引火烧身吗？怎么成她的意愿了？可她又不好挑破，于是只好说："我没这意愿。"

劲草道："妈已经够让步了，单门独户，自己过自己的日子。"茉莉百口莫辩，着急道："我没那个意思，楼上的丁阿姨、赵阿姨不都再婚了，老年也有情感需求。"

"妈跟你说的？"劲草问。

茉莉心一动，本来是丑事，何不做成好事，如果婆婆再走一家，她这边就轻松多了。于是她故布疑阵："妈不让说，你也别去问她。"

"跟谁？"

"这我可不知道，"茉莉连忙否认，"反正多少有点那意头。"

劲草叹气。

茉莉道："你对天发誓，不许去问妈，回头妈说我多事。"

劲草突然说："妈要真想走这步，我也不反对。"

"你反对也没用。"

"我有心理准备。"朱劲草说。看劲草这意思，茉莉觉得自己这招犹抱琵琶半遮面实在是高。在告密与没告密之间，她先吹吹风，敲敲边鼓。而且她这次透风，也了解到劲草的态度。茉莉认为，张善亚可能真是由于顾及儿子，才没推进这事。如今劲草表明了支持。她或许可以向婆婆也漏点风，催化好事。早点让善亚转移注意力，她跟劲草也得以解脱，好过自己的小日子。

主意一定，顾茉莉给婆婆送行就积极多了。早早帮善亚备好了回乡的礼物，不用她拿，全部快递。劲草担心老妈一个人坐高铁不安全。茉莉建议问问牵牛、文萱，要回就正好搭伴。张善亚却坚称自己能行。这次见面，茉莉仔仔细细观察了善亚。

全部微表情都捕捉到。

她判定，婆婆铁定看到了她的朋友圈。她还故意问："妈，你怎么都不发朋友圈的，那些美照，藏着可惜。"

张善亚答："我只看，不发，没意思。"

那么好了，强调看，肯定看到了。

茉莉又说："妈，我们家楼上那赵阿姨，说想你。"善亚问怎么想起我来了。茉莉说要给你发喜糖呢。善亚不懂她的意思。

茉莉点明了："刚找了个老伴，婚纱照都拍了。"又补充："劲草也说般配，还说，老年人，也要勇敢追求幸福。"行了，点到为止，说得够直白了，顾茉莉相信她这话里的话，张善亚女士一定能懂。

第二十一章

善亚一走,家里跟少了门神似的。妖魔鬼怪又出现了。朱劲草手机再次接到匿名短信,这次内容更疯狂:茉茉,你就那么狠心?不顾你儿子了吗?劲草再对这种恶作剧习以为常,也有点扛不住。

本着开诚布公的原则,他把手机放到茉莉面前,问:"是假的吧?"

茉莉反问:"难道你认为是真的?"

劲草答:"我不知道,所以问你,你说什么我信什么。"

"污蔑。"顾茉莉竭力稳定情绪。

可一回娘家,她顿时崩溃了,她冲进厨房,拉住老妈的手:"妈,张善亚要整我!"玉兰倒还算镇定,她挽住女儿的胳膊,叫她冷静,问怎么回事。茉莉把劲草收到"黑短信"的事说了。又描述了善亚走之前,两个人的交锋。茉莉急促地说:"这下明白了,她根本就不喜欢小叔,是小叔一厢情愿,所以我提醒她,暗示她,反倒激怒了她。报复开始了!"

人一走就出事,什么意思?她张善亚还要制造一个不在场证明?短信可是不长脚,全世界都跑的。玉兰坚持认为有人恶作剧,还劝说你婆婆不是这种人,她这么大年纪,怎么可能会弄这些。

"不会可以学呀!她拼多多玩得可溜了!"茉莉下意识把手指伸到嘴边,咬手指甲,"对对……劲草跟她说过匿名短信的事……然后她将计就计,一定是这样!"

"她……不会知道了那件事吧?"玉兰讳莫如深地说。

母女俩都躲着那事,跟哈利·波特的身世似的。

"不会查吗？"

"那可有年头了。"

"或者有人告诉她。"

"那事就没几个人知道。"

"天知地知你知我知……还有谁，几个同学，桂凤知道，去美国了，榴榴也知道……"顾茉莉的自言自语停顿在这儿。沈榴榴，会是她吗？她可是死党！多少年忠心不贰！马上还可能成亲戚、做妯娌。茉莉不相信榴榴会背叛自己。关键是，沈榴榴告诉善亚这些，对她有什么好处呢？损人不利己的事，何必去做？

顾茉莉流过一胎。十九岁。那是她过去生命中最黑暗的时光。她学琼瑶的《窗外》，把自己错付给了一位语文老师，糊里糊涂酿下大祸。为保全名声，母亲吴玉兰带她到外地做了流产手术，这事连顾得茂都不知情。但榴榴知道，还有桂凤，虽然她们没正面问过，顾茉莉也从未正面回应。可茉莉清楚，闺密们是看破不点破。如今时过境迁，桂凤远走，那就只有沈榴榴一个知情人。会是榴榴吗？茉莉心里打鼓。如果是，她什么目的？如果不是，那幕后黑手又是谁？不过这条消息的目的很明确：就是要拆散她和朱劲草。

顾茉莉无心工作，她请了假，没打招呼，一大早就往榴榴家赶。不巧，汪凌霄也在。

"大表哥。"茉莉保持礼貌，压抑住急切。汪凌霄显然感到意外，他招呼了一下，先走了。

"这算同居了吗？"

"路过。"

"一大早就路过？"

榴榴被问得不耐烦，道："什么事呀？也不提前打个电话。"

茉莉十分严肃："榴榴，我下面问你的话，你必须如实回答。"

榴榴悚然，她从未见茉莉这样："你干吗？我害怕。"

"说实话就行。"

"跟我有关吗？"

"算有一点儿吧。"

"会破坏我们的友谊吗？"

"不好说。"

"那就别问。"沈榴榴要拉茉莉下楼吃早餐。

茉莉拽过她的手："就一个问题。"

榴榴圆睁两眼，神色恐惧。

茉莉深呼吸："我当年那事，你告诉过别人吗？"

"什么事？"榴榴没反应过来。

"跟夏老师。"

榴榴突然打起嗝来，停不了的那种。茉莉猛拍她后背，嗝被止住了。"没有。"榴榴不看她眼睛。茉莉恳切地说："你跟我说实话，有人要害我。"榴榴忙问怎么了。茉莉说你先别问那么多，你就说你跟人说过没有。

"没有。"

"跟你妈也没说？"

"绝对没有。"

"那就奇怪了。"茉莉嘀咕道，"有人到劲草那儿告状，提到这个事。"

榴榴沉默。

"你跟桂凤有联系吗？"茉莉又问。

"她好像在丹麦。"

"我也觉得不是她。"茉莉说。

"'有人'是谁？"

"还是匿名。"

"靠！"榴榴义愤，"你承认了吗？"

"疯啦，"茉莉叫嚷，"当然没有！"

"死无对证。"榴榴脱口而出。又忙闭嘴，说"死"怕勾起茉莉的伤怀。"警察都查不出来。"她又问："有嫌疑人吗？"

"我婆婆。"

"不会吧！"

你不仁我不义。茉莉干脆把婆婆跟二叔的事说了。榴榴连说了三个要命，又说想知道是婚内还是婚外。茉莉说如果真是张善亚干的，她就要向朱劲草揭露婆婆的真实嘴脸。榴榴问："你觉得劲草会生气吗？"茉莉问为什么不会，还有什么比背叛更严重。榴榴却说，是否是背叛，是否是他二叔一厢情愿现在还不能认定，而且说白了，就算他们在一起，只要他们说是在你公公死后才发展出感情的，那么在劲草看来，基本也等于肥水不流外人田。

问题问完，茉莉不再久留。临走前，她又向榴榴求证一遍：是否跟别人说过，哪怕不是故意，说漏嘴那种也算，请她好好想想。榴榴坚持说没有。

她问茉莉打算怎么处理跟劲草的关系。

茉莉惨然："如果因为这事，他跟我离婚，我也没话说。""这不是罪。"榴榴说。茉莉承认这一点，但是，虽然这不是"罪"，可婚前隐瞒也是"罪"。以她的道德底线来判定，她认为朱劲草有知情权。

女儿放在老妈那儿，顾茉莉调整出时间、空间，打算坐下来好好跟劲草聊聊。饭早早就做好了。茉莉想过去饭店见面，可那样一来，太过刻意，自己反倒显得理亏。就家常菜好了。轻描淡写，情义却都在里头。时间差不多了，还没见劲草回来。茉莉打电话过去，座机、手机，都没人接。过了半小时，也没见回电。

茉莉着急，给劲草发微信。谁知这时善亚却打电话来，说担心家里的煤气没关,让茉莉过去看看。茉莉嘴上应付着,下了楼,却直接叫车往劲草公司去。冷战又开始了?这就闹翻了?还是说,他朱劲草掌握了确凿的证据,不用当面宣判,就给她判了死刑?可是那都是在遇到他之前发生的呀!他怎么能这么不讲理!坐在快车上,茉莉委屈得哭了。不是大哭,只有一点点眼泪,一下车就风干了的那种。她还有仗要打,哪怕分开,也需要清楚明白干脆利落!

茉莉走得急,过马路牙子,没踏稳。把脚踝给崴了。崴了也要走,活见人死见尸,她真想跟朱劲草打一架。咬他,撕他,踏碎他的大男子主义。他凭什么嫌她?!

"喂!"前方一声喝。

抬头一看,劲草站在那儿,夹着公文包,风尘仆仆的样子。茉莉一时不晓得讲什么,不前进,也不后退,一只脚微微提着,样子有点可笑。

"搞什么呀?"劲草走近了。

茉莉才感觉到脚踝疼,轻轻叫唤。

"怎么回事?"劲草半蹲下。

"崴了。"茉莉说实话。

"拿着。"他把公文包交给她保管。

"干吗?"她惊诧。

"背你呀。"劲草好像有点不耐烦,但又满是柔情。

他站稳马步,弓下背来。她顺势趴上去。茉莉有点发昏,她原本是来打仗的,怎么反倒俘获一只白龙马。背到停车场,塞进后座,劲草问茉莉去哪儿。茉莉说还能去哪儿,回家。朱劲草刹那的温柔让顾茉莉意识到,这个男人想开了,劲草已经原谅她了。他痛苦过,甚至想不开过,但这一切的一切,都在暗地里完成。等夫妻见面,就像此刻回到家中,面对面,手里拿着红酒杯,玻璃杯壁撞在一起,发出清脆的撞击声,茉莉感受到的全是一个男人的胸怀。

是啊，有人挑拨算什么。那不过是她的一段过去，是在没遇到他之前的过去。茉莉真心觉得，当初一意孤行嫁给这个男人，真值。只是，他不问，她却不能不为这场误会做一个收尾。红酒喝罢。茉莉起身，她打开音乐。要和劲草共舞。

"你想知道什么？"茉莉微微抬着脸，"你问我就答。"

"我什么也不想知道。"

"真的不是故意瞒你。"

"怪我没问。"

"不不，怪我。"

"那如果将来发消息的人，又要发什么给你呢？"

茉莉顿时撒开他的手，舞也不跳了，神色严肃："你最好提前给我打预防针。"

"没有啦。"朱劲草笑嘻嘻地，忽然小声说，"遇到你之前，我谈过十个女友，其中有九个现在还有联系，你信吗？"茉莉狠狠拧他胳膊上的肉。劲草又道："不管过去有多少，反正现在，你是我老婆，我是你老公。"茉莉陶醉了。劲草又恳求茉莉为他拉一次手风琴，就拉那首《白桦》。顾茉莉勉为其难同意了。

第二十二章

一场在茉莉看来是史上最严峻的危机,就这么被朱劲草四两拨千斤地化解了。天大地大,没有男人的心大。茉莉手舞足蹈地跟老妈描述那天所有戏剧化的场面,连见惯了风浪的吴玉兰,也不得不承认女婿宰相肚里能撑船。顾得茂探头问什么船。

玉兰叨咕:"茉茉得再要个孩子!传宗接代!"

只是,事情是过去了,始作俑者还是个谜团。劲草不在乎,茉莉却不能不在乎。她怀疑榴榴撒谎。玉兰却认为不至于。茉莉说:"你知道那天在她家遇到谁了?"玉兰问是谁。

"大表哥,一大早。"

"过夜还是同居?"

"我哪知道?"茉莉嘟囔。

玉兰疑惑:"榴榴会不会被小汪给统战了呢?"当了那么多年官太太,也看了不少谍战剧,玉兰遣词很讲究。

茉莉同样不解:"那意思是,大表哥作梗?"

汪凌霄作不作梗她不清楚,不过邻居里有人作梗是真。这天,顾茉莉刚把囡囡接回家,朱劲草刚洗完澡,就有不速之客上门了。

开门的是茉莉。站在门外的是个光头男人。天热,他一身T恤短裤,手臂上的文身格外刺眼。茉莉赶紧叫劲草来,又转头对屋里说:"囡囡!进屋去!"

"您好,我是社区工作人员。"男人的声音跟外表形成强烈反差。很温柔。劲草挡在门口，问他有什么事。"请问您家有孩子学乐器吗？"男人问。劲草说我太太会拉手风琴。"最近晚上十点以后拉过吗？"他又问。朱劲草想了想，承认了。茉莉确实即兴发挥过。

"有人投诉你们扰民。"

劲草和茉莉对看看，都不说话。

好家伙！顾茉莉被投诉了。

投诉渠道：市长信箱。处理机构：街道办事处。除了这一天来了这位社区工作人员，没过几天，又有民警上门，说有人报警，称他们扰民。民警了解情况，仔细沟通，努力劝说顾茉莉晚上九点以后，不要再弹奏任何乐器。

茉莉讪讪地表示同意。

她又问："警察同志，我能问问，是哪一户投诉我们的吗？是这样，真是觉得特别不好意思，我想亲自去表示歉意。"民警告诉她，根据规定和惯例，他们必须保护投诉者的隐私。

沟通完毕，民警走了。顾茉莉关上门，一个人坐在玄关的鞋柜上，思考良久。她打开微信，进入小区业主群。点开"查看更多群成员"，业主们的头像显露出来了。到底是谁呢？她家所在的楼栋，总共五个单元，每单元九层，一梯三户。她在三单元五层。这也就意味着，她能影响的，应该是二、三、四单元她周围的这几户。她当然不至于去理论，深夜拉琴就是不好，这一点她承认。只是，她隐隐感觉，此前的这些匿名短信，搞不好也跟拉琴有关。算算时间，劲草第一次收到匿名短信时，是她刚从产后恢复过来，重新玩琴没多久。

茉莉把她的推测跟劲草讲了。朱劲草的意思是，不管是不是，以后你拉琴注意点，这事就了了。话虽如此，有如此躲在暗处的邻居，顾茉莉还是觉得脖颈发凉。茉莉唾："真他妈的不懂欣赏。"劲草道："你听是音乐，别人听就是噪声。"这话善亚私下也说过，劲草没学给茉莉听，她老人家曾说茉莉拉的琴还不如炸爆米花的风箱美妙动听。

善亚从老家回来，不见悲伤，整个人却跟打了鸡血一般。文萱和牵牛也回去了，没跟善亚碰面。不过，去给老母亲上坟，善亚跟美亚碰了头。美亚把苦诉给善亚。核心问题就一个：牵牛要结婚，文萱家提议，两家凑份子，在朱家角拿下一套商住房。房子都看好了，就等钱。可准儿媳妇到跟前也没用，美亚两口子，实在没有积蓄。老太爷虽然革命出身，却一身清廉，退得又早，只有一套房子。三个女儿都没沾到他的光。美亚老公在客运公司干，死工资，多少年没涨过。到哪儿弄钱？

美亚跟善亚张嘴："姐，你要有，借我点，先把孩子婚事办了。"张善亚道："只有一万，要用你拿去。"说的也是实话，上海一套首付，已经把善亚、大力榨得干干的。她再无闲钱，最后一点底子，是养老看病的本儿，绝对不能动。

"我自己都还租房子呢。"善亚微笑对着妹妹。显然，善亚对劲草和茉莉复述这一切的时候，心情是宁静而喜悦的，万里长征，张美亚卡在路上，买不了房，就进不了上海，而她呢，穷尽毕生功力，终于能让儿子，甚至让自己在上海有个家，定下大局。

试想，如果房子是女方的，她张善亚如今还有面目奔这儿来吗？人在屋檐下，不得不低头，吃儿媳妇那碗饭，就得看儿媳妇脸色。现在好了，儿子住着自己掏钱买的房子，她出来租房子也理直气壮些。

千言万语一句话：她张善亚，这辈子，对得起儿子。

至于文萱和牵牛，感情要深，不会分，但凡感情稍微浅点，估计这么一闹，就要分手了。两相对比，善亚又觉得凌霄聪明。汪凌霄跟沈榴榴的故事，已经传到她耳朵里。"直接找个有房子的女的，省多少心。"善亚说这话的时候眼睛看地，手在膝盖上揉搓，"不过老三不行，卖相差，人也浮躁些。"停一会儿，又说："就算大宝跟榴榴，大姐也别想来上海。"

真亚还在黄山婆婆那儿趴着。

"大姐、大姐夫以后估计就在黄山养老了,出门就是竹海,空气好。"

没过多久,沈榴榴和大表哥"官宣"了。消息是从榴榴朋友圈发出来的。老套路,她的背影,后面手牵手,风景是植物园。配文是:往后余生都是你。

茉莉打电话过去问:"定了?"

榴榴嗯了一声。

"是他?"

"还能是谁?"

"见过你妈了吗?"

"没有。"

"胆子真大。"

"我的事情,不需要向任何人交代。"

"张真亚呢?"

"就说去黄山见。"

"大表哥没房子。"

"我不在乎。"

"我现在该叫你什么?"正经事问完了,茉莉口气轻松起来,"表嫂?"

茉莉又把牵牛、文萱两家的纷争说了。榴榴却说她不想那么多,别说她现在有房子,就是没房子,只要认定了,也照样过。

榴榴问茉莉劲草后来什么反应。

"没提了。"

"就那么过去了?"

"过去了。"

"男人!"榴榴赞,"朱劲草这一票干的,真他妈男人!"又说他妈的男人风流,改邪归正之后就叫浪子回头金不换,女人犯错就是一辈子的污点,凭什么?沈榴榴如此力赞朱劲草,反倒让茉莉觉得,这"情报"可能是沈榴榴泄露出去的。起码告诉了她妈,或者大表哥。然后呢?大表哥比劲草话还少,他可能去找善亚嚼舌根吗?茉莉想不出头绪,但直觉告诉她,故事里还有故事。

牵牛找劲草借钱,在微信上说的。劲草问茉莉的意思。茉莉的态度很明确。第一,不能让妈知道,因为三姨找妈借钱,妈没借,我们再借,等于打了妈的脸。所以必须让老三保密。第二,如果要借,就必须打借条,亲兄弟,明算账。第三,借太多也不切实际,他黄牵牛要结婚,我们也要养孩子,少则五万,最多十万,不能再多了。劲草考虑再三,借给牵牛六万块。他这个表哥做得仁至义尽了。茉莉把这些事回家学给老妈听。

玉兰道:"我要是黄牵牛,就不会留在上海。"

"因为房子吗?"

"不光是房子,"吴玉兰说,"回家,你是鸡头,在这儿,只能是凤尾,好好家里的上层不做,到这儿当底层。"

"牵牛回去也当不了上层。"

"起码中层吧,"玉兰道,"我们在老家算中层以上了吧?到这儿也只能算普通家庭,搞不好连普通都算不上,所以对所有的外地家庭来说,留在上海的本质是什么?"

茉莉聆听。玉兰一笑:"是阶层的提升,上海就这么大,竞争激烈,有本事的留下,没有本事的出局,牵牛他们只有一个学历,可交换的筹码太少了。"茉莉点头,深以为是。玉兰继续说:"所以,与其这样,不如回老家提升,等在三、四线混到上层了,再让自己孩子到大城市,曲线救国。"玉兰吸口气:"以前你妈我也是有机会来上海的。"茉莉问怎么没听说过。玉兰道:"为了你爸的事业,我只能放弃。"听着是个悲伤的故事。玉兰转换话题,问她婆婆最近怎么样。茉莉说还算正常,匿名短信也没再发来。不过顾茉莉把邻居举报她弹琴的事跟老妈说了。玉兰劝她消停，不要激化邻里关系。

"翁阿姨晓得哦?"玉兰突然提故人。茉莉说当然记得，公园碰见的那个。"走了。"玉兰说得简略，似乎尽量把悲伤压缩到最小值。茉莉见老妈神色落寞，猜到她的担忧，于是劝说，翁阿姨是个例，你们这代人，老年生活基本都会很幸福。

第二十三章

因为海涛的事，茉莉总觉得欠高夏菁一个正式安慰。趁着接孩子，茉莉请夏菁吃饭，饭后，两个大人两个孩子一起去夏菁那儿看棒棒。棒棒早成大猫了，十来斤重。不过这次到夏菁这儿，茉莉吓了一跳，屋子几乎被清空，或者说，只有少量家具。多肉都少了许多。

"要搬家吗？"茉莉问。

高夏菁却说最近她在试行"断舍离"。

"生活中的好多东西都不是必需，"夏菁随手打开衣柜，"真放下了，心也轻松了。轻装上阵。"

放眼望去，衣柜里一派素色，这才几天不见，茉莉真佩服老高的转变，她现在也不怎么化妆，除了擦脸油就是防晒，眼线没了，眼睛缩小了，眉毛淡了，杀气也轻了。

高夏菁像是换了个人。

"你觉没觉得我有变化？"夏菁问茉莉。

这不是废话嘛，女人，妆前妆后差异本就巨大。茉莉故作端详。夏菁又指了指脸颊："不是单个五官，是五官组合在一起，传达出来的气质。"

"冲淡了。"

"对，你这词够准确，"夏菁莞尔，"过去我这张脸，是鲁迅的《狂人日记》，现在呢，成周作人的《故乡的野菜》了。"茉莉笑。看不出来，高夏菁还通文墨，懂音律。高夏菁回头看看孩子和猫，又说想把棒棒和球球都送走，问茉莉是否打算接回去一只。茉莉说得回去跟劲草商量商量。又说:"孩子该伤心了。"

夏菁口气又淡又苦:"谁能陪谁一辈子？都得断、舍、离。"

受高夏菁启发，回到家，顾茉莉把自己的衣柜打开了。满满当当，都是她和劲草的囤货。茉莉决定先把自己的那份理出来，做个清单。要的留下，不穿的送、捐或者丢，酌情处理。

周末大半天，顾茉莉除了偶尔应付一下女儿囡囡，基本都扎在储藏室改的小衣帽间里。到了下午四五点，清单终于出来：

六十条连衣裙（含晚装）、四十九条内裤、三十件外套（含大衣）、二十条运动紧身裤、三十九双袜子、二十一双单鞋、十六顶帽子（不含绒线帽）、二十三件运动背心、二十九个胸罩、三十三双丝袜（含短筒、中筒、长筒、连裤）、十九条腰裙、二十四件短T恤、十个包、十三条牛仔裤、十三件毛衣（含针织衫）、七双靴子、十副墨镜、三条西裤、三套比基尼、两条骑行裤、一条登山裤、三条便裤、两件雪服、三件泳衣。

这是她顾茉莉的全部身家。

然后清理劲草的。

犄角旮旯扯出几条白内裤来。

皱皱巴巴，泛黄，茉莉抖了两下，根本甩不开。布黏在一块，像沾了鼻涕的卫生纸。再用力扯，看到白布上面残留的斑迹。是精斑。

茉莉瞬间明白了。朱劲草除了跟她配合，偶尔还自行解决。他可能外头的确没有故事——那种长篇的大故事——可是，小短篇一定有，比如聊骚，比如上网打个飞机，比如四处弄点小电影，偶尔偷看几眼。茉莉曾发现劲草在洗手间欣赏小电影。不过，这次顾茉莉并不打算跟劲草挑明，丈夫对她宽容，她也应该对丈夫宽容，她愿意给朱劲草的生活一个出气孔，说白了，这种事跟打麻将一样，禁是禁不完的，只有等玩腻了，才会自动收手。

她担忧的是，劲草在玩的时候，会不会沾上什么人，再一个，是否保证不见面。因为一旦发展到线下，不确定因素就多了，沾上不容易甩掉。想到这儿,茉莉打算去做一个HPV检测,最好打打针。对于朱劲草也不能完全信任。至于这几条糟糕的内裤,茉莉则摆在洗手间洗衣机盖子上,做无声展览。只要劲草看到,就是种敲打。

榴榴想去整牙,戴隐形牙套,怕被骗,所以叫上茉莉一起。榴榴问医生:"调整牙弓,整体改善笑容可以吗?"茉莉在旁边听得直吸冷气。

为了美美地结婚,榴榴拼了。可是,整牙是个长期过程,一时半会儿弄不好。

出了诊所,茉莉劝榴榴:"咱能不就合男人吗?"

"我为我自己美。"榴榴坚称。

"真到站了?"茉莉还是不相信榴榴跟大表哥是真的。挑挑拣拣这么多年,怎么就在沈榴榴这个码头靠岸了。

"男人都渣。"榴榴口吐金句。

显然,汪凌霄也不例外。

茉莉接话:"百分之九十九的男人心里都有小九九。"

"是百分之百。"榴榴义正词严。

茉莉朝沈榴榴竖大拇指。肺腑之言。

"可是我们还是爱男人。"榴榴苦笑。

路过喜茶门店,茉莉问要不要来一杯。沈榴榴果断拒绝。茉莉觉得奇怪,过去,她总是走过路过不错过,今天怎么成尼姑了。顾茉莉问她是不是怕胖。

结果沈榴榴来个轻描淡写:"我怀孕了。"

石破天惊!

沈榴榴怀孕了!

还没结婚!

未婚先孕!

孩子是大表哥的!

茉莉惊得下巴差点没掉地上，她真越来越看不透这盘棋。"你疯了吧！"茉莉接收到消息，第一句反馈是这四个字。沈榴榴面带微笑，仿佛事不关己，完全不在乎这个有可能未婚生下的孩子会给她带来什么烦恼。茉莉却不大消化，喝下去的奶茶在肚子里滚了又滚，死活不往下走。

她告诉劲草。劲草骇笑："大表哥要想结婚，早结了，不过榴榴够狠，带球进门。"茉莉说可能进不了门呢。劲草说那也不意外，大姨本来就不希望大表哥结婚。

"没有哪个妈妈不希望儿子幸福。"

"是希望，但她更希望自己幸福，大表哥一天不结婚，她就不用跟别人分享儿子，现在好了，孙子都快来了。"

茉莉恶心，啐道："这他妈都哪跟哪呀！"她觉得这事发展下去，极有可能无法收拾。可吴玉兰却不那么认为。茉莉把事情跟她说了。玉兰的第一反应是两个字："好事。"茉莉嚷："妈！你到底是哪边的呀？"玉兰道："有孩子，先生下来再说，总归是凌霄的孩子，他不会不管，就算他不管，榴榴也不是不能抚养。"说到这儿，玉兰双手合十："老天赐给榴榴一个孩子，挺好。"

茉莉诧然："一生下来就单亲？"

"榴榴多大了？还能等吗？就算她能等，她的子宫也等不了。"

"那对孩子不公平。"

"这个世界就没有绝对的公平，只有绝对的命运。"玉兰口气突然有点抒情，"这里私生子都容得下，还能容不下未婚生子吗？"

茉莉道："那如果换成是我呢？"

"换什么？"

"当初我也像榴榴这样。"

玉兰不假思索："茉茉，你永远记住一点，只要你自己能接受，妈妈就能接受，只要你自己做了选择，妈妈就一定支持你的选择。"一瞬间，顾茉莉又是感动又是恍惚，感动的是老妈对自己的无条件支持，外面风浪再大，她退一步，爸妈永远是她的避风港；恍惚的是，绕来绕去，整个家族里最保守的人竟然是她顾茉莉。她的人生一直都在遵照社会要求的程序。可别人呢，早都跳级的跳级，留级的留级，还有的原本留级，却突然发展成跳级，让人始料未及。不愧是魔都！

同样魔怔的还有她婆婆张善亚。从老家回来之后，善亚开始信佛。不是一般的信。有一次，茉莉刚进婆婆家门，吓得连连后退两步。眼见耳听鼻子闻。四面墙都贴着佛画，玄关处设神龛，里头端端正正一佛像，近前供香烛。屋子里香烟缭绕。唱佛机无限循环：南无阿弥陀佛。只要进了那客厅，就仿佛进了一个巨大的能量场，善亚手持佛珠，面带微笑，口念经咒，乐此不疲。

茉莉害怕。她问劲草："妈怎么了？"

劲草道："悟了。"

呵，演《红楼梦》呢。

茉莉又说："该不会是给爸超度呢吧？"

劲草道："胡说什么，爸早转世了！"

茉莉吓得皮紧，问他怎么知道。劲草说老爸给他托梦了，说这辈子做得苦，下辈子投胎，去首富家了。

一听就是胡扯。

茉莉讥诮："上辈子积了那么大德吗？"

劲草认真："我帮他积了呀。"

"你做了什么？"

劲草一本正经说俏皮话："跟你结婚还不算积德？不然你估计跟沈榴榴一样，一条道走到黑。"

茉莉愤然，二话不说，直接给他一脚丫子。好笑，到底是谁救谁？你朱劲草除了有点卖相，本质上就是个逆袭不太彻底的臭屌丝！

第二十四章

夏天一过，党文萱和黄牵牛婚讯频传。

但每回都是雷声大，雨点小。喜事不成席。主要原因就是房子。男女双方还在僵持。

茉莉听善亚说，文萱父母皖北矿上的，这些年还算有点积蓄，掏点钱给女儿在上海买个商住两用，不是不可以。可人家就觉得委屈。怎么搞的？嫁女儿，我还没说赚钱，怎么反倒赔钱了呢？

美亚这边呢，刚开始还积极筹措。拉锯得次数多了。美亚看准对家嫁女心切，便也逐渐硬气，动辄叫嚣："没房有人呀，咱也不是啥啥没出！"又私下说女方长相不贵气，多少影响下一代，是牵牛吃了亏。这些话经过善亚到劲草，又到茉莉。茉莉真替文萱不值得。还没过门呢，就已经被嫌弃了。

秋后还有一重热，是为秋老虎。劲草姥爷顶不住天气反复，小中风加冠心病了。幸亏保姆及时送医抢救，保住一命。三个女儿连忙赶到老爸床前，真亚从黄山回，善亚从上海回。美亚就在本地，早早候着，她原本已准备好大哭一场，谁知竟是个虚惊。姊妹仨等到老爸出院回家，也就各自散去。

善亚试探了，大姐好像根本不知道儿子和沈榴榴的事。美亚一个劲儿显摆儿媳妇找得称心如意。真亚懒得听她那套，早早撤了。于是美亚对二姐善亚悄声偷笑说："那边，妥协啦。"党文萱父母不愿意等，终于出了大头，连带文萱数年积蓄，在朱家角购入商住两用房一套。

牵牛结婚有房子了。

善亚见不得美亚小人得志的样,问:"写谁的名字?"

美亚道:"名字不重要,只要能落脚,来日方长。"

善亚回上海,美亚跟着,说要来看看房子。美亚想得明白,房子是大头,她省了,装修总得贡献点,不能省,不然的话,就算儿媳妇大度,儿子也会怪她。善亚说,朱家角的房子,本来就是精装修,你能贡献什么?

美亚笑着说:"修一个厕所,贴一片瓷砖也是修,就是一片心意。"善亚不言语,在她看来,妹妹是堵自己的后路。美亚道:"二姐,我跟你不能比,你和姐夫,过去那是双职工,有点底子,我呢,下岗这么多年,东干干西干干,你妹夫拿死工资,多少年就那么点,全花在儿子身上了。以后生灾害病,找谁要?拿出去,再想拿回来,就不是那么容易了。"说到这儿,美亚又补充:"不过二姐,你不愁,劲草能挣,茉莉也孝顺。"善亚不接茬。对外,她的家庭形象一向完美。

回到上海,善亚为了在妹妹面前显摆,先让茉莉、劲草带着囡囡来"请安"。又带美亚去看儿子的房子。从买到装修,全部细节一一讲解。茉莉不舒服。到底谁是主人?可在三姨面前,总不好拆婆婆的台。

善亚对妹妹说:"房子够住,别说我,就是大力活着,都住进去也绰绰有余。"微微一笑,继续:"可咱们得做懂事的老人,永远记住一点,远香近臭。"

返沪第三天是周末。善亚把牵牛、文萱叫来家吃饭。小情侣对美亚的突然造访措手不及。但又不得不给二姨面子,硬着头皮赴宴。善亚打给凌霄。凌霄出差。茉莉觉得有故事,又找榴榴求证。沈榴榴证明,汪凌霄确实不在上海。

美亚问善亚:"大宝是不是不高兴?"

"不会吧?"

"二宝结婚,我看他脸色可阴沉。"

善亚问还有这事。

美亚幽幽地:"人哪,就得自己努力。"过了一会儿,又说:"弟弟们总不能老等他。"

善亚知道榴榴怀了孕,于是暗点一句:"大宝随大姐,神秘,也许早就明修着栈道,暗度了陈仓。"美亚心思都在自己家这边,没往深了想。不大会儿,牵牛和文萱到了。

主菜三道,板栗烧鸡、糖醋鲤鱼、毛豆烧咸肉,都是老家的硬菜。人都到齐,围小饭桌坐一圈。劲草本来说去他家,但茉莉怕刺激三姨和文萱,所以依旧在善亚的小屋请。善亚让大家都满上酒,她替美亚做面子,率先带头举杯:"老三,福气呀!找到个博士当儿媳。"

文萱不好意思。牵牛满面得意。茉莉不跟着拍马屁。美亚一饮而尽,对儿子说:"好好对人家!"牵牛说当然当然。众人皆饮。美亚又让劲草给她满上一杯,右手捏着杯壁,左手托着杯底,对文萱说:"萱萱,你嫁到我们家,委屈!"文萱连忙说没有。

牵牛对她的确不错。

美亚朗声说:"阿姨没本事,奋斗一辈子,也没几个存款。"说话间,真从裤兜掏出一沓钱,厚厚的,真金白银。所有人都吓了一跳。美亚把钱往文萱怀里塞,文萱一定不要。可不可笑,大头都出了,何必要这点小钱,担个人情。善亚帮腔:"萱萱,收下,这是你妈的心意。"所有人又一愣。茉莉帮着说:"就当是改口费吧。"文萱这才勉为其难地收了。

美亚心满意足,继续对准儿媳道:"还算老天有眼,东方不亮西方亮,自己没本事,生个儿子还算争气,萱萱,牵牛以后就托付给你啦。"文萱刚要说话。美亚又抢着说:"放心!进门你就当家,你们的小日子,你们自己过!"

万事俱备,开始选日子了。

美亚的意思是,老家一场,上海一场,回门一场。儿子好不容易结个婚，份子钱要收足。茉莉见文萱脾气柔顺，不争不抢，心生爱怜，格外帮她。婚纱、场地等各类注意事项，一一提点。不过文萱这边忙，茉莉不由得想起榴榴。肚子一天天起，却丝毫没有办婚礼的打算。这日，茉莉上门，把黄牵牛和党文萱要结婚的事跟沈榴榴提了。有点刺激、推动她的意思。榴榴无所谓，只说祝福。

茉莉替闺密着急："你到底是心宽还是糊涂？"

榴榴默然。

茉莉问："大表哥怎么说？"

"没怎么说。"

"跟你求婚了吗？"

榴榴眼望他处。

"你到底怎么想的？！"茉莉真着急，"孩子不是小猫小狗，不明不白就弄一个？"

榴榴还是沉默。

"你身体有变化，他总知道吧？"

榴榴眼神黯淡。

茉莉站起来，半弯腰对闺密："你没跟他说？他还不知道？"同一个意思两种问法。沈榴榴梗着脖子："我不清楚。"茉莉嚷嚷："那总得给孩子找个爹吧？！"

沈榴榴细声细语："爹不爹的我不在乎。"

茉莉脱口而出："你征求过孩子的意见吗？！我去找他！都什么男人！"

"别去！"榴榴阻拦。

茉莉一脸诧然望着闺密。沈榴榴啊沈榴榴，你到底是入了什么邪中了什么魔？值得吗？可是，既然榴榴再三恳求，茉莉只好守口如瓶，她能说什么呢？毕竟人家自己的事，只不过事到如今，她才真正理解了老妈说的那句话——婚姻不婚姻不要紧，只要有孩子，榴榴就应该抓紧生下来。榴榴是怕大表哥知道，不让她生？这是场阴谋？见过高夏菁的状态吗？惨不惨？榴榴唯一的优势，恐怕只是一套房子。括弧，还有贷款。

这边百转千回，那边却一日千里。牵牛的婚礼日子定好了。先在老家办，初定国庆节第一天，然后转战上海，最后才去文萱的老家淮北。

美亚一从上海回到老家，就定了当地最好的饭店，不怕价钱贵，羊毛出在羊身上，儿子结婚，她两口子恨不得把帖子撒遍全城，誓要把过去出的"血"一次性收回来。不巧，劲草国庆刚好出差，早早跟三姨告了假，又对牵牛、文萱说抱歉。茉莉把囡囡搁老妈那儿，九月二十九日就陪善亚回乡，各种操持。真亚推说身体不好，还在黄山，不参加婚礼。凌霄在外地，也不能来。因此，大姐这边，只有小汪从马鞍山回来，撑个门面。

美亚对外不说，对内却跟善亚嘀咕："不来也好，免得耷拉个脸，自己不进步，还不许别人进步，大姐的病，全是心病。"

婚房设在美亚家，还是牵牛那间小房，美亚的意思是，反正小两口将来也不在老家住，再买房没必要。当然，他们也没钱。新娘则从善亚家出嫁，九月三十日晚间住善亚的卧房，就算娘家。顾茉莉作为二嫂，娘家人，全程陪同。

这一夜注定短暂，因为新娘天不亮就要起来化妆。茉莉和文萱并排躺在床上，衣服没脱。茉莉是怕麻烦，文萱是不好意思。

"紧张不？"茉莉问。

"不紧张。"

"还是你大气，"茉莉说，"我结婚头天，哭了一夜。"

文萱微微笑。老实说，顾茉莉看不出文萱的情绪，似乎并不兴奋，当然也不悲伤，好像只是完成人生必须要走的程序。她不爱他。茉莉这样想。一个女人不爱另一个男人，为什么要嫁给他？可能这就是魔都的生活。在上海，想要一个人活下去是难的。有几个女人有沈榴榴那样的勇气？不明不白生个孩子，以她的经济实力，注定了后半辈子都将徘徊在社会边缘。而文萱不一样，结了婚，她就是社会主流了。尽管娘婆二家都不给力，但她好歹有一个身份，组成了小家庭，过上了小日子，活在社会的规范里头了。安全、稳妥、顺流而下。

茉莉侧过身道："牵牛人不错。"说完就后悔。这话听上去像安慰，容易引发误解——"人不错"，言下之意，其他就一般了。长相、能力、家世……当然，在颜值这个问题上，牵牛在文萱之上。

党文萱笑笑，没接话。

茉莉又找补："找对象跟买房子一样，没有完美的。"越说越解释不清："只要对你好，日子只会越过越好。"

文萱小声："明白。"口气坚毅，搞得好像马上要上刑场。

按老规矩，丑末寅初，两个人便起床，化妆师到了。灯打得老亮。文萱开始上妆。茉莉在旁边看着，过了一会儿，又去整理婚纱，清点要带的东西。善亚起床，也跟着忙。收拾东西，没找到红伞——按老家规矩，新娘出门不能见天，要打红伞。善亚又连忙下楼买，门口的红芋头超市二十四小时营业，她去碰碰运气。

文萱嫌妆太浓了。

茉莉劝："此时不浓何时浓。"

化妆师是个妖娆的男子，也跟着劝。文萱动摇了，一会儿工夫，大艳妆化好了。时间还没到。茉莉问文萱饿不饿，她打算下楼买点撒汤。善亚回来，红伞买到了，但她不建议吃早饭，说撒汤都是水，腰喝大了不好穿衣服。于是茉莉又去准备出门撒的小钱。卧室里静悄悄的。马上就要上战场了。

嘀嘀。

是手机响。

茉莉下意识朝裤子口袋摸，解锁看，没有消息。善亚又风风火火跑进来，对茉莉："你也得稍微化化妆呀！还有衣服，穿起来！伴娘准备！"茉莉被催得心焦，手脚也忙乱起来。

第二十五章

迎亲的车队快到了,文萱突然拉住茉莉,神色凝重:"这婚……我不能结……"茉莉没听清楚。文萱又说了一遍。茉莉惊得魂丢了三分,她做不了主,连忙拉来善亚。善亚头发恨不得着火:"咱不开玩笑!"

文萱为难:"二姨……不是……"

善亚吊着嗓子:"为什么呀?!"手已经推着文萱到门口:"文萱,你要不要结婚二姨不管,但你不能在二姨这儿掉链子。有话,过了门跟你老公、婆婆说,哪怕再离都行!"

"二姨……那个……我……"文萱满面愁容。

善亚不容她多说:"箭在弦上,走着吧!"

吹拉弹唱的声音逼近了。新郎被簇拥着进门,茉莉替牵牛捏把汗,这文萱要是硬着性子不肯结婚,老张家、老黄家的面子可算摔地上了。伴娘茉莉挽着文萱,一个劲儿小声做工作,说有什么意见回头再说,大场面不能不顾,怎么着也过了今天,事情都是可以商量的……这种情况电影里多了去了,都要结婚了,新娘跑了,原因是,不爱新郎,找真爱去了。可做人不能这样呀!

黄牵牛进门,顾茉莉把一双红鞋递给他。他半蹲下,拿过文萱的脚,一只一只给套上,周围人起哄。撺掇吻一个。牵牛把嘴探过去,文萱却躲开了。众人哄笑。黄牵牛自我解嘲,说还不好意思呢。有粗蛮的亲戚起哄,说晚上再折腾!文萱脸红了。牵牛背起新娘,大部队跟着往外走。顾茉莉终于舒了口气,她圆满完成任务,眼看要出事,但好歹没发生在婆婆家。

到门口,茉莉跟善亚对了一下口风。茉莉问要不要告诉三姨。善亚道:"出了咱的门,就是他们家的事了。"又说:"以后这种事,真不能多。"

热闹一整天。份子钱美亚收足了。事情呢,不出所料于当晚爆发。新娘不愿意跟新郎同房,并且不承认这门婚事,说要重新评估。美亚家顿时炸了。

牵牛垂头丧气。

张美亚以为文萱是因为房子的事情不痛快,随即骂:"都是心甘情愿,没一点强迫,没房照样能结婚,现在觉得吃亏了?把人当猴耍?!博士都这样的?!素质在哪里?!"老黄从来都是三棍子打不出个屁的人,这回实在愤怒,替儿子抱不平:"三条腿的蛤蟆难找,两条腿的大姑娘遍地都是。"牵牛嘀咕:"都是你们,房子房子,过房子还是过日子。"美亚不快,恨不得拎儿子耳朵:"没房子,怎么过日子?!你也是,非要找博士,有几个正常的?!找个本科可以了,不听!"

善亚和茉莉赶到,党文萱已然搬去酒店。美亚查案似的,问二姐,"头天晚上正常不?"善亚看茉莉。茉莉连忙说正常。美亚又问都聊了啥,有啥意头不。茉莉把头天晚上说的话大致交代了。

老黄道:"那总得有原因吧?"

美亚道:"她就是觉得吃亏!彩礼陪嫁,不都在他们手里?还有份子,都准备给他们,我们一分钱都不要!"

牵牛耍脾气:"能不说了吗?"又愤愤然:"天涯何处无芳草!"

美亚叹:"这不造孽嘛,刚结就离,涮肉呢?!"

善亚只好安慰妹妹,一家人说好,这事儿对外不许透露。老黄建议他老婆去酒店问问。就算判了死刑,也得有个缘由。好不容易结回婚,哪怕离,也不能这样窝囊。美亚气冲冲地收拾东西,要去当面说清楚,善亚拦着妹妹:"你去打架?"美亚撸袖子。善亚道:"你现在去火上浇油!"美亚火燎毛地:"那由着她?惯着她?!"说着,她往茉莉身上看。然后又看看姐姐善亚。善亚也看茉莉。到最后,所有人的目光都集中在顾茉莉身上。

张美亚求茉莉走一趟,好歹探探底。茉莉推托,可见牵牛的丧气样子,终于于心不忍。更何况,她对文萱的临阵脱逃同样深表诧异,去酒店问问情况,义不容辞。

街景不断后退,茉莉坐在出租车上了。小城街道人不多,即便国庆,也只有菜市场门口热闹。党文萱为何突然变卦呢?就因为她头一天晚上的那些问话?唤起了女博士对真爱的渴望?还是她的心根本另有所属?如果是这样,那她顾茉莉就犯下大错了。只是,茉莉又很疑惑,作为一个女博士,高级知识分子,考虑问题做事情会如此鲁莽吗?出门前她忘了问牵牛跟女博士领证没有。如果已经领了,那今天一闹,可真就是离婚了。冤不冤?

到酒店楼下,顾茉莉才给文萱打电话。文萱毫不迟疑说了房号。茉莉感觉文萱仿佛正在等她似的。门半掩着,茉莉进房间。洗手间有吹风机的声音。文萱应该刚洗完澡。文萱走出来,戴着眼镜。她没戴隐形眼镜。看着有点陌生。一见到茉莉,她便说对不起。

"不用对不起,"茉莉很有策略,"人就是应该跟着自己的心走。"

"是我不对,方便的话,麻烦替我向叔叔阿姨道歉。"

茉莉上前一步,拉过文萱的手在床边坐下。

"三姨三姨夫让我安慰安慰你。"

"我很好。"女博士露出强势的一面。

"是对婚礼安排不满意吗?"

"没有。"

"因为房子的事?"

"想多了。"

"那就是对其他方面有意见。"

党文萱口气严肃，好像在做开题报告："我跟牵牛彼此还不算太了解，我们能否进入婚姻，适不适合进入婚姻，还需要评估，还好，证还没领，这次酒席是个意外，份子钱我一分不要，算是对阿姨的补偿吧。"

"为什么不合适？"茉莉问了关键问题。

"说不清。"

"感觉？直觉？"

"也许吧。"

"是我那天晚上的话不妥当吗？"

"茉莉姐，跟你没关系。"

顾茉莉站起来："我不为三姨三姨夫问，我自己首先就想不通，文萱，牵牛对你不错，有感情，愿意跟你过日子，除了家庭条件一般，他真不能算差。"

党文萱不作声，拿皮筋把头发扎起来。

"我跟劲草结婚的时候，因为房子，也谈判了好几个来回。"茉莉继续说，"客观说，你这婚结得有点委屈，我一个外人在旁边看着，都觉得怎么能让女方买房，那不等于入赘了吗？"茉莉咽了一口唾沫："但房子现在也只有你一个人的名字，是你的独产，所以谈不上吃亏……"

文萱打断她："不是因为房子，我根本不在乎这些。"

"那是为什么？"顾茉莉立了军令状，势必要问出个子丑寅卯来。文萱说都先平静平静。顾茉莉着急说牵牛都快疯了。文萱苦笑。

茉莉一低头，看到床头柜上党文萱的手机亮了一下。

又熄灭了。

她脑中蓦地丁零一响，接亲那天，她隐约听到文萱的手机来短信，党文萱还低头看了。看完之后，脸色似乎有点变化。只是当时情势紧急，场面混乱，顾茉莉没往脑子里走。现在想起来了。短信。莫非……

想到这儿，茉莉直接问："你收到匿名短信了吗？"

文萱表情冻结，右眼下眼睑微微发颤。

"收到了是吗？"顾茉莉追问。

党文萱叹息。算默认了。

"消息看上去是错发到你手机上的。"

文萱眼睛陡睁。茉莉的话令她意外。

"是不是从中能看出牵牛的生活作风问题？"茉莉继续往下问。连上了。终于连上了。她现在怀疑给她和劲草发匿名消息的和骚扰党文萱的是同一个人。而且目的很明确，就是让他们婚姻不得安生。

文萱还是不愿意吐露真言。

茉莉十分恳切地："我也收到过。"跟着，她递上手机，把她存储的匿名短信暴露在文萱面前。这下好了，她们似乎拥有了一个共同的敌人，成一国的了。茉莉的坦诚让文萱打开了心扉。她让茉莉先保证，不向任何人泄露，茉莉对天发誓后，她交出了匿名短信。这一次的消息简单粗暴。直接一句话：牵牛喜欢男的。

又是同样的伎俩！引发夫妻猜疑。只不过，这一次对方没用小三发错消息的策略，而是直接透露信息。直达"病灶"。试问，哪个女人收到这种消息不胆战心惊？你可以把它理解为恶作剧。茉莉也这么劝文萱。但文萱却说："你那是木已成舟，我这还可以防。"

是啊，悬崖勒马，为时未晚，谁也不想嫁给一个"有问题"的男人。可这种事，求证下去，又似乎无解。因为即便他是，只要他本人死不承认，除非你捉奸在床，否则就毫无办法坐实。

此事一出，婚礼当然是不欢而散了。茉莉一方面劝慰文萱，让她不要那么快做决定，婚姻大事不是儿戏，好男人不好找；另一方面，又抚慰三姨家这边，说文萱并不打算退婚。美亚问："那这算什么？！给我们一个下马威?"茉莉只能说:"高级知识分子,心思多一点正常,给彼此一点时间。"茉莉又私下告诉牵牛,暂时不要跟文萱联系,不要起冲突。还说,问题在你身上,但这个问题不是你自己提出来的。

牵牛一头雾水。

茉莉不好直说,只好拐着弯呵斥:"反正,等着!有敌人!提高警惕!"

牵牛悚然,一口气不顺,连着咳了两分钟。

第二十六章

善亚要安慰美亚几天。茉莉独自回了上海。

文萱更早一步走了。茉莉问过她，你回忆回忆，觉得牵牛像吗。没提那两个字，说得很隐晦。上回"审问"王艺凯，她顾茉莉也是"不着一字，尽得风流"。文萱心烦意乱，说本来觉得不像，现在也分不清了。

高！敌人这烟幕弹放得实在是高！

高铁上，窗外的风景迅速闪过。服务员推着小车在走廊里贩卖吃食。服务员有点口音："饮料小吃有要的吗？"茉莉听在耳朵里，下意识跟着念，颠过来倒过去地，"饮料小吃有要的吗……有人要饮料小吃的吗……饮料小吃来一个……"不同的人说同一番话，语感不一样。她把几次发来的短信息，都誊抄到备忘录里，从上往下读。感觉对方的口气，变化是什么？主谓宾，主语和宾语都变了。以前是假装对话，错发信息。现在直接告状。

两种可能：第一，有两个人在发匿名消息，这一次和过去给她和劲草挖坑的，不是同一个人。再往前推，也不排除有更多嫌疑人。因为她和劲草的消息，也可能是两个人发的。第二，发消息的是同一个人。那么，为什么变换语序了呢？是不是可以理解为，这次时间紧迫，所以没来得及想花招，于是直接"告状"了。还有一点很值得注意，这次消息直接称呼"牵牛"，而不是用全名"黄牵牛"，或者用"你老公""你丈夫""你男人"之类的称谓。说明"罪犯"极有可能跟牵牛是熟人。比如陈海涛，跟牵牛是熟人，对她顾茉莉和朱劲草都"特别关心"，这样的人可能是谁呢？范围显然缩小了。顾茉莉心中浮现一个嫌疑人选。但想要确定，还需要更多佐证。

回到上海茉莉把这场婚礼大戏跟劲草说了，并且提到了匿名者对牵牛的"指认"。劲草顿时暴怒。他也曾深受其害。"荒诞！荒谬！荒唐！"劲草恨不得拿刀捅人，"是不是在这人眼里，全世界的男人都是同性恋?！文萱这也信？自己男人什么样自己心里没数？还博士呢？"茉莉让他少安毋躁，说当务之急，是证明。

"去哪儿证明？怎么证明？那种证明医院都开不了！"劲草替表弟着急，"牵牛？可能吗？有他这么丑的同性恋吗？"茉莉为之失笑，抿嘴忍住，道："你这就不对了，外貌歧视，丑人就不能那什么了？"

劲草急促促地："反正牵牛不可能！"

"为什么？理由！证据！"

"当务之急是抓住凶手。"

"凶手不着急，"茉莉放轻松，"首先要让文萱安心，女士优先懂不懂？婚姻得稳住，黑手想让我们散，只要我们不散，就是对他的打击。"

"反正我跟你说，牵牛一千一万一亿个不可能。"

"凭什么这么说呢？"

还是老问题，证据，证据，证据。

"我用人头担保！"劲草手指着太阳穴。

"你的人头，不、值、钱。"

顾茉莉打算去找一趟大表哥汪凌霄，两个表弟都遭毒手了。她请他提高警惕。当然，在此之前，她需要先跟沈榴榴通通气。谁知沈榴榴听了这个"事故"只是冷笑："问题出在党文萱身上，自己男人什么样，自己心里没点数吗？人家一条短信就能打散，这婚不结也罢。"茉莉说，我就是提醒你一句，看到没有，这表兄弟三个，一个一个地，挨个受谋害。

榴榴笑："放心，这种躲在暗地里见不得光的东西，我不会信，我跟凌霄牢不可破。"看着闺密脸上满溢的幸福。顾茉莉觉得有故事。她问是不是有进展。沈榴榴低声道："已经跟我求婚了。"茉莉连忙说恭喜。又问婚礼什么时候办。榴榴说凌霄喜欢低调，可能老家那边就不办了，上海这边请请亲戚朋友。

"正好，低调点，免得黑手又惦记。"

榴榴感谢茉莉通风报信。但跟着又分析："你和劲草收到过短信的事，劲草跟牵牛提过吗。"茉莉说不太清楚。榴榴继续道："如果牵牛知道，没准会跟文萱说，觉文萱临阵脱逃想找个理由，于是自导自演来这么一出。"茉莉说："短信可是香港发过来的。"榴榴道："那短信发来，为什么刚好被你发现了呢？是巧合，还是刻意安排？说不定你也是人家这盘大棋里的一个棋子，别忘了，文萱可是女博士，书能是白读的？"

沈榴榴这么反向一分析。茉莉本来澄净的心海，顿时又浑浊了。可能是文萱自导自演的吗？那觉文萱的演技就未免太高了些。而且，即便她不想跟牵牛结婚，何必等到箭在弦上，才突然松了弓弦，落得个临阵脱逃的骂名。说不通。

茉莉又去找汪凌霄。他刚从国外出差回来。顾茉莉始终搞不明白，这些年，大表哥看上去忙忙碌碌，职位也不算低，为什么始终没挣到钱。房子也搞不定。茉莉此行没通知榴榴。作为家里人，她比榴榴资深，这次见面，她是以家里人的身份去给大表哥善意提醒。

"恶作剧，不用理会。"汪凌霄一句话结束这个话题。茉莉又求教，"现在该怎么证明牵牛没问题呢？"

汪凌霄问："老二怎么证明的？"

这话问得茉莉脸发烫。怎么证明？跟着感觉走。

汪凌霄又说："既然决定在一起，基本的信任还是应该有。"茉莉说我们当然信任，现在就是需要给女方一颗定心丸。

汪凌霄想了想，说："我书是出去读的，跟老二、老三玩得少，你可以去问问叶作汉,他更了解牵牛他们。"

叶作汉?茉莉第一次听到这个名字。她问去哪儿找他。凌霄说自己也跟他失去联系了,只知道他几年前是在陆家嘴的金鹏国际工作。

一番周折,金鹏国际找到了,但顾茉莉却被告知,叶作汉早已离职。茉莉问去向,公司的人只说听说叶副总单干了,办公地址在虹口。茉莉再问虹口什么地方。人家只说了个大概区域,还说租了写字楼。茉莉问没有电话吗,公司说换了号码。茉莉问做什么行业,对方说可能是服装贸易。接下来的工作就有点费劲儿了。茉莉没告诉劲草,她怕"打草惊蛇"。毕竟,她从未在丈夫口中听到过叶作汉的名字。恐怕这个人有点不一般。

茉莉假装无意敲过善亚。善亚有口无心:"作汉呀,在上海吗?过去他们几个玩得最好,老来家里吃饭。"好了,叶作汉掌握一定资料是肯定的。茉莉耐心寻找,地毯式排查,不断缩小"包围圈",终于在虹口的一个小写字楼里找到了叶作汉。他现在的确做服装进出口,公司虽小,但五脏俱全。

茉莉表明身份,叶作汉把茉莉领到小会议室,让秘书倒茶。"叶总来上海多少年了?"茉莉笑着问。叶作汉豪爽:"有年头了,大专毕业去了深圳几年,然后就过来了。"他似乎不想谈这个话题,随即道:"劲草怎么样?"茉莉说还不错,现在做程序开发。然后就没话了。叶作汉是老江湖,他笑呵呵地:"弟妹,你找到这儿来,不会就是为了叙旧吧?"

茉莉尴尬:"不知道怎么开口。"

"遇到困难了?"

"有点。"

"缺多少?"

茉莉恍然,忙解释:"不是……叶总……不是钱。"

叶作汉问:"劲草犯事了?"

"不是劲草。"

"弟妹,直说吧,能帮的我肯定帮。"

"叶总认识牵牛吗?"

"黄牵牛?"叶作汉手指一夹一夹像剪刀,"我、劲草、牵牛,铁三角!"

"你们闹过不愉快吗?"茉莉问。叶作汉连忙说没有,解释了一大通,说这些年都各忙各的所以鲜少联系。他还提到凌霄,说凌霄走得早一点,大学去北方读的,后来就没什么联系。他问牵牛成家了没有。茉莉说,有这个打算,又说这次来,就是做一点"背调"。

"背调? 政审吗? 怎么,牵牛这小子,混到特殊部门去了?"叶作汉放下茶杯,嚼吧茶叶,"随便问。"

"叶总,可得说实话。"

"必须实话。"

茉莉清了清嗓子,问:"牵牛,喜欢男的还是女的?"

叶作汉愣住,他诡异地笑了一下,慢慢悠悠地把茶叶从牙缝里拔出来。"这个问题有意思。"

茉莉道:"叶总,不管你们过去有什么恩怨,今天来我就是想听一听实话,这关系到好几个人的幸福。"

叶作汉歪着头,像煞有介事地:"那我得说实话了。"

茉莉坐好。

"女的。"

"哦?"

"绝对女的!"

"怎么证明?"

"真要听?"

"当然了。"

"我怕说出来有点不礼貌。"

"没什么不礼貌的。"

叶作汉站起来，走到会议室一角，拿起白板下的签字笔，在白板上随便画了两条杠。

"一说就远了，"叶作汉的口气仿佛马尔克斯，马上要写《百年孤独》，"那年我大专还没毕业，肄业，家里没钱，不上了，在省城找了份工作，已经开始上班拿工资了。劲草和牵牛都还没参加工作，手里头没钱，所以暑假和过年回去，都是我请客，我带他们去吃去玩。后来有一天，这两个小子，确切地说是牵牛，他提出一个要求。"

叶作汉的话停在这儿，不说了。茉莉以为是叙述节奏问题。于是她很配合地追问："什么要求？"

第二十七章

叶作汉转身，继续说："是牵牛这小子提出来的。"

稍作停顿。

茉莉很配合地微微点头，鼓励他继续说下去。

"他说活了二十多年还没碰过女人，想让我带他见识见识。"

"去哪儿见识？"茉莉莽撞地。那个江湖她不了解。

叶作汉露出迷之微笑。

茉莉还没反应过来，又问了一遍。

"街上。"

"啊？"

"老家公安局旁边的女人街。"

"意思是……"茉莉声音微微颤抖。

这种事，光听过，没见过。见鬼了！

"对的。"叶作汉当即肯定，口气很绅士。

茉莉深呼吸。妈的！男人没一个好东西！这他妈的都什么人，开店的也神，在公安局旁边安营扎寨，玩灯下黑？茉莉踌躇了几秒，突然反应过来，浑身打了个战："劲草也去了？"

"去了。"

茉莉又恨又按捺不住巨大好奇："然后呢？"

"算了不说了。"老叶及时收兵。效果达到了，何必还长驱直入呢？千言万语，你懂的。

"说!"茉莉被点燃了,眼看要炸。

"有些事情,不知道比知道好。"

"然后呢,女人街,见识,什么店?"茉莉语速很快。叶作汉娓娓道来:"就是普通的那种店,带洗头带足疗,我是王八蛋,我有经验,到店门口牵牛和劲草犯尿,都不敢进,我第一个进去的。"

茉莉屏住呼吸。呵呵,真不要脸,还把自己描述成勇士,实际就是一泡污。

叶作汉继续:"店里正好有仨女的,一个年纪大的,两个年纪小的。"他又不往下说了。

"再然后呢?"

叶一笑:"牵牛点了那个年纪大的。"

茉莉一阵反胃,真找鸡!叶作汉一本正经:"牵牛就是那天破的处,他觉得那老娘儿们很好,关照他,不过后续他有没有再去就不知道了。"

一张老菜皮!还很好?!茉莉问不下去了。

叶作汉却停不下来:"不过劲草却说他没做,只是跟那女的聊了聊天,我也没做。"茉莉呆呆的。叶作汉说:"所以我觉得牵牛是没有问题的,他不但对女人有兴趣,而且有点好色,怀疑他真是冤枉了,劲草我不知道,这小子不怎么说实话。那天到底做还是没做,摸不透,反正那个店也没了,死无对证。"

茉莉呆在那儿。

叶作汉劝:"哎呀弟妹,都是小时候不懂事,你多包涵,你要不问,我绝对不会说这些,有意思啊?陈芝麻烂谷子,人不风流枉少年……"

茉莉竟有点失聪。她走出老叶的办公室,不知道怎么了,去洗手间把先前吃的东西竟全吐了出来。一场探访,顾茉莉觉得自己三观简直要被震碎。看到了吧,这就是男人,没有最渣!只有更渣!朱劲草和黄牵牛竟然一起去……嫖……过……娼!婚前有那么多荒唐事,那婚后呢?

是否还在继续,顾茉莉严重怀疑那次微信"附近的人"事件,根本就是很单纯的一次出轨!都他妈什么东西!茉莉气得胸一起一伏。

她恍恍惚惚到了家,劲草正在看着女儿做作业。好一个认真负责好爸爸!茉莉把皮包往沙发上一摔。劲草感觉气场不对,伸脖子问:"怎么啦,谁惹你啦?"茉莉往洗手间去,还想吐。

劲草追问:"去妈那啦?米娜找你麻烦啦?"

茉莉视他为无物,不理睬,干呕了两声,没东西可吐了,她站在洗脸池前,对着镜子,迅速卸妆。朱劲草可能意识到问题严重,连忙将女儿打发去书房,他跟到洗手间,从镜子里看到老婆那一张如鬼似魅的脸。眉毛淡得几乎看不见,眼睛小了一圈,面色苍白,肉嘟噜着,但眼神却锐利似刀。

劲草从背后拥抱她。茉莉一甩胳膊,往客厅走。劲草叹息,但还赔着笑脸,道:"那我不管你啦。"说话就往书房去,他要继续陪女儿完成作业。

背后一声命令:"站住!"

劲草转脸。茉莉凛然如天神。

"公安局!"茉莉掷地有声。

劲草皱眉。

"女人街!"再深入一步。

劲草假笑:"没事吧你?"

"双燕足疗!"

劲草脸像被鬼抓了一把,可一瞬间,又变成笑颜:"这都哪儿跟哪儿呀。"声音传达到,人已经近前,想要搂住茉莉。

"感觉怎么样?"茉莉换了一副戏谑口气,笑也是怪笑。

劲草委屈巴巴:"你这都听谁胡说的?都没有的事!是不是牵牛?"他突然明白过来:"哦——我知道了!他小子为了自证清白……他妈的这算

什么呀，练七伤拳？损敌一千自伤八百？他胡扯行，别把我扯进去。"

"承认了？"茉莉吊着眉梢。尽管眉毛淡得像万里晴空一条云。

"老婆大人，大人老婆，"朱劲草拉着调子，"任何时候我们都要实事求是不是？反正，这种王八蛋传闻我不追究你是从哪儿听到的，又有人发匿名短信？不报警不行了呀。"

茉莉看他表演，双臂抱着："编，继续编。"

"没编！"劲草举起一只手掌，"我确实没有，我白璧无瑕！"突然反应过来："叶作汉?！这他妈是人吗?！发匿名短信的是不是他?！这不他妈的盼着咱们散吗?！"他的愤怒有虚构的成分。所以需要用粗话点缀，可终究是花架子。

茉莉雷霆万钧："我就问你，有没有嫖?！"说最后一个字，茉莉嘴有点犯软。脏啊！这些个男人！

"没有！"劲草以万钧回应，"对天发誓，发毒誓！最毒最毒的那种！绝对没有！"

茉莉冷笑："那你进去是喝茶呢，还是聊天呢？"

劲草恳切地说："真的是牵牛要去……"

"这事妈知道吗？"茉莉不饶。

劲草不吭声。

茉莉继续："现在看，牵牛的嫌疑是解除了，你的嫌疑没解除。"

"我什么嫌疑？"

"专程去的，什么都没发生，那到底是人家双燕有问题，还是你有问题？"

"我是有底线的。"

"这事要告诉文萱，她怎么想？"

"不能告诉她。"

"那我怎么跟文萱说？"

"误会到什么时候都是误会，"劲草循循善诱，"而且人非圣贤，孰能无过……那都是年少不懂事的时候……浪子回头还金不换呢……你的过去……我放在心上了吗……茉茉……大人有大度……水至清则无鱼……"转瞬之间，劲草变得跟老叶口吻差不多。

呵呵，男人，本质上都一样，一张嘴，能把鬼都骗了！

茉莉暴吼："我那纯粹是天真！你们这是道德败坏！"

劲草委屈："不是……亲爱的……咱们先打败侵略军，再搞内战行不行……"

吵得再凶，顾茉莉也只能把愤怒暂时放在一边，她打算这段过后回娘家住一阵，她跟朱劲草需要距离，然后再看看美能否再度产生。而且她也不愿意让幕后黑手这么容易就如愿。她必须做好善后工作，伺机反击。茉莉首先找到文萱，告诉她都是误会，她已经拿到了切实的证据，黄牵牛根本不可能喜欢男的。谁知道文萱淡然，道："我也找到证据了。"茉莉诧异。文萱随即打开牵牛放在他们新家的旧电脑。密码是牵牛告诉她的——他不得不说，一回上海文萱就展开彻查。文萱打开电脑，找文件夹，再点开，里面密密麻麻，都是小短片。辣眼睛。再看那些文件名可知，牵牛酷爱岛国的片子。

"可以了。"茉莉扭过头。

"你那儿有什么证据？"文萱问。

茉莉语塞："跟你这差不多。"

"确实是我鲁莽。"文萱反省。

"换谁谁都得激动。"

"怎么补救呢？"

"没事，慢慢来。"

"谁干的这事，查到了吗？"文萱问。茉莉说还在调查中。文萱这边抚慰好了，茉莉又去跟牵牛招呼，告诉他一切已经尘埃落定，让他做好文萱和美亚那边的安抚工作，以后好好过日子。

"她不怀疑了？"牵牛问。

"你不是给了大量证据吗？"

牵牛不好意思："逼不得已，逼不得已。"

"为什么男人都这么无耻？"

"二嫂……冤枉……都是人……都有七情六欲……"

"那以后呢？"

"以后不看了呀，有文萱了我还看那个干吗？都是海市蜃楼，哪有真人实在。"

"狗能改得了吃屎？"茉莉不给老三面子。

"二嫂，你这话就不好听了。"

茉莉一笑，又像对劲草那样，接连抛出公安局、女人街、双燕等几个关键词。牵牛傻眼了。"是不是叶作汉？"他反应倒快。茉莉说："你别管是谁，是不是事实。"牵牛扯着嗓子："事实就是，他羡慕他嫉妒他恨！"

"恨什么？犯得着吗？"

"恨我二哥抢了他女友！"

顾茉莉只觉得轰的一下。眼前发白，大脑短路。朱劲草啊朱劲草，你就是个无底洞！婚姻，一点意思也没有！牵牛见茉莉反常，才意识到说错了话，又连忙改口："不是，嫂子，我没表达清楚，不是二哥要抢，是那女的上赶着，非要跟我二哥在一起，二哥根本就不喜欢她，也没当真，后面就没有了，但老叶就怀恨在心！"

解释就是有故事。茉莉不想听。她本来还在犹豫，可眼下看，她是必须回娘家避几天，好好想想。

尽管婆婆还在，顾茉莉还是一意孤行搬回了娘家，囡囡她带走。她住进家门，顾得茂便大发雷霆："这小子我当初看他就不行！"撸袖子、握拳头，看那架势，要不是茉莉和玉兰拦着，顾得茂能去找劲草打他一顿。茉莉劝："爸！没那么严重！你都不了解情况！"顾得茂说："还要什么情况？我理解的，只有两种情况，他对你好，或者对你不好！对我女儿好，什么都好说，不好，我治不死他！"玉兰嗔："什么死不死的，换个字好不好。"在体制内压抑太久，马上退下来了，得茂性情大变，不惯着任何人。

牵牛来电话，说感谢二嫂，他跟文萱和好了，又住到了一起。茉莉苦笑，说实话，她现在觉得婚姻真没意思，哪有一个人的时候痛快，上面有父母疼，自己挣点儿钱，想干吗干吗，不需要周全、忍耐、退缩。离婚的念头甚至在她脑海中一闪而过，不过，很快，斗志又占了上风。第一，她自认对劲草还有余情；第二，她绝对不能让幕后黑手如愿。

就算要分，也是揪出黑手以后的事。不过顾茉莉坚信，即便她离了婚，也会比高夏菁过得好。殷实的原生家庭就是她的后盾。就好像此时此刻，顾茉莉躺在闺房的床上，周围的一切都跟当初的家差不多，几十年不变似的。不光是环境，还有人，爸妈虽然老了点，但对她的照顾依旧。老妈还是端来冰糖炖雪梨，老爸还是意气风发地跟她讨论文学作品，而且这个家，还衍生出一个小东西——女儿囡囡。是她让家里更有生气。

劲草呢？多余。

茉莉思绪乱飞。玉兰又端着汤进来，茉莉嫌太多。于是母女合吃一碗。吃着吃着，顾茉莉突然说："妈，如果我要离婚，你是什么态度？"

玉兰一愣，随即道："离不离婚，你都是我女儿。"

亲妈，心暖。

手机响了，是榴榴打来的。她和声细语地宣布了一个大消息，她和汪凌霄已经领证了。

第二十八章

婚礼一定要有,哪怕很小。

从地址到流程,再到邀请嘉宾,沈榴榴全程把控,尽管她的肚子已经显了,免不了步履沉重。茉莉替榴榴不值:"他什么都不管?给钱了吗?"榴榴道:"给了,到时候来个人就行。"茉莉无言以对,她觉得榴榴在这段关系中爱得太过卑微。

"房子呢?"茉莉问。

榴榴说暂时就住她那儿。

茉莉低头看看,又问:"才几个月,就这么大。"榴榴说因为她矮,肚子显得大。

老家没人,就不办了。上海这场,沈榴榴这边只有个妈。茉莉担忧,"将来你妈要来,住哪儿?"榴榴说走一步看一步。男方这边人也不多,除了在上海的关系,朋友、老家亲戚就那么几个。令茉莉惊奇的是,唯一的儿子结婚,大姨真亚竟然不来,只有老汪做代表。真亚的理由也足够充分——身体不好,不能离开黄山。善亚一家倒是倾巢出动以示支持。美亚那边,长辈不来,儿子媳妇代为祝贺。姥爷刚小中风过,更是不能远赴上海。

婚礼选在会所,小而美那种。

茉莉早早来了,她是伴娘。按照婚俗,伴娘通常由未婚女子承担,可榴榴朋友少,也懒得再找,所以移风易俗,茉莉顶上。

劲草和牵牛却不是伴郎。真亚没来,善亚代行母职,负责收份子钱。

劲草有心跟茉莉和好，凑过去，茉莉给了他一记白眼。牵牛看在眼里，问："跟嫂子吵架啦？"劲草愤然："都是你！"说罢走开。

牵牛委屈，叨咕："跟我有什么关系呀？"

沈榴榴要上台了。她臃肿的身材在白色婚纱的笼罩下竟显得恰如其分，每走一步都那么郑重、神圣。新郎站在圆台左侧，新郎后头，是穿西装打领结的汪爸爸。他一辈子沉默寡言，心甘情愿接受张真亚的统治。现如今还在马鞍山做工。

司仪拿起话筒，来一段开场白，等他说到让我们给予这对新人最大的祝福，伴娘茉莉还有高堂善亚陪着榴榴走上台，送到新郎身边。人送到了。茉莉连忙下台。善亚和姐夫老汪还得留在台上。司仪一段一段走程序，大家就站着听。茉莉觉得烦琐，她结婚的时候，都没有安排那么多话，可榴榴坚持，一个步骤一句话都不能省，宣誓，戴戒指，共吃一颗苹果，真拥吻……这是她人生的一个小高峰。

灯光之下，沈榴榴的面色，真跟她的名字似的，一派石榴红。汪凌霄却很严肃，不知道是紧张还是怎么的，茉莉总觉得凌霄看上去很受罪。流程间歇，茉莉一低头，旁边多了双鞋。抬头一看，朱劲草凑过来了。

他伸手搂住她。

茉莉挣扎。

劲草嬉皮笑脸，低声："我搂我老婆。"他宣誓主权。

"谁是你老婆？"茉莉逃。她要去洗手间。结果刚走到门口，却看到最后一排竟然有个熟面孔——陈海涛站在那儿。四目相接。茉莉想躲都躲不掉。她想问他怎么来了。可又觉得这么问实在不礼貌。他跟榴榴也是同学呀。应邀出席很正常。茉莉没话找话："榴榴今天真美。"这句话不会错。陈海涛说："凌霄也不错。"

茉莉诧异："你认识他？"

海涛道："我同学。"

茉莉看看海涛，又看看台上。她顺势简单问了问，才知道海涛和凌霄在美国留学时就认识，他们甚至同租过一套房。得知这层关系，茉莉再看台上时神情就变了，复杂、微妙、奇怪。她真担心自己接下来的行动，会伤害到几十年的老闺密沈榴榴。茉莉忘了去卫生间，站在那儿发呆。海涛去拿酒。

劲草凑过来，笑道："你妍头？"

茉莉凌厉地："妍你妈个头！"快步朝洗手间走去。善亚刚从台子上下来，她走到儿子身旁，确认刚才听到的："她骂谁呢？"劲草讪讪地："喝多了……"善亚又说："这个女的是不是茉莉塞给凌霄的？"劲草说不知道。善亚拿手比比高低："也不怕影响下一代。"

婚礼一结束，顾茉莉就约海涛见面，理由是：她有出国留学的打算，想问问情况。她不怕劲草吃醋，她算明白了，人生在世，问心无愧就好。

套话需要一点策略。

茉莉这天的人设是：勤奋好学幡然醒悟决定活出自我的妈妈。

陈海涛却很认真："出去学什么呢？"

"电影？跟李安一个学校，"茉莉很郑重地，"或者读创意写作，实在不行就商科。"

"老公孩子不管啦？"海涛笑。

茉莉咬牙切齿地："以前就是管太多，我得到什么了，人，还是应该投资自己，投资自己最好的办法，是投资教育。"海涛诚恳地："这个年纪，出去看看得了，没必要读学位。"茉莉连忙说她也是这个意思。待两个人聊得兴起，天南海北侃着，顾茉莉才借着到外国不好生活的由头，谈起他留学岁月，还问到汪凌霄跟他合租的日子。"那么内向的人，估计生活自理都成问题。"顾茉莉这么形容汪凌霄。陈海涛道："老汪自理能力很强的，做菜一流，我们都靠他。"

茉莉问："你们是谁？"

海涛又提到一位一起留学的老朋友，叫刘阳，这人一直没回国。毕业后留美发展。再问下去，茉莉得知刘阳学的是法律，第一份工作在哈特福德，保险行业，现在去了曼哈顿，做再保险。

"你太太呢？"茉莉问，"不是在美国认识的？"

陈海涛说他跟前妻是在回国之后才建立的缘分。

"汪凌霄呢？在美国也没谈？"茉莉追问。陈海涛说好像还真没有。会面结束，顾茉莉带着全部信息离开了咖啡厅，其中没用的，是陈海涛的信息，他的光荣历史，包括读书时怎么跟老美相处，工作后怎么混职场，而有用的，是汪凌霄的留学轨迹、学校、住址、朋友圈等等。茉莉觉得，那是一片新大陆，有很多秘密有待开发。

难度不会很大，只要她有心追溯，一定会有新发现。她本能地觉得刘阳是个关键人物。据陈海涛说，刘阳跟凌霄关系极其密切。茉莉问："表哥婚礼他来了吗？"海涛说没有，可能凌霄没通知。"不是关系很好吗？"茉莉不解。陈海涛说他也不太清楚。

茉莉虽然没有直接问海涛，但综合全部因素可以得知：汪凌霄在回国之前没有交过女朋友。回国之后的事情她大概听劲草聊过，相亲无数，但从未成功。直到沈榴榴出现，才终于修成正果。

顾茉莉到家，玉兰说劲草刚来过。

"给他回个电话。"玉兰提醒。

"有事他自己会联系我。"

"真有事。"

"什么？"

"你婆婆的爸去世了。"

"劲草姥爷？"茉莉诧异。

尽管一百个不情愿，但生老病死这种大事，茉莉还是要"顾全大局"。何况姥爷对她不错，每次回去，见了面，老人都狠夸她。茉莉和劲草在高铁站碰头。善亚已经早一步回去了。文萱和牵牛得晚一点。榴榴身子不方便。凌霄先去黄山接老妈真亚。茉莉见劲草愁云惨淡，劝道："算喜丧了。"劲草侧过身，压低嗓门："说金姐手上有遗嘱。"金姐就是那个照顾老头多年的保姆。茉莉来兴趣，不是豪门，也要争产？她问："怎么着？别墅给金姐了？"劲草丧气地："天知道。"

老爷子有职级，葬礼办得轰轰烈烈，不过在茉莉看来，这恐怕是一家人最后一次聚这么齐，老头一走，必然四分五裂，不过也好，每年过年不用麻烦了。

许久不露面的张真亚来了。

她看上去并不像个病人，面容丰腴，面色白皙，身材窈窕，一看就是养尊处优，谁也瞧不出她退休前不过是个电厂的工人。但真亚哭得最厉害，差点背过气去。善亚呢，哭得现实，哭一会儿，就去忙着收份子钱。美亚哭得最文艺，一边哭一边唱，有点叙事文学的意思，基本把老爹可歌可泣的一生给唱出来了。老头一辈子最大的遗憾是没儿子，没人继承他的革命遗志，因此，三个外孙子充当孙子，跪在灵堂左侧，右侧则让给保姆金姐。金姐哭得真哀痛啊！她的眼泪无声，但却没断过，茉莉给她递了好几回纸巾。

追悼会结束，真亚代表全家找到金姐，递上个信封，态度很和蔼，"金姐，爸现在走了，我们家暂时养不了那么多人，这是两个月的工资，您看……"金姐也微笑，伸手把信封推了回去。"你爸有个遗嘱。"

金姐眼神坚定。

"我怎么不知道？"真亚诧异。

事实上，老头的确立过遗嘱，有律师见证，还做过公证。所以，当律师来宣读遗嘱的时候，全家人都吓下了一大跳。遗嘱内容是：二层别墅，二层赠予金姐，一层三家分，前提是，三个外孙子都必须结婚。结了婚的，平分；没结婚的，无权继承。

美亚、真亚庆幸儿子结了婚。善亚觉得这根本就是一场阴谋。她甚至怀疑，大宝、三宝是假结婚，目的是为了分财产。善亚对茉莉喟叹，"榴榴被骗了！"又对劲草："本来你是独一个！现在好，都上车了，我跟你说你大姨肯定知道这事儿，才让大宝赶紧找，沈榴榴就是个摆件！"劲草嗫嚅："大姨不是在黄山吗？"善亚道："这事儿，绝不是一天两天了，金姐知道，就保不齐别人也知道。"

看着满面愁容、义愤填膺的婆婆，茉莉思忖着，如果说老大、老三那边事先知道遗嘱内容，那么，他们就有破坏她跟劲草婚姻的动机。是啊，不结婚，那就一般齐一般高，最后还是平分。不患寡而患不均。匿名短信很有可能来自牵牛或者凌霄。只是，那别墅就算很好，可到底在小城市，几家一分，又能有多少钱呢？凌霄和牵牛都受过高等教育，至于那样做吗？尤其牵牛，跟他二哥铁着呢，为了一点小钱，亲情都不要了？茉莉想不通。就在返沪的列车上，她收到美国的同学发来的照片，那是大表哥跟一个男人的合照，是刘阳吗？茉莉不敢确定。这是在一场游行集会上，背后是五颜六色的彩虹条幅。茉莉心中忽然就豁然开朗了。

顾茉莉原本以为，调查工作会尤其艰苦，搞不好还要花钱，可同学却说，你不知道有个东西叫社交媒体吗？只要找对路，不用你去挖，对方自己就暴露了。

有照片为证，茉莉基本可以排除牵牛，但同样不能实锤大表哥。当然，她不可能像对待劲草甚至王艺凯那样坦荡。如果汪凌霄是嫌疑人，他就不会那么坦荡。她估计当面质问都没用。茉莉告诫自己，必须想一个办法，让鬼自动浮出来。

第二十九章

茉莉原本以为发匿名短信会非常麻烦,她去淘宝搜了一圈,没找到合适商家。她又去搜索了一个"悄悄话"平台,扫描二维码,输入对方手机号,支付一块钱,就能发送一条。而且,对方如果回复,消息能直接发送到你手机上,但却不暴露你的手机号码。

对,一句话就够。这种带点威胁性质的消息,要短,要含蓄,只要对方能懂就行。

从上班到下班,茉莉一直在琢磨短信内容。作奸犯科的事她显然经验不足。

"小心点,我知道你的事。"

不行,指向不明。一头雾水,看上去只是恶作剧。

要不也用那种假装发错消息的办法呢?

"你老婆离开家没有,老地方,不见不散。"

也不对。茉莉的目的是引对方主动来找她。不是纯粹恶作剧。

"你的事你老婆知道吗?"

有点接近了,但还是不准确。

"你过去跟男人有染,我会告诉你老婆。"

太文绉绉了,也不好。

"你喜欢男的,我会告诉你家人。"

对,不仅限于老婆,还包括家人。家人一加进来,分量就重了。只要他真的担忧,就会主动来找她。对,就这么办!

内容定好了，但还有点小毛病：怎么让对方知道发消息的人就是她顾茉莉呢？总不能直接署名吧？那就不叫暗中威胁了。万一情况复杂，搞不好还会引火烧身，她连抵赖的机会都没有。思来想去，茉莉决定在文末加两个字母：ML。聪明人应该能明白，然后就可以顺藤摸瓜（请君入瓮）了。

主意已定，顾茉莉决定发送。她手指悬停着，第一次做这种事，多少有点负罪感。劲草见茉莉出神，探过来问她干吗呢。茉莉吓了一跳，连忙按居中键，收了页面。

"没事。"她故作镇定。

"又有情况？"劲草问。茉莉忙说没有，又说有点头疼。劲草要给茉莉按摩太阳穴。茉莉由着他揉了一会儿。等朱劲草睡着了，她才按原计划，把消息发了过去。

消息发出去三天，一点动静没有。

茉莉揣测，有两种可能：第一，平台不灵，对方根本就没收到消息；第二，对方收到了，但稳住了。茉莉后悔发送前没用自己的号码练练手。她拿着手机，突然想捉弄婆婆一下。她把张善亚的号码输入对话框，编辑了几句话，花一块钱，发过去了。

隔天善亚要做团圆饼，叫劲草和茉莉过去吃。姥爷去世后，顾茉莉顺势就从娘家搬回自己家了。不是因为原谅劲草，而是她实在是有"案子"要破，随时得出动，在娘家怕爸妈发现什么端倪，替她担忧。

劲草和茉莉进门，善亚的团圆饼已经出炉了。这是老太爷去世后，小家庭的第一次团圆。

真香。茉莉闻到味道了。婆婆的团圆饼用料很足，红糖、白糖、桂花酱、蜜枣、青梅、瓜条哩哩啦啦一大堆，面用旺火蒸，出屉后凉凉，最后切三角块，层次分明，甜软暄腾。

这手艺，佩服！

吃饭的时候，善亚把手机拿过来了，打开屏幕锁，放在桌面上，对劲草说："帮我看看。"劲草拿起来。囡囡也凑过去，要伸手。茉莉呵斥，让她坐好。

劲草瞄了一眼，笑出声来："这谁呀？"

善亚瞄了一眼手机，说不知道。

茉莉假装兴趣浓厚："念！"

劲草看看他妈，善亚似有得意之色，点头。劲草就念开了，"亚：在想你的三百六十五天，听你我最爱的那首歌，泪总是一个不小心翻涌微笑的脸，突然我感觉，你没走远。"

劲草起哄："妈，有人暗恋你！"

善亚摆手："都老太婆了，啥暗恋明恋的？"话锋一转，又道："不过你妈年轻时候确实是一枝花。"

好了。消息有效。不是平台的问题。

那只能等。顾茉莉决定如果一个礼拜之后还没动静，再二次发送，二度"逼宫"。不过，茉莉的担忧基本多余，因为很快对方就回消息了，简单明了，约礼拜天下午两点兰溪路天汇广场漫猫咖啡旁边的小咖啡馆见。

这就上战场了？进度太快，茉莉忽然有点恍惚。她本能地想找人商量，过去都是找榴榴，可眼下，跟榴榴说已然不合适，找老妈玉兰说呢？她又不想给老妈带来烦恼。跟劲草、牵牛更不适合透露。说白了，她只是想对大表哥进行简单敲打，并不打算赶尽杀绝。都是亲戚，将来还要见面，必须留有余地。茉莉还想到一个问题，如果到时候凌霄跟她玩罗生门呢？时间地点约了，到时候他不去，而让另一个去，这样一来，她顾茉莉不就暴露了？她是不是也应该先找个替身蹚蹚水？茉莉想到了高夏菁。她应该可以帮这个忙。但是她的目的不就是引大表哥现身，她如果自己都不现身，这场会面还有什么意义呢？茉莉想好了，如果汪凌霄让别人来,她继续发匿名消息,直到他现身为止。

提前五分钟进场,顾茉莉把自己袒露在咖啡馆了。

这间店很小,跟旁边热闹的漫猫一比,显得快要倒闭似的。透过窗户能看到树和小街。店里只有三五个顾客,没有穿鱼嘴高跟的女人,也没有全身铆钉或者裤腰上挂着钥匙的男人。不知怎么的,茉莉竟有点佩服大表哥的品位。热闹中的冷寂,那种文艺腔调,是牵牛和劲草不具备的。正是这种品位,把他和他们区别开来。

时间一到,汪凌霄果然走了进来!

茉莉的心快跳到嗓子眼。地下工作从此刻宣告结束,等大表哥一落座,就要转入地面战场。凌霄打了个响指,服务员上前。他问茉莉要什么。茉莉紧张,说随便。于是他要了两杯咖啡、两份甜点。

"他们家咖啡一般,甜点很正。"大表哥面带微笑,好像只是跟朋友进行一场愉快的下午茶。茉莉在想着如何开头,汪凌霄倒先开口了。

"怎么发现的?"他问。

这就承认了?她甚至一个字还没问。茉莉震惊于他的坦诚。"只有你有动机。"茉莉用尽全身气力保持平静。她觉得自己简直就是福尔摩斯本斯了。她迅速打开手机,调出那张同学从网上扒下来的汪凌霄和朋友们的合影。他们正在参加"同志骄傲大游行"。

茉莉尽量措辞温和:"很显然,在某些方面,你是受压抑的。可是因为某些情况,比如大姨需要被照顾,或者事业需要在国内发展,你又必须回国,年纪一天天大了,你在婚恋上很尴尬,你始终强调有房子才能结婚,其实只是为你自己不想结婚找借口,劲草结婚,乃至于牵牛结婚都给你很大压力,你很可能早就知道姥爷的遗嘱内容,据我所知,你在参加高考前,有一段时间是金姐带你的,你们的感情不错。所以也许是金姐向你透露的别墅分配原则。你跟陈海涛很熟,海涛回上海,你第一时间得到消息,了解到我要跟他见面,便设了这个局。至于文萱和牵牛,你是临时得到他们的婚讯，于是如法炮制，挑拨离间。"说到这儿，茉莉停顿片刻，她拿小勺在咖啡杯里搅拌几下，又放下勺子："说实话，我恨你，又同情你。但我今天来，绝对不是要毁掉你，而是希望你停手。你要记住，这里是上海，不是没有你生存的空间，你想怎么选择过什么样的日子，是你的事情。现在姥爷走了，一切尘埃落定，没有任何人能干涉你，明白吗？"

言辞恳切，她觉得自己太伟大了，拨开迷雾见青天。

汪凌霄很平静："如果不照办呢？"

"那我就要采取措施。"

"能问问是什么措施吗？"他依旧绅士。口气沉稳得仿佛坦克车。

"你对不起榴榴。"

"还有吗？"

"也不排除会以某种恰当的方式告诉大姨。"

凌霄笑了。

"害怕了？"

"我妈根本不在乎这些，"汪凌霄说，"跟榴榴我也没瞒过什么，我的确犹豫过，但我不是天生就是那种人。"

"榴榴知道你……"茉莉惊诧。榴榴这是干吗？献祭?！大龄单身不是罪，何必这么折磨自己？或者她真为爱情不顾一切了？值得吗?！天！

"知道，我的苦恼她都知道。"

"那你现在还有什么不满足？"茉莉声音不知不觉大了，"为什么还要干这种见不得光的勾当?！"

"我如果说，给你发消息的人不是我，你信吗？"

"不是你？"

"是刘阳。"

"他怎么会知道这些？"

"我跟他之间没有秘密,他跟海涛也是朋友。"

"他为什么针对我和劲草?"

"他知道我有压力,想帮我出头,当然是好心办坏事,他希望我永远不要结婚……"汪凌霄凝视着茉莉,眼睛里仿佛有一片海,他摊摊手,"但这不可能,所以,刚才你说对了一半,我们三个,从小就有竞争,有比较,在婚姻问题上,劲草和牵牛的确给我很大压力。但我还不至于去搞破坏。直到榴榴收到消息,我才意识到刘阳又出手了。他对我过去的相亲对象也这么干过。"

"为什么不报警?"茉莉追问。她觉得大表哥说得真真假假,或许只是甩锅给刘阳。

"我欠他的。"凌霄低头。

茉莉说不出话。

"我是逃兵。"

茉莉的心抖了一下。只为大表哥坦诚炽热的心。

"不过,老三那次是我出手的。"

"为什么?"

"因为文萱是个好姑娘,老三配不上她。"

"你无权给别人定罪!"

"这不是定罪是提醒,老三不是什么好东西,他还嫖……"凌霄激动得很突然,"算了,不谈这些。"

"大姨夫知道吗?"

"我不太清楚。"他很少跟父亲沟通。

"这样对榴榴公平吗?"

"哪里不公平?"

"你爱她吗?你们之间有爱情吗?"

凌霄默然,满面肃穆。

"你只不过想找个人上岸，结婚生子！"茉莉压低嗓子，目光从下往上，像高射炮一样朝他射过去。

"我们有协议。"

"协议？"茉莉觉得这一次会面吞入的秘密太多，恐怕三个月都消化不了。

"人都在变，对待事情的看法也在变，你们为什么老是喜欢把人钉在一个地方，贴标签，盖帽子？"

"江山易改，本性难移！"茉莉不客气。

正说着，朱劲草来了电话。茉莉跟凌霄打了个招呼，去旁边接听。劲草在电话里大吼，问茉莉去哪儿了。顾茉莉只说见个朋友。劲草质问："又是那个海涛？"茉莉说不是，又说回头再告诉他。劲草直言："你在哪儿？我去接你。"茉莉说了句一会儿给他发定位便挂了。可是等她转头回座位，只有咖啡杯和小甜点留在那儿。汪凌霄走了。服务员告诉她，刚才那位先生已经结了账。

顾茉莉静静坐着，从汪凌霄走到朱劲草来，她整个人迷迷糊糊恍恍惚惚，不敢相信，长久以来困惑的事情就这么结束了。也许，汪凌霄只是找了个替罪羊，刘阳是不是罪魁祸首，全然不可考。但大表哥能把心中所想开诚布公，茉莉还真有些佩服他的勇气。投我以木桃，报之以琼瑶。茉莉并不打算把这些告诉劲草，有些事，注定只能是秘密，家庭关系没必要复杂化，日子还是要往简单里过。

但茉莉为榴榴痛心。汪凌霄就是再好再一表人才，她也不能把自己的一生幸福搭进去呀！汪口中所谓的协议又是什么呢？……这种思索无异于在脑中跑马拉松，等到朱劲草拍她的肩膀，顾茉莉真是一点气力也没有了。

劲草看着他老婆对面的咖啡杯问："人呢？"

茉莉撒小谎："文萱找我。"

劲草问怎么回事，又跟老三崩啦。茉莉说家家有本难念的经，她怕三姨要来上海——文萱的确跟她提过这事。茉莉移花接木，挪到今天说。

朱劲草道："老三没房子，腰杆子挺不直。"

茉莉揶揄："你的就直了？"

朱劲草笑说："我也不直，你是一家之主。"

一切结束了。茉莉没想到长久以来困扰她的事情，突然就这么结束了。好像新闻里播报的那样，某某组织宣布为某个恐怖事件负责。然后呢？生活开始重建。日子继续。茉莉只觉得婚姻生活叫人疲惫不堪。

茉莉问劲草："如果，我是说如果……"

劲草不耐烦，"没事别瞎想。"

茉莉突然严肃。劲草连忙转换态度："你问。"

茉莉继续："如果，我们还是夫妻……"

"什么叫如果还是？本来就是呀。"

茉莉道："能听我说完吗？"

劲草做了个请的手势，让她说。

"如果我们还是夫妻，但是，你不爱我了，我也不怎么爱你了，那这个婚姻，还要不要继续下去？"

劲草啧了一声。显然，这是道送命题。

茉莉盯着他。等答案。

"要！"劲草斩钉截铁。茉莉不言声，等他详细解释。劲草吸一口气，说："当时不爱了，不代表永远不爱，我还可以重新爱上你，你也会重新爱上我，所以婚姻继续，是为了减少麻烦，免得再去办复婚手续。"

劲草的油嘴滑舌让茉莉笑了。还别说，有时候，她还就喜欢听丈夫的甜言蜜语。出了咖啡厅门，茉莉长长叹了口气，转头对劲草提要求，"你背我去车里。"劲草愣了一下，二话不说，立刻执行。

第三十章

茉莉回娘家，跟老妈说匿名短信的事结束了。玉兰激动，问抓到了吗，是谁。茉莉撒了个谎，说是一个卖保险的同学干的，没买她的保险，她恼羞成怒，下此毒手。茉莉解释完了，玉兰不再追问。她又问女儿跟劲草的关系恢复得怎么样。

茉莉道："地耕得勤着呢。"

玉兰一笑："能用就多用，就怕将来没的用。"话越说越露骨，茉莉转而问老爸的情况。

玉兰道："上海混熟了，老在外头跑，随他去。"

见完汪凌霄，茉莉一直想去看看榴榴。她怀孕已经有日子了。开弓没有回头箭。这孩子是铁定要生了。茉莉不晓得自己去见榴榴还能劝她什么。这女人真傻！

汪凌霄回去一定跟她通了气。他们才是两口子。她现在贸贸然闯过去，搞不好一场尴尬。可是，作为这么多年的铁杆闺密，茉莉又觉得自己对榴榴有提醒的义务。虽然汪凌霄说他跟榴榴有协议，但万一他撒谎呢？

顾茉莉现在不相信任何人。

找个时间，茉莉上门了。榴榴还窝在她的福利房里，结了婚，她的生活居所并没有改变。她肚子比一般孕妇要大，开门的时候，一只手端着碗水晶葡萄。看神态，她似乎并不晓得凌霄和茉莉见面的事。

还像往常一样，闺密俩窝在沙发上聊了一会儿家常。同学朋友，过往今天。茉莉又传授了些孕期经验。榴榴妈来了几天，又回去了。房间太小，容纳不下三个人。她老娘来了只能睡榻榻米。

聊着聊着，茉莉忽然没头没尾一句："你都知道了，是吗？"还是老配方，还是老味道。茉莉的话重在言下之意，弦外之音。

榴榴只顾着吃葡萄："知道什么？"

茉莉再下一城："你也收到过匿名短信？"

沈榴榴表情凝固了。"是有，忘了告诉你。"她用笑容掩饰。但技术是那么拙劣。她根本不会撒谎。

"都是真的？"茉莉问得很虚。

"我不知道别人，我只管我自己。"沈榴榴答得巧妙。

茉莉只好稍微挑明："你知道大表哥的真实状况吗？"

"有。"榴榴不看茉莉，语速很快。答得有点文不对题。但却几乎跟茉莉所说的最后一个字无缝对接。什么叫"有"？呵呵，她只是希望茉莉闭嘴。

"然后呢？"

"没有然后，我就想把孩子生下来。"

"你爱他吗？"

"爱。"榴榴声音微弱。明显底气不足。

"他爱你吗？"茉莉反过头来问。

"那是他的事。"

"以后怎么办？"

"不想那么多。"

"对孩子公平吗？"

沈榴榴突然崩溃，语无伦次地："你不知道你不理解你不明白……我跟你情况不一样……我什么都没有……家世、存款、工作、容貌、身材一样没有……我在婚姻市场没有竞争力……太难了……我爱凌霄……我要跟他生个孩子……我这辈子不能没孩子……男人可以没有……孩子必须要有!"

闺密陡然而出的戏剧性的倾诉让茉莉浑身起鸡皮疙瘩。果然,她果然知道。知道还这样做?这不等于光着头往粪坑里扎吗?值得吗?

"可是万一……"茉莉还是担忧。

"没有万一!"榴榴道,"他可以离开,他有这个自由,我有心理准备。"

"你们签了协议?"茉莉一问到底。

"我不想说这些。"榴榴伸手捋乱发。

"他在借你上岸,你明白吗?"茉莉苦口婆心,真想打醒她。

"互相帮助。"沈榴榴云淡风轻。

茉莉吸一口气:"这算什么?重金求子?路边小广告那种。"

"我觉得我跟凌霄还是有感情的。"榴榴无比镇定,"而且我不求长久。"

"人都是贪心的!"顾茉莉呼喊,"你现在不求长久,不代表生了孩子以后也不求,有了一,就想有二,一旦达不到痛苦的只能是你自己!"

"没关系。"榴榴的嘴硬极了。

"选男人不能光看脸!"

"你不也是一样?"

"那不一样,有本质的不同,劲草他……"茉莉说不下去。话怎么会说到这个地步,可不可笑,荒不荒唐?永远在求证这些不着调的东西。做女人太委屈。

"反正你不后悔就行!"茉莉只能这么收场了。

什么是婚姻?

离开榴榴家,茉莉开着车穿梭在这座大都市的大街小巷,脑子里始终盘旋着这个问题。

过去她以为，两个人相爱，到了一定阶段，然后顺理成章进入婚姻。婚姻是美好爱情的产物。可现在她才真心觉得，婚姻不但是复杂的，甚至是有杂质的。婚姻不是一杯清水，而是一摊浑水。即便是劲草对她，也不是那么单纯。

她对劲草是有爱情的，一见或者二见钟情，她喜欢他的卖相。他呢？如果她顾茉莉不是家境良好，他会跟她继续往下走吗？说出去没人信，虽然朱家图顾家家境好，但买房子时，人家又要独立自主。这里头矛盾的自尊心，非常微妙。人家三姨就能放下自尊，大大方方让女方出房子。

交换。都属于交换。

因此，凌霄和榴榴，本质上跟其他人并没有区别，只是他们的交换落实到纸面上，谈得更明白罢了。来来回回这么多次，茉莉为了"破案"，跟这个谈跟那个谈，谈来谈去，"案子"本身她已然不感兴趣了，印刻在她脑海的反倒是那两个字：上岸。

茫茫人海，你上了我的岸，我上了你的岸，都有救了。有什么不好呢？顾茉莉觉着，榴榴和凌霄的感情，不比爱情渺小。那是恩情。或许他们早就达成协议，看榴榴肚子那么大，没准是双胞胎，孩子生出来，一人一个，干干脆脆。她有点好奇他们怎么发生的关系。又是用什么办法制造了孩子……

进门，茉莉喊了两声，家里没人，她打给劲草。劲草说他带囡囡玩乐高呢。果果和他妈也在。茉莉问晚上吃什么。劲草说不是去妈那里嘛。

"我不去。"茉莉反弹得很直接。她没心情。

"是你妈那儿。"

"妈喊我们了？"

"你到底是不是妈的亲女儿？"劲草反问，"今天妈生日。"茉莉看看日历，这才想起来。劲草自夸："怎么样，我这女婿够意思吧？礼物都买好了。"

顾得茂不在家。玉兰说他去见一个老朋友，台湾人，在香港读书，目前在上海居住。是位著名的投资人。劲草好奇，问爸去干吗。玉兰说还想做点事情。

茉莉不高兴："爸还忙什么？这个家哪儿还需要他累？安度晚年不行吗？"

"让一个有事业心的男人安度晚年，比杀了他还难。"玉兰摇头笑，"男人挣钱，不光是为了挣钱，而是要找一种对生活对命运的掌控感。"

茉莉对劲草："听到没有？"

劲草默然："爸那境界，我一辈子也达不到。"

囡囡把小蛋糕端过来，大人们连忙站起来。生日蛋糕是茉莉买的，不大，点一根蜡烛。是玉兰不许买大的，说浪费，吃不掉。

双手合十，玉兰没闭眼，愿望许了。

茉莉问："妈，是不是想去巴黎玩？"

"那倒没有。"

"人到这个岁数，都有什么愿望？"茉莉好奇。

吴玉兰道："我的愿望就是你们好，尽快再生一个，囡囡都跟我说，想要一个果果那样的弟弟。"

茉莉纠正："果果是哥哥。"

提到果果，茉莉有点不高兴。当然，她不高兴不针对果果本人，而是针对劲草的小气。玩具为什么不能自己买呢？为什么一定要借别人的？回家路上，茉莉教育开了，但她绝对不是显得自己在吃醋，她讲她的理论，说女孩要富养，不能让囡囡感到物质匮乏。劲草道："不是我要借，是夏菁硬给，说果果玩不着，丢了也可惜。"

听到没有，他叫她夏菁，而不是果果妈，更不是小高。称呼变了，说明态度变了。

茉莉的醋味真上来了。她拐着弯说："家就这么大，还塞玩具，妈那儿也是，东一个西一个，关键果果这些玩具拿回来还要消毒，多麻烦……"顾茉莉喋喋不休，朱劲草听着，不说话。囡囡睡着了。教育得差不多，茉莉给婆婆打电话，请她方便的时候，把散在她那儿的玩具拿过来。

婆婆立刻表态，说一会儿遛弯就能送到。

劲草微微抱怨："不至于那么急吧？"

茉莉道："不要拖。"

到家婆婆已经来了。茉莉正准备洗澡。劲草接了个电话。

"谁啊？"茉莉问。

"小高。"他改称谓了。

"又有什么事？"

"玩具的事。"

茉莉火一下就上来了："能把这些乱七八糟的东西送回去吗？我女儿倒要玩她儿子剩下的？"

"马上送。"劲草似乎也有点儿赌气。说着，他便把玩具收到一个购物袋里，换上鞋，拎着出门。善亚从书房出来，问去哪儿。劲草说出去一趟。茉莉大着嗓门："还玩具。"劲草不作声，出门了。儿子不在，善亚也不愿意再待，她跟茉莉招呼了一声，临走，才发现门口掉了一块玩具。可能是劲草没注意落下的。茉莉说下次再说吧。张善亚却说她回去正好路过，拐上楼一趟，能送到。

出门大约一刻钟，善亚来电话了，口气又急又躁，她让茉莉赶紧到高夏菁家来。茉莉问怎么了。善亚在电话里说不清，只让她快点儿。

茉莉连忙安顿好囡囡，锁好门，小跑着往小高家楼那边去。七分钟，到高夏菁家门口了。她家对门的赵姐站在当门口。赵姐五十多岁，单身，属于那种特别热心的大姐。她手里拿着扳子。

"怎么了?"顾茉莉与赵姐擦身而过,往里去。

大开间,善亚站在门旁。劲草也是。劲草湿透了,衣服贴在身上,勾勒出身体的形状,十分狼狈。

善亚瘪着嘴,不说话。

"这是怎么了?!"茉莉问。

最里头,果果突然尖叫起来。大人们纷纷捂住耳朵。三秒钟后,叫声停止。茉莉快速走过去,蹲下来。高夏菁仿佛受伤的兽,躲在沙发那头。看样子好像刚被蹂躏过似的,头发全湿,胳膊上还有伤,眼睛通红,眼神充满戒备。

茉莉回头,对劲草说:"到底怎么回事?!"

高夏菁突然指着劲草,眼中含泪,声音颤抖,半天说不出话。

茉莉又盯劲草。她想到一种情形,但问不出口。她不敢也不愿意相信自己的丈夫是那种人。这才多久,分分钟就出事了?什么男人?!

朱劲草还算沉稳:"报警了,我是受害者。"

茉莉还要询问。善亚建议都别动,保留证据,警察会有公断。

十分钟后,民警上门了。

第三十一章

高夏菁的陈述：

"是我打电话让他来的，我们家水管坏了，物业派不出人来。他以前说过他会修水管。所以我想到了他。他来了之后直接进的厨房，水还在喷，但他弄了两下之后就不喷了。然后他就突然把厨房门关上，反锁，然后朝我扑过来……我被扑倒在地……他开始脱裤子，我挣扎，我大叫，扭开门锁往外跑，我非常害怕……赵姐和果果来了，他们都看到了……他一进门，我就觉得他眼神不对头……我没有引诱他……我包得特别严实……真没想到他是这种人……这是我一辈子的阴影……对我儿子伤害也特别大……"

朱劲草的陈述：

"是她打电话让我来修水管的。我进来之后，直接去的厨房，水在喷，把我衣服喷湿了，我关了总阀门，她说怕水漫到外面，所以把厨房门关上了，锁没锁我不知道。我刚站起来，她突然就扑到我身上，一个反摔，她背朝地，我正面朝地，就摔在地上了，然后她就开始尖叫，我还没反应过来是怎么回事，她踩了我一脚，然后就大叫着跑出去了，然后那个邻居和孩子就来了。我是受害者，我被诬陷了，这根本就是仙人跳！"

赵姐的陈述：

"我带着果果进门，对，大门没关，我听到有女人的尖叫，应该就是夏菁的。屋里只有她一个女的嘛……然后，我就从厨房那边看到夏菁跑出来，衬衫一边是被撕破的，头发是湿的，脖子有点红，她浑身抖，特别害怕的样子……跟着那个男的才出来，喘着粗气……我没有进厨房……厨房里的事我不太清楚。"

果果的陈述：

"妈妈尖叫，头发全部湿了。妈妈受伤了。叔叔全部湿了。叔叔很凶，叔叔要打妈妈。"

张善亚的陈述：

"我儿子说是要还玩具，才去的她家……漏了一块玩具在家里，我是来帮着还玩具的……进门之后他们都在，对，四个人，高和我儿子全身湿，赵姐和孩子站在一边。我儿子是无辜的。厨房里的事我不知道。"

顾茉莉的陈述：

"晚上八点半左右，大概是这个时间，高来电话，说要让我丈夫还玩具，我丈夫就去了，八点五十左右，我婆婆来电话让我过去，我去了之后就看到五个人在客厅，就是这样。"

警方的结论：

"厨房内发生的事，两方都无法证明，所以究竟是谁先实施侵害，可能需要医学鉴定才能有进一步结论。"

事情僵持了两天，最终，因为证据不足，双方经过调解后在派出所签下和解书。法律意义上，这件事情已经结束了，但在茉莉心里，这事引发的震荡才刚刚开始。

顾茉莉从头到尾捋了一下时间线。那天晚上事情发生的顺序是：他们到家，婆婆在，高来电话，劲草带着玩具上门，婆婆跟着也上门，赵姐和果果到现场时，事情已经发生了。也就是说，事情发生在劲草上门和婆婆上门之间。

整个事件的黑箱在于：厨房里到底发生什么了？

朱劲草和高夏菁各执一词，都说自己是受害者。在找到合理的解释之前，茉莉不相信任何人。

一回到家，朱劲草就承认他撒了谎——高夏菁打电话来，的确是让他去修水管，他谎称送玩具。但他有理由，说是怕茉莉吃醋，所以才说是送玩具过去。

毫无疑问，顾茉莉是希望追查到底的。无论是高夏菁设局，还是朱劲草真好色，对她来说，都事关重大。可是，如果短时间无法破案，警方继续追查下去，一不小心弄得满城皆知，这无论对高还是对他们家都极为不利。茉莉只能同意签和解书。奇怪的是，高那边也同意和解。她理解是，高要面子，怕事情张扬对她和孩子的名誉不利。赵姐也一个劲儿在旁边劝，说什么丑事不外扬。

签订和解书的第二天，茉莉便去物业核实，那天晚上，究竟物业有没有师傅在。如果有，那就意味着高夏菁撒谎。她是故意找劲草过去的，很可能就是设局。如果没有，那这的确是一次突发事件。朱劲草修水管的技术远近闻名，她能想到他实属正常。调查的结果是，那天晚上的确没有师傅值班。但会不会还有一种可能——高夏菁故意选了一个物业师傅不在的时候对劲草进行钓鱼呢？她钓鱼的目的又是什么呢？

茉莉百思不得其解。

面对劲草，茉莉整个脸都快走形了："你得跟我说实话！"

"我说的都是实话，"劲草委屈巴巴，"厨房门一关我都还没反应过来，她就把我扑倒了。"

"那意思是，她强奸你？"

"可以这么理解。"

"可不可笑？"

朱劲草语速极快："家里有这么好一个老婆，我犯得着对一个寡妇怎么样吗？还在厨房！"

"你摸她了吗？"

"没有！"

"你以前夸过她身材好。"

"真没有！"

"朱劲草，"她叫他大名，"你要有什么想法，就跟我直说。"

劲草急得眼珠子快跳出来："你怎么就不相信我是被诬陷的？！这根本就是一个坑、一个局，请君入瓮，瓮中捉鳖。"

"为什么？她为什么要陷害你？"

"嫉妒，她嫉妒你，嫉妒你有一个好家庭、好老公，嫉妒你的完美，所以想毁掉，"劲草欠着身子，脸朝茉莉倾，"还有之前的匿名短信，估计也是她。"

"那些跟她没关系。"

"你怎么知道？查出来了？"劲草停顿，看着他老婆。茉莉没说话。劲草质问，"怎么没跟我说？"

"是个外国人，犯罪团伙，"茉莉帮大表哥掩饰，"是警方破获的，我只是接到通知，我们最近不也没收到短信了嘛。"她直视劲草，"所以这两件事根本不搭边。"

劲草疯癫癫地："这世界上还有比我更冤枉的人吗？先是被人怀疑喜欢男人，现在又说我强奸女人，有这样的吗？我他妈欲望有那么大吗！"

茉莉不跟随他情绪，只是很冷静地："如果这是个局，她为什么要牺牲自己的名誉，来毁你呢？"

"她不是毁我，是要毁你和我。"

"妈也有问题，到警察局，一句对你有利的话都没有。"

"那她也不能做伪证呀。"

"上次加你微信那个附近的人，注册信息叫'伟'的，目前还没破获。"

"那次跟这次有关系吗？"

茉莉继续分析："如果那个伟是高，高和你是情人关系，而且根本不是偶遇的,是早都联系上了,但是现在你却不愿意跟高保持那层关系,于是高想要毁掉你,这才把你诓到她家,组织了这场表演。"

"荒唐!我跟她没有任何关系!"

"证据呢?"茉莉永远要问这一句。

显然,朱劲草拿不出来。

日子过成这样,还有意思吗?

茉莉搬到老妈那儿,带着囡囡。顾得茂气得要杀了劲草。玉兰听了"案情",也觉得诧异,问是不是有误会,她感觉劲草不至于干这事,但又说保不齐。她说那年学校里有个平时特别正派的男老师,就在洗手间侵害女学生,也是未遂。事后她问过那个男老师,为什么要这么做。男老师的意思是,激情犯罪,是女学生裙子太短,他没控制住自己。

"可高那天包得很严实。"茉莉说。

玉兰道:"性感和衣服穿得多少不完全对等。"

茉莉嘀咕:"真是鬼迷心窍了?"玉兰盯着女儿的眼睛看,母女俩陷入沉默。好一会儿,吴玉兰才说:"真相是什么不重要,关键看你怎么想。"茉莉道:"他要是惯犯呢?"玉兰说:"夫妻俩要是没了基本的信任,那日子过得就没意思了。"

茉莉觉得老妈这话太在理。信任。就是信任。她现在能信任谁呢?除了爸妈,还有尚未懂事的女儿,在这个世界上,她没法轻易相信任何人。就连对劲草也是,他的哪句话是真,哪句话是假,似乎随时可能反转。茉莉想到了离婚,可她又觉得太仓促。而且她隐隐觉得,高夏菁这事没有那么简单,背后一定还有故事。她如果离婚,很可能就是中了对方的计。一动不如一静,眼下最好的办法,就是静观其变。

这次她回娘家,张善亚没来一个电话。事发突然,她肯定站在她儿子那边。只是,她去派出所的供词,茉莉却读出了不一样的味道。这位妈妈一向是那么容易激动的,可这一回,偏偏冷静、客观,甚至有点大义灭亲的意思。为什么？茉莉思忖，或许婆婆想借这个突发事件，顺水推舟，干脆造成劲草和她顾茉莉离婚。那么，这个宝贝儿子就彻底回归家庭，安安分分给她养老送终了。呵呵，可不可笑？他朱劲草就算离了婚，就不会再找了吗？就怕再找一个儿媳妇，比她顾茉莉还不如。

回娘家第二天，老妈玉兰也问到了匿名短信和高夏菁事件的关系问题。茉莉把跟劲草说的话转述给老妈。但跟老妈讲得更详细。包括大表哥在海外的经历，以及他和榴榴的契约，都直白地说了。

玉兰听后沉吟："现在这种人也多，尤其在上海。"

茉莉好笑："怎么就多了？"

玉兰一本正经，中指无名指小指伸出来，支棱着："听楼下卢阿姨说，这个楼里，三对。"茉莉好奇，问详情。玉兰说顶楼带天台那家，一个寸头，一个扁脸，养了一只大狗那对。

茉莉说看着不像，而且起码四十岁了。

玉兰道："跟岁数无关，是人都会老，没有例外。我也不是歧视，人家过得挺好，老妈还接过来，八十多岁一老太太，还打羽毛球呢。"茉莉道："榴榴以后怎么办？"玉兰轻松："不是有孩子嘛，她估计都想清楚了，女人只要有孩子，就还有个盼头。"停顿一下，又幽幽地："不过女人嫁人最好还是三媒六聘，恋爱订婚结婚生子顺序一定不能错。"

"为什么？"

"这就是社会规则，社会对女人不宽容，所以特别需要制度保障，爱情一旦过了甜蜜期就转入事实婚姻，婚姻是靠理性来运转的，情感只能是点缀。"

"我看榴榴理性得很，而且好像也有爱情。"

"什么爱情？"玉兰失笑，"都对不上号，哪儿来的爱情？我告诉你，躺在一张床上的不一定有爱情，何况他们！"

"我当初要跟榴榴一样呢？"

"我和你爸就是不希望你最后那样,觉得自己被剩下了,所以才同意你跟劲草在一块。"

"结果现在这样了。"茉莉赌气道。

"你如果要离,我和你爸也坚决支持,孩子有,工作有,家产有,你怕什么?"

茉莉不作声。说实话,她有点意外,她没想到老妈的婚恋观如此与时俱进,更没想到,离婚二字,含在老妈嘴里仿佛两颗糖,并不苦涩。反倒像解脱。

"你跟我爸,闹过矛盾没有?"茉莉试探性地问。

"夫妻过日子,哪有没矛盾的。"

"是说大矛盾,不可调和那种。"

"有,"玉兰说,"不过最后也调和了,因为你。"

"我?"

"你离不开你爸爸。"

"什么时候的事?"

"你五岁的时候,"玉兰口气悠长,仿佛说着前朝的故事,"你爸一走,你就绝食。"

"我真厉害。"

"你们老顾家的人,这方面都有一手。"

"因为什么闹?"

"性格不合。"玉兰给出了一个经典理由。茉莉有点不信,还想要细问,朱劲草打电话来。茉莉果断挂断。他又发微信,说要跟茉莉谈谈。茉莉回复说不必再谈。劲草留语音说,你不知道内情,我能证明我对高夏菁没"性"趣,"性"爱的"性"。

听他这么一说,茉莉来兴趣了。

第三十二章

　　朱劲草把检查报告推到茉莉跟前。顾茉莉瞅了瞅，眼前一黑，这他妈都哪儿跟哪儿呀？！睾丸受伤？什么时候的事？她怎么不知道？仔细回想，她跟劲草，是有段时间没有夫妻生活了。

　　朱劲草瘪着嘴，垂头丧气地："踢球踢到的……去查了彩超……说受伤……充血……当时是皮外伤还是内伤不清楚……但被撞的那边差不多是正常的两倍大。"

　　"怎么没听你说？"

　　"你不是一直住你妈那儿吗？"劲草继续说，"你搬回来之后，我也好多了，能动能行，但医生说了，那方面的事是坚决不能有，所以，我根本就不可能对她有什么动作！"

　　"你是不能，还是不想？"

　　"既不能也不想。"

　　"当时你怎么不说？"

　　"因为我没做，也没想到用这个辅助证明，这是我的个人隐私。"

　　茉莉不吭气。她又拿起报告单看看，时间是对的。看样子，不大可能是朱劲草的苦肉计。他就是再狡猾，也不能拿自己重大部位开玩笑。如果劲草没撒谎，那高夏菁的所作所为就令人费解了。她的动机是什么？从日常往来判断，高不是那种做事突兀的人。相反，她很周全。那是不是可以判断，那天晚上的"强暴"事件，就是她故意设置的局？

　　茉莉失神。劲草着急："咱们是两口子，还是应该有绝对信任，我如果跟她有什么，怎么可能在那么紧促的时间里胡作非为？我要真有那心，肯定更不会让你发现，我有那么蠢吗？茉茉，我真是被陷害的，我不可能背叛你，我朱劲草有今天，一小部分是爸妈的恩情，一大部分是因为有你，我们的好日子才刚刚开始，我特别珍惜……"

茉莉打了个停的手势。

劲草闭嘴。

茉莉问："高夏菁从头到尾也没提过补偿，那就是说，她不是为了钱？"

"疯女人！"

"为了名？"茉莉推导，"毁掉你的名声？"

"我有什么名声！"

"破坏我们的关系？"

"那别想。"

"她这么做，谁是受益者？"

"没有受益者。"劲草一口断定。

这么一步一步往前推，茉莉又觉得这事，跟匿名短信虽然按说没有关系——短信事件已经水落石出了，但似乎有着某种共同的诉求：破坏她跟劲草的关系。她甚至觉得，高夏菁这么做，目的也是希望看到她离婚。难道高夏菁和凌霄，或者与那个远在海外的刘阳有关系？这未免太八竿子打不着了。又或者是她得了被害妄想症？

夫妻畅谈后，茉莉对劲草平和了许多，她觉得他不应该是个"坏人"。不过茉莉同时保持清醒，就算睾丸没受伤，劲草又对她有多大"性"趣呢？经老妈点拨，顾茉莉看明白了，男人只对不熟的女人有"性"趣。当然，这些都可以暂时放在一边，不是眼下的核心矛盾。

高夏菁那边的问题，茉莉一时半会儿想不明白。她暂时为自己制定了两条"探案"路线，一条是再次找汪凌霄沟通，看看有没有其他线索；

另一条是她打算直接找高夏菁谈，她迫切想知道高女士从正常女人到疯女人，究竟走过了怎样的心路历程。

三请四邀，茉莉准备回家了。囡囡已经被接回去。只是劲草吹了几次风，没动作了。茉莉问他家里的情况，劲草跟便秘似的："妈搬回来了。"

"怎么又回去了？"

"租约到期，房东要卖房。"

茉莉鼻孔喷火："知道弗洛伊德说过什么吗？"

劲草蒙了。

"成长的主要动力，来自和父母的分离！"

"三姨也来了。"

"她来做什么？"

"看她儿子。"劲草如实汇报，跟着又把党文萱和张美亚的斗争简单描述了。大致意思是：张美亚要带着老公来上海，文萱不让。

看看，早都猜到了。

美亚想要如法炮制善亚的路，可能吗？说白了，善亚两口子给儿子掏了钱买房子，有心理优势，美亚就不行了。儿媳妇不许她去，那她也只能到二姐这儿哭。劲草还掏出手机朗读了文萱发给美亚的消息截屏：牵牛妈，不好意思，最近因为牵牛工作的事情我们闹得不太愉快。他可能要长期到昆山校区工作，一个月才回来一次，所以暂时你们不方便过来。

茉莉又问牵牛的工作。劲草确认，确实有这种事。茉莉说三姨也太着急。劲草道："好像还有个事。"茉莉问什么事。

劲草愤然："文萱有了。"

"喜事。"

"又打了。"劲草补充。那就不是喜事了！

不过说实话，顾茉莉能理解党文萱，当初她也是忽悠文萱走入婚姻的帮凶。茉莉听一个"黄金剩斗士"朋友说过，她说其实女人糊里糊涂嫁了最好，等看透了，见了世面了，懂事了，就谁也看不上了。文萱是博士，还没看透吗？结婚前是闹剧，结婚后成悲剧了。为了琐事争吵，娘婆二家，金钱，房子，婚姻给她带来什么好处了？如果说她还仅仅有所图，那只能是跟顾茉莉当初一样，吃卖相，喜欢，相信，愿意，喜欢眼前这个男人，相信跟这个男人有未来，愿意跟他生娃，愿意一起走一辈子，只求他待她如意，真心体贴，温柔善良，需要的时候能在她身边。可现在呢，小家有了，一切却变了样。文萱现在提离婚，茉莉都不感到意外，孩子都打了，看来是下定决心了。

从某种意义上，茉莉甚至觉得文萱和榴榴是异曲同工，殊途同归，文萱是因为对男人失望而打掉孩子，榴榴呢，同样是对男人失望，而选择要孩子。茉莉庆幸自己吃卖相，如果她连劲草的卖相都不吃，她这辈子真有可能孤独终老。她娘家家底厚，她更有资本和实力单身。

归根到底，时代变了。婚姻是组队。只是过去，对女人来说，结婚是经济组队，对男人来说是性组队，现在呢，男人不缺性，女人不缺钱，那么，婚姻的意义又是什么呢？离婚和不婚的越来越多。

陪榴榴产检，茉莉见到了汪凌霄。她没问，但估计根据协议，产检大表哥是必须出现的。榴榴在诊疗室，茉莉和凌霄就站在医院走廊。茉莉把高夏菁事件跟他说了。一贯沉稳的大表哥深表惊愕。

"定罪了吗？影响老二吗？"他关心劲草。

"和解了。"

"不可思议，女人饥渴起来，比男人还厉害。"他这么解释。茉莉意外，问他什么意思。

凌霄笑容诡谲："老二卖相不错。"

茉莉嗯了一声。

"会不会是高某对老二觊觎已久呢?"

"你的意思是,高主动?"

"现在也的确是高主动,不明确的是高主动的动机,"凌霄分析,"你可能一直认为高的动机是害人,但有没有可能是,她根本就是欲望大炽,突然爆发,但是老二不从,她恼羞成怒,才说是强奸。老二说是这女的直接扑过来吧?"

"是。"

"不排除就是个桃色事件。"

茉莉低着头思考。桃色事件倒是有可能,而且跟劲草的口供对得上。但问题在于,如果是桃色事件,女方一定会有主动求欢的动作。这个劲草是没提到的。在警局也没说。比如,她扑上来之后,是立刻大叫,还是摸哪儿了,亲哪儿了。骚货、狐狸精不会没有动作。那么好了,这方面待考。

茉莉继续排查,她问凌霄:"会不会又是刘阳呢?"

"不可能!"大表哥很果决,"我已经警告他了。"

"哦?"

凌霄拿出手机,调出微信聊天记录,直接给茉莉看。汪凌霄的口气很严厉,刘阳求饶。都已经暴露了,刘阳再做这种事的可能性不大。而且刘阳怎么能驱动高夏菁呢?风马牛不相及。茉莉又问:"会不会是她背后还有人呢?"汪凌霄道:"那就得去调查了,或者干脆找她谈谈。"

榴榴叫人,凌霄赶紧走进诊疗室。茉莉没动步,还站在门口。凌霄进去了,她就不适合再进去当电灯泡。她此行的主要目的已经达成。看着榴榴和大表哥的背影,任谁也会相信,他们就是一对恩爱的小夫妻。

直接去找高夏菁对茉莉来说有点难度。关键需要心理建设。她的人设是良家妇女。高呢,现在已经变成娼妇、荡妇、肆无忌惮那种人。她顾茉莉但凡敢靠近,肯定就近墨者黑了。茉莉叮嘱过囡囡,见到果果也不要打招呼，更不能跟他玩。不过吊诡的是，囡囡再没见到过果果。

吴玉兰知道了女儿的烦恼，耐心做茉莉的思想工作："两条路，要么你就彻底放下，想开了一样，匿名消息那事不也都过去了嘛，你就当撞了鬼了；要么你就直接找她，上前线，最坏不过撕一场，放心，你妈帮你。"

茉莉苦笑。她的目的可不是撕，是要挖出幕后黑手。哦，见面就撕，成什么了？这根本就不是大房捉小三的戏。

这天下班，玉兰告诉茉莉，她去找过高夏菁，没找到。"你不能出面，我可以，没想到扑了个空，她已经搬走了。"茉莉觉得奇怪，搬走了，是畏罪潜逃，还是没有面目再在这一片混下去？茉莉问老妈怎么知道她搬走了。玉兰说她问的楼下邻居。茉莉没说什么。第二天下班她提前走了一会儿，到高家，敲门没人应。门口的鞋架空空如也。看来的确走了。她又去敲对门赵姐家。门开了，赵姐缩着脖子，她怕事。看是茉莉，她直接说："你们的事别找我！"

茉莉挡住门，问："房子不是他们的？"

赵姐说是租的。

茉莉问她知不知道高搬到哪儿去了。赵姐说这个人家没有义务告诉我。茉莉又去幼儿园问老师。老师说果果的确退了学。

茉莉确认道："是退学不是转学是吧？"

"是退学。"老师很笃定。

茉莉踌躇。是，这件事对高夏菁影响很大。但除了赵姐，知道的人不算多，劲草这边不会往外泄露，所以谈不上对她本人有什么影响。茉莉想去高的单位问问，可除了知道她在金融系统工作，其余一无所知。想找也没处找。高人间蒸发，在茉莉看来，有可能是躲避追查。又或者是，她高某人执行完任务，且任务失败，被安排到别处去了？茉莉思忖着，越发觉得背后阴谋巨大。

第三十三章

美亚还没走，善亚就出事了。榴榴要生孩子，真亚从黄山过来。三姊妹竟在上海聚齐了。病房里，张真亚牵着榴榴的手，一个劲儿说孩子辛苦。

顾茉莉冷眼旁观，一片欢声笑语中，她总感觉危机四伏。汪凌霄的情况，张真亚恐怕早就知道了，斗争了那么多年，她几近放弃，根本不指望儿子走入婚姻。现在呢，婚姻有了，孩子马上也有了，甭管车路马路，反正上路了。那她就不会放手。榴榴和孩子相依为命的理想想要实现，恐怕有难度——真情也好，假意也罢，孩子可是实打实的，他身体里流着汪家的血，那就跟汪家有关系！缠斗几乎不可避免。

在产科病房陪了一会儿，茉莉又转到楼上去，她亲爱的婆婆张善亚女士胃溃疡大出血——对善亚是这么说——劲草和茉莉都知道，善亚是得了胃癌，虽然是早期稍微偏后，但也极其危险。美亚陪善亚做完手术，回老家了。久病床前无孝子，何况她只是个妹妹。真亚来看看善亚，又去忙自己的一摊子事去了。榴榴生了个男孩，真亚跟榴榴妈抢着伺候月子。

茉莉又面临人生的选择题。

劲草没说让她回去。过去可以说，现在他不能说，说了就好像他逼着老婆回去伺候他妈似的。可劲草的心茉莉又怎会不明白呢？老爸走了，老妈生病，他孤独，他无助，他现在唯一能商量能依靠的人只有她顾茉莉。这个时候，她不帮他，还有谁能帮他？顾茉莉不敢确定自己现在对劲草还有没有爱情，但可以肯定的是，一定还有感情。

茉莉决定回自己家了。

玉兰道："你想好，你可以不回去，或者两边跑，照顾病人最好还是专业护工。"护工是要请的，但茉莉回去的主要目的，是照顾劲草的情绪。而且，既然没下定决心离婚，从人道主义的角度，她也应该上前伸把手。

手术还算顺利。胃切掉了一部分。恢复期，善亚只能吃流食。为了照顾婆婆的心情，整个家，除了囡囡的面包、饼干，主食不存在了，大鱼大肉不存在了。这是劲草说的。茉莉感觉有点小题大做。吃流食就自己吃好了。为什么要其他人陪着？

劲草不耐烦："你不懂，妈特别敏感。"

术后的张善亚脾气很暴躁，动不动就骂人，还丢东西，主要针对她儿子朱劲草。有一回一拳上来，直接把劲草脖子捣红捣肿了。

茉莉一边给丈夫喷云南白药一边道："这像个病人吗？力气比巨灵神都大。"停顿一会儿："说出去谁信，都奔四的人了，还被你妈打。"

劲草无奈："她这不是有病吗？"

茉莉指了指自己脑袋："她是有病，这儿！"

榴榴儿子满月，茉莉作为二嫂，作为闺密，代表全家去探望。牵牛也去了。文萱没来。茉莉小声问他跟党博士和好没有。牵牛说还那样。茉莉道："你姿态低一点。"牵牛不忿："还要怎么低？孩子我都保不住。"

茉莉头皮发麻："还年轻，以后还有机会。"

牵牛冷笑："我年轻，她可不年轻了。"

沈榴榴满面红光，真亚亲自伺候，尽心尽力，一点也不像长期卧病的人。茉莉却总觉得大姨真中有假，她是心疼孙子，连带心疼榴榴。因为榴榴是供应她孙子奶水的人。大表哥汪凌霄站在一旁，面带微笑，似乎很享受这世俗的幸福。茉莉跟他并排站着。许久许久，两个人什么话都没说。茉莉快走了,凌霄才送她到门口,礼貌性地问他二姨的病情。茉莉同样礼貌地答了。

凌霄明白茉莉的心,他笑笑:"那二姨可走不了了。"

茉莉一愣:"没关系,她儿子准备好了,肯定养老送终。"

不知怎么的,经过那么多事,尤其是知道凌霄的秘密之后,茉莉反倒觉得他们像朋友了。她又问凌霄他这边怎么处理,协议的下一步是什么。

凌霄耸了耸肩:"生了就养。"

茉莉道:"大姨能放手吗?"

凌霄道:"她只是奶奶。"

茉莉说:"榴榴付出很多,你不能让她失望。"

凌霄说他也在变,在改,说得很隐晦,又道:"年纪大了,都能克制。"茉莉诧然:"克制?然后呢?能安安分分跟榴榴过日子吗?"凌霄沉默。茉莉说这里是上海。凌霄想抽烟,拿出来又放了回去。

是啊,这里是上海。一座多少人的欲望建造出来的城。像沈榴榴这样的人,想要在这座城寻找一份安稳,太难了;同理,像汪凌霄这样的男人,想要在这座城守身如玉,难度同样很大。七情六欲。魑魅魍魉。

"能不能问个问题?"茉莉突然抬头。

这种问法通常不是什么好问题。凌霄下意识往后挪了一小步。

"也许有点不礼貌。"茉莉打预防针。

"那就别问。"

"但我还是想知道。"

"问吧。"凌霄准备好了。

茉莉深吸一口气,"你跟榴榴,还在一张床上躺着吗?"又结结巴巴地:"是指那种普通的、正常的睡觉,睡眠。"

"当然,"凌霄不假思索,"她是我最好的朋友。"

茉莉替榴榴欣慰，一对夫妻，能过成"最好的朋友"，真需要莫大造化。

她跟劲草现在是敌人。

劲草睾丸恢复了，两个人刚打算重启夫妻生活，善亚便在房间里幽幽地叫："劲草！我的澳洲奶粉哪儿去了？"劲草只好起身，一去就是几个小时。善亚要跟儿子聊天，说来就来，从几十年前开始聊，不管白天黑夜。刚开始，茉莉觉得这些都是偶发事件，但次数多了，她就是傻子也觉察出异样。

婆婆这是"恃病而娇"。

因为她病了，她就可以为所欲为；因为她病了，她就可以霸占儿子；因为她病了，她就是全家的中心，只要有人反对，或者哪怕流露出一点点的不支持、不满意，那就是大逆不道，可恶至极。养儿方知父母恩，她顾茉莉也是当妈的人了，还当着女儿，她明白什么叫孝顺，什么叫忤逆。但她理解不了的是：为什么朱劲草永永远远觉得自己亏欠着父母，到死也还不完！这种挫败感，公婆头一回来上海，茉莉就体会过，只是现在，陈玄风走了，剩一个梅超风，历史再度重演，变本加厉。

凌晨四点多，厨房内丁零咣当一阵响动。茉莉睡不着了。她拉被子蒙头，还是能听到。她用脚踢了一下酣睡的身边人。劲草醒了，懒洋洋的。

"你妈又开始了。"她说。

"戴耳塞。"

"戴耳塞也能听到，"茉莉说，"你摸摸我这一头汗。"她牵他的手到她额头上："天天这样，哪像个病人？"

"这不是为我们好嘛。"

"说了早饭不用她做，我来，时间来得及。"

"你跟病人计较什么！"

"哪个病人有这种精神头,天天早晨四点多起来给儿子熬粥。"

劲草木然:"吃现成的不挺好。"

"不需要,没必要!"

"那你别吃。"劲草背过脸,睡自己的。

洗好弄好。饭端上来,茉莉果然不吃。她吃面包片抹果酱,囡囡也跟她学。劲草虎着脸坐在餐桌旁,边翻手机边喝汤。他不看他老婆。作。眼不见为净。

善亚道:"茉茉,胃口不好呀?大便正常吗?"

茉莉犯恶心。她就是存心!提完胃口提大便。

"不饿。"

"那是早饱,找时间看看中医。"

劲草不耐烦,对善亚说:"她不吃你就别让她吃,饿不死。"

瞧瞧,人家是一头的。茉莉觉得自己被孤立了,这天下班,顾茉莉早走了一会儿,接了囡囡,直接回娘家。善亚打电话来,问囡囡是不是她接走了。茉莉道:"妈,囡囡在她外婆这儿上画画课,晚上不回去。"过了约莫半小时,劲草发来微信,措辞十分严厉:"要作自己作,别带上囡囡。"看这架势,朱劲草提离婚她都不意外。

茉莉跟老妈玉兰抱怨一通。玉兰叹气:"让你别急着回,非回,人家母子连心是一定的。"茉莉唾骂:"畸形!变态!有毛病!她怎么不……"咒骂得太恐怖,话抵到舌头根,还是被顾茉莉生生咽了下去。她鼻子发酸,但最终也没哭出来。

"要不离掉算了。"她对老妈说。

吴玉兰沉默。人生大事,她似乎不方便帮女儿做决断。"反正我和你爸,永远支持你。"

既然动了念头,行动就一步一步做起来了。她如果跟劲草离婚,也方便,房子是他的,她顾茉莉不抢,存款各自保管着,也不会有什么纠纷。唯一的争夺点，恐怕就是女儿囡囡。顾茉莉相信，但凡她提出来，要独立抚养囡囡，劲草肯定是不同意的。需要谈判，需要技巧。吴玉兰找朋友联系了律师，专办离婚案子的。律师认为，或许可以抓着劲草上次和高夏菁的纠纷（虽然以和解告终），来争夺囡囡的抚养权。只是，真等律师来了，茉莉又有点犹豫：真的到这一步了吗？善亚现在病体沉重，或许根本撑不了多久。是不是婆婆走了之后，她和劲草的小日子就能重上正轨？是不是没有必要用离婚这么惨烈的办法解决问题？毕竟，劲草还是囡囡的爸爸。而且他的主要问题在原生家庭那儿，他本人还是很优秀的……茉莉踌躇着。吴玉兰还没跟顾得茂说。因为一告诉老顾，他一张扬，基本就没有回转的余地了。

　　斜靠在沙发扶手上，茉莉眼神忧郁，凝望着老妈。玉兰看一会儿电视，又转头看看女儿。她了解女儿，茉莉心软。吴玉兰冷不防道："舍不得？"

　　茉莉哼了一声，不作答。她真希望有朝一日，一睁眼能什么也不留恋，直接拉着人去民政局，爽爽快快把婚离了。她总觉得会有那么一天。但很可惜，不是现在。

　　吴玉兰也不劝，她起身倒茶。忽然间铃声大作，是茉莉的手机。她原本以为劲草又来叨叨，拿起一看，却是沈榴榴打来的。

第三十四章

刘阳要回国,沈榴榴如临大敌。茉莉觉得榴榴的姿态简直像在防男小三。可是这一切,她在有孩子之前不就都了解嘛。"我以为你不在乎。"茉莉拉住榴榴的手。旁边的孩子睡得香甜。

"凌霄是爸爸了。"

"谁告诉你他要回来?"

榴榴拿出手机。出示短消息。这次不匿名,是署名的,等于直接宣战。茉莉问汪凌霄知不知道。榴榴说还没跟他讲。茉莉路见不平,果断拔刀:"这个刘阳是不是脑子有点问题?"榴榴说没问题就不会做那么多不着调的事了。

"要不报警吧?"茉莉建议。

"警察可不管这些。"她怕殃及池鱼。

"那就敌不动,我不动。"

"敌已经动了。"榴榴挥挥手机。

"他目的是什么?"

"拆散别人?自己爽?"榴榴说。

"大表哥已经对他不耐烦了,"茉莉说,"人可以无知,但不能无耻,刘阳对这个家的侵害应该停止了。"

"所以我找你来。"榴榴惨然。茉莉瞬间明白了闺密的意思。沈榴榴不愿意迎战,更多是不愿意暴露自己,汪凌霄呢?据榴榴说,牵牛婚礼事件过后,他就跟刘阳做了切割,从此以后没这个朋友了。刘阳愤怒、抓狂，这才回国闹事。如果没有人救火，他接下来会做什么，真不好说。

顾茉莉好奇。刘阳"短信行凶"，是大表哥盖的章，刘阳本人没机会申辩。他会承认罪名吗？故事就那么简单？茉莉想见刘阳，不仅仅是为了看清"魔鬼的样子"，同时也是为自己心中最后的疑惑完形。于是她从榴榴那抄了号码，打算会一会这个不速之客。她跟劲草的离婚事宜，反倒暂时放一边了。当然，两肋插刀之前，茉莉想让榴榴分享一个秘密。她看看孩子，又看看榴榴。

榴榴脸红了。"干吗？"她抖了下闺密的手。

茉莉迟疑："算了不问了。"

"想问就问吧。"榴榴鼓励。

"是自然产生的吗？"茉莉目光落向孩子。

"是的。"榴榴很果决。

茉莉深呼吸。不继续了。其实她还有一个疑惑，那就是沈榴榴和汪凌霄到底有没有那份证书，究竟是不是合法夫妻。

茉莉一时没想好怎么跟刘阳联系，是短信，还是直接电话，或者是加微信。正在纠结时，牵牛却跟她联系了。电话一打来就喊嫂子，说对不起。茉莉一头雾水。掰扯了好半天，她才终于理解核心意思：黄牵牛被党文萱扫地出门了。他在学生宿舍住得没自尊，打算到二哥这儿打地铺凑合几天。

茉莉飒爽："不用我同意……那什么……你二姨同意就行。"又问，"要我做做文萱的工作吗？"牵牛说不用。他不打算跟党文萱过了。理由是：她不尊重他的家人。

道理上，顾茉莉跟黄牵牛是亲戚，应该站在他这边，可情感上，她又太理解党文萱了。她凭什么尊重你家人？你那些家人着调吗？靠谱吗？把人当人吗？就知道给儿子儿媳妇添麻烦！不过，黄牵牛的事摆在眼前，顾茉莉才真真切切实打实体会到劲草一家当初执着买房的痛，经济基础决定上层建筑,甭管男的女的,都得自强。这么想着,茉莉似乎又能理解劲草了。男人,没有尊严,那还叫男人吗?可遗憾在于,朱劲草的这份尊严不是靠自己挣来的,而是父母给他的。这样一来,他就永远没法从愧疚中走出。茉莉不得不承认,她还喜欢着劲草。她还关心他。牵牛要去找劲草,她不忘叮嘱:"有什么情况随时汇报。"牵牛咋呼:"吵架啦?"茉莉道:"没有。"牵牛说:"二姨是病人。"

茉莉强笑:"大家都有病。"

回到自己家,回到老妈给她营造的这个"昨日重现"的闺房。茉莉觉得自己的头痛、失眠、心悸等一系列亚健康病症一下全好了。她一向老爱对着老妈念心理学的书——囡囡不听,跟老爸说不着,吴玉兰是她唯一的听众。茉莉靠在床头,拿着本《重构你的家庭亲密关系》:"看看这句,'在每一个非常明确的有具体指向的焦虑背后,都隐藏着一种失落'。"又翻翻,继续读:"还有这句,'这个世界上所有的爱都以聚合为最终目的,只有一种爱以分离为目的,那就是父母对孩子的爱。父母真正成功的爱,就是让孩子尽早作为一个独立的个体从你的生命中分离出去,这种分离越早,你就越成功'。"茉莉放下书:"劲草往四十奔了还没分离呢。"

玉兰劝:"你婆婆不是有病吗?"

"是有病,精神病。"

"她要争,你就让她争,总有到站的时候。"玉兰面带微笑。茉莉叹息:"人身体好着呢,早晨四点多就起来熬粥。"顿一下:"妈,当初我跟劲草,你怎么不阻止?弄得现在完全拉低我们家的生活水平。"

"阻止有用吗?"玉兰呵呵地说,"很多事情,就得亲身经历,不然不信邪。"

茉莉准备迎战了。她给刘阳发了消息——用他惯用的方式。跟刘阳见面的事,她连老妈都没说。但跟陈海涛透了点风。她不得不把事情往严重了考虑。万一……是说万一……有什么不测……总得有人知道线索。给她报仇。可是，当茉莉按照约定时间到酒店大堂，等着她的却是汪凌霄。

凌霄一副掌控大局的样子。

"人呢？"茉莉问。

凌霄看看手机："现在估计上飞机了。"

"他跟你联系了？"

凌霄点点头。

"他不是来道歉的吗？"

"是。"

"你这样做对得起榴榴吗？"

"事情因我而起，我来说个明白也是应该的。"

"都结束了？"

"结束了，"汪凌霄耸耸肩，"他还让我替他说三声对不起。"

茉莉不明白他的意思，微微皱眉。她觉得凌霄在撒谎。

汪凌霄解释："匿名消息，你们两次，牵牛一次，不过牵牛不知道也好。"

"两次？"茉莉拿手机，迅速翻找。

"都是发给劲草的。"

"我也收到过。"

"哦？"

"你再问问刘阳。"茉莉觉得蹊跷。

"你意思是……"汪凌霄口气也疑惑起来。

"你问清楚再告诉我。"

几个小时后，汪凌霄打电话给茉莉，他把跟刘阳的通话录了音放给茉莉听。刘阳明明白白说了他的恶作剧只有两次，还说他很后悔，不知道自己怎么会变成这样。他要向受害者道歉。

"还有谁呢?"汪凌霄问茉莉。

顾茉莉失神,半天,才幽幽地说:"那么真是有意思了。"

除了刘阳这个八竿子打不着的偶发性人物,还有谁有作案动机呢?婆婆?邻居?还是高夏菁?高夏菁那事至今没能"破案",她本人又消失得无影无踪。顾茉莉一时不晓得从哪儿切入。但可以肯定的是,敌人依旧存在。而且这个敌人很聪明,他极有可能是在知道匿名短信事件之后,跟着学,这样更有利于隐藏身份。茉莉仔细回想,匿名短信的事,当初还有谁知道呢?思来想去,她总觉得张善亚对自己心怀不轨。不过这次的新发现,茉莉谁也没说。躺在闺房里,她又把手机翻了一遍,沿着时间线往下捋。

吴玉兰端红豆沙进来,放在床头小柜子上:"发什么愣呢?"

茉莉反问:"我和劲草离婚,谁最开心?"

玉兰想了想,说:"没人开心。"

"是不开心。"茉莉喃喃。她又想起加劲草微信的那个藏在暗处的"伟"。不是刘阳。那又能是谁呢?

茉莉"班师回朝"的决定做得很突然。连吴玉兰都说她鲁莽。顾得茂心疼女儿:"茉茉,你记住,回去但凡受一点气,随时回来。"

送到门口,玉兰还在叮嘱:"茉茉,是不是有什么事没告诉妈妈?"茉莉说没有。玉兰又说:"既然要回去,就多担待着点,在那儿不比在家。"

茉莉开了天眼,现在听谁说话都像是话里有话,她老妈也不例外。顾茉莉笑笑:"劲草妈非常时刻,我不回去伸把手,真没人帮他了。"玉兰啐道:"你愿意帮,他还得愿意领情。"茉莉说:"领不领情是他的事,帮不帮是我的事,他不领情,我问心无愧就行,说句不好听的,她还能活多久?"

告别父母,茉莉一路往自己家开。陌生。茉莉感到陌生,可为今之计，她必须引蛇出洞。离婚不要紧，那也得离得明明白白，否则，离了婚，黑手还在，她照样没好日子过。

到家了。屋子里一股子中药味。她婆婆张善亚躺在床上，保姆郑姐从厨房出来。保姆刚来，还不认识茉莉这个女主人。

茉莉自我介绍："我是囡囡妈妈。"

滑不滑稽。

保姆在脑子里盘算了好一会儿，才弄清人物关系。茉莉朝屋里努努嘴，问善亚情况怎么样。保姆撇着安徽口音："不大吃，睡觉还行。"

茉莉又问牵牛还在不在这儿住。保姆说走了。说话间，善亚起来了，看到茉莉这时候来，吓得病差点没好一半。茉莉叫了声妈。善亚不知所措，又忙打发郑姐，让她多做两个菜，弄得茉莉跟客人似的。

第三十五章

这一住下，顾茉莉就真不走了。

有任务在身，必须忍辱负重。她过去跟劲草好，是无意识的，现在的好，却是有意识的，无论如何，反正她就要制造出一个天下太平和谐美满。她坚信只要她跟劲草阖家欢乐了，那个幕后黑手就一定会再跳出来。到那个时候，较量才算真正开始。

不过，真回到家，面对病恹恹的婆婆，茉莉的思想又有些转变。刚开始，相敬如宾，茉莉是有点装的。一来二去，她觉得装也没意思，索性豁出去，把自己奉献出来，让老太婆高兴高兴。

顾茉莉端茶倒水，和颜悦色，弄得郑姐差点以为自己马上要失业。善亚也提高警惕，她不认为茉莉是真心的，她认为茉莉绝对有目的——那就是要跟她争夺劲草的爱。顾茉莉这是在堵她的嘴呀！人家要做一个无懈可击的儿媳妇、老婆、妈妈，到那时候，还有她善亚的生存空间吗？

劲草也觉得茉莉转变得有点突兀。过去那个寸土必争得理不饶人的茉莉才符合逻辑，现在呢，她摇身一变成为中国传统女性，他不适应。或者说，他担心这种变化背后，藏着更大的"阴谋"。

两口子忙了一天，一起上了床。劲草睾丸康复后，还没跟茉莉"共襄盛举"过。

茉莉刚躺下，劲草就压上来了。

茉莉推开他。

"不要?"

"累,不想动。"

"又不要你动。"

"干吗?人情债,肉偿?"

劲草拿手掌撑着脸:"是不是妈说你了?"

"哪个妈?咱妈吗?没有。"

"你妈,您母亲。"劲草嬉笑。

"她说我干什么?"

"她不教育你,你怎么会突然就上路了呢?"

"朱劲草,你是不是有毛病?家里非得鸡飞狗跳,你才觉得正常,才舒服?"

劲草涎着脸:"我这不是跟你学的,寻找那什么……动机。"

茉莉脱口而出:"这小日子,就得往好了过,这就是动机。"劲草翻身倒床上,闭上眼,假装睡觉。他觉得茉莉没说实话,突然回家,又突然孝顺,根本不是她的寻常做派。他甚至隐隐约约感觉,茉莉之所以变脸,是因为她觉得他妈活不长了,所以才及时回来表现落个好名声。换言之,过去她觉得日子是马拉松,她没有跑下去的信心,现在成短跑了,百米冲刺,所以她跑得欢快。这么一分析,劲草又打心眼里认为茉莉可恶了——她这是盼着他老妈早点死呀!呵呵,猜是猜到了,但劲草一分一毫也不愿意露出来,因为即便她是假意,也比真实地对他妈坏强。茉莉的情绪,他现在根本照顾不到,眼下生活的焦点,是全力以赴把老妈照顾好。

搬回来了。顾茉莉一方面是处理好跟老公、婆婆的关系,另一方面,是继续"破案"。她拿着劲草的小手机,上面是那句话:"茉茉,你就那么狠心?不顾你儿子了吗?"不是刘阳,那能是谁呢?顾茉莉像盘核桃一般在心中反复磋磨着这十几个字。还有加劲草微信的人,rebacca以及背后的"伟",他们之间究竟有没有关系?茉莉觉得眼下缺一座"桥"。

上班时间,党文萱来找她。因为婚礼事故,她跟茉莉走得很近。她觉得自己跟茉莉有着相似的处境。只不过,她的更糟糕。她还是想离。

"就因为房子吗?"茉莉问。

文萱的眼皮很沉,手比画着:"他们那个家,我根本融不进去。"茉莉的心咯噔一下,文萱的感受与她多年来的感受完全重合,可她总不能劝别人离婚:"慢慢来,这才多久,事情都在变化,多年的媳妇熬成婆。"说完茉莉就暗叹,这种话怎么从自己嘴里讲出来了?熬成婆有意义吗?

"牵牛没房子,所以敏感,他总想让我同意他父母过来,以此证明我爱他,我做不到。"文萱说得别别扭扭。

茉莉皱眉。真亚、善亚、美亚,没一个省油的灯。

茉莉牵过文萱的手:"这些你不应该现在才知道。"

文萱沉默,半晌才说:"我以为我能接受,但现在发现不能,他妈一来,我的书桌都得拆除,实在没地方……"茉莉这才想起来文萱还算个准学者。但她不得不提醒文萱:"离了,然后呢?"

"我做好一直单身的准备了。"

"孩子应该留住的。"

文萱突然大声:"不是我不留,是他的精子活性不够!"茉莉愣住了。这个关键信息,没人跟她说。文萱终于失控:"我现在就是不知道跟他结婚到底有什么好处!直男!利益!妥协!悲伤!牺牲!裹挟!我的字典里现在尽是这些词,沈榴榴过得都比我幸福,她好歹有个孩子!"

天,她怎么知道的?是牵牛告诉她的?那劲草也知道了?她现在怀疑,他们那一大家子根本早都知道汪凌霄的情况,只是心照不宣罢了。只有她,傻到四处求证,要一个水落石出,上赶着当了捣屎棍子。

周末回娘家,茉莉把文萱的事跟玉兰说了。吴玉兰叹息:"读到博士,照样没用,你婆婆就够可以的了,她那个妹妹,更厉害,文萱跟牵牛结婚，婚礼委委屈屈的，其余的就更别说了，钻戒、黄货、对戒、蜜月、婚纱，哪样到位？娘家还贴了房子，她婆婆还要来住，这样的还不离，真是没天理了。"

茉莉说："离了找谁是个问题，文萱也是硬盘。"

"那也是博士硬盘。"

茉莉叹："现在结婚，哪还像结婚？简直就是在谈一桩生意。"玉兰笑笑："有生意谈倒好了，哪像你公婆，我们愿意合资，人家还不干呢，你爸老同事邱阿姨记得吧？"茉莉说有印象。玉兰说："她娘家上海的，退休回来，她嫁女儿，找了个本地男孩，男方家有个老破小在普陀，打算卖了买新房，五百万首付，男方家拿三百万，希望女方家再拿两百万，小夫妻背着六百万贷款。你邱阿姨坚决不干的。"

茉莉被绕糊涂了，问为什么不干。

玉兰说："还不明白？男方这是想用女方口袋里的钱，过上原本不属于自己的生活。"随即笑笑："劲草家好，当初我和你爸，意思拔高拔高，你和劲草的日子好过点，人家还不乐意。"

茉莉这下明白了，说他们就是死要面子活受罪。玉兰加把火："怕不是死要面子，是害怕将来离婚麻烦，扯不清，所以干脆自己买。"愤愤然："还没结婚呢，就想到离婚了，日子能过好吗？"

茉莉很少听老妈这么说婆家的坏话。可仔细听下来，也不是没道理。玉兰又问："回去住得舒心？"茉莉只能说马马虎虎。真心话，她现在跟老妈也不能掏。玉兰道："记住，爸爸妈妈给你做后盾，就是要让你有底气，到什么时候都不要委屈自己。"茉莉苦笑，说不委屈，又说打算要二胎。

"这么想就对了。"玉兰坚决支持。

忙完手上的活儿，玉兰突然问："你带张善亚去做皮秒了？"茉莉一愣，是带去过，用的是她跟老妈共用的卡。"皮秒、水光都做了，"茉莉不遮瞒,"我还做了热玛吉。"玉兰呵呵道:"关系这么好了。"茉莉似乎闻到了一丝醋味,笑笑道:"当朋友处。"

去日本旅游是劲草提议的。茉莉征求善亚意见,说要带上老妈玉兰,来个合家欢。劲草觉得有点奇怪,但善亚看在皮秒的分儿上,当还茉莉一个人情,同意了。朱劲草自然不好反对。老娘要孝敬,丈母娘也不能怠慢,而且吴玉兰去,还能帮着照顾囡囡,利大于弊。

茉莉回家跟老妈提,玉兰不答应。"你们去玩,我就不凑热闹了。"茉莉强调这叫公平,他能带他妈去,我就能带我妈去。吴玉兰道:"下次单去,你、我、你爸,用不着掺和在一起,这样子都没办法放松。"茉莉道:"你不去,他妈也不肯去了。"忽然压低声音:"她还能出去几次?"

"病危了?"玉兰脑子快。

"没说,我感觉……"茉莉话不说尽。

"我说怎么舍得去日本了。"

"所以啊……"

"弄得跟送别似的。"

"送走了她,我的好日子就来了。"茉莉笑道,"趁还喘气呢,干吗不做做人情。"

"你做人情,我跟着受罪。"

"谁让你是我亲老娘呢。"

"你爸该有意见了。"

"别告诉他。"

"那不行。"

"或者就说,这是女人团。"

"劲草可不是女的。"

"这个团容不下爸那样的男的。"

"什么样的?"

"大男子主义，退休干部，随时随地指点江山那种。"

旅行前的准备可是个大工程。劲草忙着陪善亚办护照，来来回回跑了不少趟，茉莉负责规划行程。婆婆的意思是，报旅行团最好，省钱又省心。但劲草不同意，他还是趋向于自由行，不受约束，玩得深入。茉莉也认为报团是恰当的，可是架不住劲草的执拗。

看得出来，他是把这次旅行当作陪老妈的最后一次出国。每一步都格外慎重。要求档次。最后善亚妥协了。茉莉规划好了行程、订了酒店。上了飞机，两位母亲点头致意，然后分别坐在自己孩子这边。

一路相安无事。谁知下飞机到酒店，正准备入住的时候，出故事了。茉莉订了三间房。一间大床，她跟劲草带囡囡住，另外两个单间，分别给两位妈妈。可善亚得知，一定不答应。她认为三间房太浪费。最多最多，两间可以了。玉兰站在一边不作声。茉莉和劲草做善亚的工作。可张善亚一定不肯，生病过后，她变得更加固执。即便亲家在旁边看着，她也不打算妥协，她只求实惠，因为这可都是她儿子花钱。

原则上，订了的酒店是不能退的，但架不住善亚在大堂一阵喧嚣。最后，房间还退了。五个人，两间房。茉莉问劲草怎么住。朱劲草想了想说："你带你妈住，我带我妈住。"茉莉问："囡囡呢？"劲草说："你带。"

玉兰站出来："可以了吧？"

劲草连忙说可以了。吴玉兰抿了抿嘴，不管其他人，拉着囡囡，率先朝里走。

第三十六章

洗完澡，玉兰帮茉莉吹头发。囡囡睡着了。

吹好弄好，吴玉兰收好吹风机，又把行李归置了一遍。茉莉让她先休息，明天再弄。玉兰不听，等都齐整了，才上床歪着。电视声音开得小小的，都是日本话。

吴玉兰环顾四周："就是这种旅游。"

"老年人，固执。"茉莉尽力周全。

"我是老年人，我怎么这么识时务？"玉兰嘲讽着，"有病，有病就不能顾及面场了？他妈敢这样，还是劲草不把你当回事！"

茉莉尴尬，只好解释："都是为了做人情，不看我婆婆，看劲草，现在我对他妈什么样，将来他就得对你和我爸什么样。"

玉兰冷冷地说："我就从来没指望过他。"又补充，"我自己女儿我都不指望，老了，不能动不能行了，养老院住住。"

茉莉哄着她："不指望我指望谁呀。"

玉兰不解气，继续："人家生的是儿子，娶媳妇进来，我生的是女儿，要嫁出去，一有了小家，就忘了老家了。"

"妈你放心，我肯定管你到底，现在什么年代了，儿子女儿都一样。"

"你这日子，过得难受。"

"那怎么办呢？"

玉兰沉默。

茉莉探问："你是不是希望我离婚？"

玉兰看女儿，过了一会儿，才说："我希望你过得好。"

茉莉快速地说："我现在就过得很好，有老公，有孩子，有工作，还算健康，我很满足。"玉兰说但愿。茉莉抓住机会，突然袭击："我跟老师那事，劲草知道了。"玉兰没反应过来，问什么事。茉莉言简意赅："高中，老师。"她只说关键词，但也能连缀成一个故事。吴玉兰全懂。

"谁告诉他的？"玉兰问。

"不晓得。"茉莉盯着老妈。

"他跟你说的？"

"匿名短信。"

"你不是说找到真凶了吗？"

"是找到了。"茉莉说，"但是真凶不止一个。"

"什么意思？"

"刚开始发消息的那个人，找到了，后续还有别人。"

"现在人都怎么了！"玉兰愁闷。

"不过我也不打算查了。"

"为什么不查？"

"没有意义，"茉莉说，"反正，只要我自己过得好，行得正，只要我和劲草感情还能维持。我都不说进步了，只谈维持，还愿意在一起过日子，别人发什么都没用，问题还是在我跟他身上。"

玉兰想了想，说："只要他能接受就行。"

"他能接受，"茉莉道，"他的过去也不是一点瑕疵没有。"沉吟几秒，继续："婚姻也是，肯定有瑕疵，两个人在一起过多少年，一点其他的'乐子'没有，这不切实际，尤其男人。"

"你意思是，他出去轧姘头你也能接受？"玉兰惊诧。

茉莉苦笑，说："找也分怎么找。"

玉兰呵呵道："犯错误还分等级了？"

"只要不是嫖娼，只要不是跟人私奔了，只要不是破坏原有的家庭关系，那种在网上找个人聊聊天，哪怕是解决生理问题，我都会睁一只眼闭一只眼，两个人在一起过那么多年，不相互讨厌就阿弥陀佛了。"

"什么叫千里之堤溃于蚁穴？"

"水至清则无鱼。"

"你是我女儿吗？"

"妈，你糊涂啦？"

"我女儿没这么大度。"

"生活逼的。"

"逼得你愿意跟别人分享男人？"

"这不叫分享，顶多只能算给他点零食。"

"现在女人都卑微成这样了吗？"

"爸不也有过故事吗？"

"那是他及时回头，下跪求我！"玉兰气势很足。茉莉鸡皮疙瘩起来了，她从来不知道父母还有过如此戏剧化的过往。吴玉兰又说："何况朱劲草跟你爸爸怎么比？学历、能力、级别。"她掰着手指头数，轻轻咳嗽一声："也就卖相，他们家都只有一个卖相。"

茉莉走过去，搂住玉兰的肩："妈，放心吧，我会把握尺度，这不什么都没发生呢，都是假设，朝坏处想，往好处做。"又说："反正，现在无论谁给我发消息，挑拨家庭关系，我都当看不见，直接删除。"

说完，茉莉凝望着老妈的脸。灯光下，吴玉兰静静坐着。常年做美容，玉兰的皮肤有种与年龄不符的细腻。因为细腻，每一丝表情都能展现。茉莉等着老妈的微表情。里头藏着真相。然而，没有。吴玉兰绝对适合从事地下工作。此时，囡囡醒了，嚷口渴。玉兰起身，去给孩子倒水。她只用自己带的保温杯。

跟老妈聊完，顾茉莉贴了个面膜，然后就睡不着了。这回交手是跟亲妈，茉莉表面平静，内心澎湃。睡不着就躺着，眼睛闭拢。老妈在她身边，呼吸均匀。真是做大事的人。稳当。

　　二人中间，是她女儿囡囡。一张床上，一个是生她的人，一个是她生的人，两个都是她在乎的人。茉莉想起小时候，老爸总是加班，她一个人不敢睡，总愿意跟老妈一起入眠。那时候的她，像多肉，是从老妈身上发出来的芽儿。她跟老妈没有秘密。现在不一样了，她长大了，成家了，立业了，有自己的小日子了。茉莉原本以为，爸妈对她的这种"分离"很能接受。但如今看来，爸妈的能接受，只是出于教养和礼貌。

　　老妈在变。近来她能感受到她的心急。过去，吴玉兰很少在女儿面前说婆家的不是，现在吐槽的次数多多了。从匿名短信出现到现在，茉莉环顾周围，吴玉兰有极大嫌疑。过去她怎么就没第一时间觉察呢？外敌不可怕，内奸才致命。吴玉兰几乎掌握了全部信息。而且接力犯罪，最方便隐藏身份。假设罪名成立，茉莉就不理解了，老妈为什么要这么做？但是冷静下来想，劲草父母能这样对劲草，霸占，牵扯，包围，不肯割舍，那她父母为什么不会呢？

　　吴玉兰是有动机的。她离不开她，她爱她，她不适应女儿从家里剥离出去，她不想被"抛弃"。从小到大，茉莉跟吴玉兰形影不离，无话不说，头十年里，还有人说她们像姐妹……不过，一切还只是茉莉的揣测。没有坐实。

　　这种事情也很难坐实。证据呢？而且，坐实了又怎么样，关系能断吗？朋友可以绝交，父母可不行。他们的关系，刻在血管里，印在基因里，茉莉不得不"投鼠忌器"。她今天跟老妈的一席谈话，为的就是防微杜渐，如果"黑手"是玉兰，那听了她这话，就应该适可而止；如果不是，那今天单纯就是母女的一场掏心窝子。

　　何况她顾茉莉说的都是实话。

　　过去她希望婚姻白璧无瑕，纯洁，现在她只希望不要脏得太离谱，希望劲草能把她摆在第一位，顾家，给钱，对女儿好，对她好。常在河边走,哪能不湿鞋。他如果"学有余力",可以做点"课外题"。当然,她绝不是说接受劲草出轨,出去约炮那种,捉奸在床那种。她打算如果二胎能顺利生出来,她就撺掇劲草结扎。那样就放心多了。随着年龄的增长,茉莉更客观,也更加理解人性。她必须给男人一点气孔,让一个优秀的男人一辈子都全身心属于你,未免太过苛刻。她顾茉莉愿意给最亲的人台阶,比如老公,比如妈妈,以此换取世界太平。

迷迷糊糊想了一夜。第二天早起刷微信,茉莉又有点疑惑,如果说匿名消息,老妈操作过,那rebacca又是谁呢?还有背后的"伟"……还有高夏菁……都有点解释不通……茉莉不打算继续深究。说实话,她觉得折腾够了,敲山震虎之后,她还是希望过好自己的小日子。当然,如果虎还没走,她就只能继续战斗。

旅也旅了,游也游了,张善亚笑声不断,吴玉兰一路也还算妥当。茉莉的理解是,她的敲打起作用了。她恨不恨玉兰?当然恨!给女儿女婿发匿名短信,这是一个妈做出来的事吗?但她又必须小范围地原谅妈妈。因为这事一旦闹出来,什么都清楚明白了,不但玉兰颜面扫地,她顾茉莉搞不好也会被"连坐"。

茉莉想得清楚,归根到底,她还是需要男人,不是物质上,也不能说精神上,而是,她还爱他——她喜欢看劲草认真的样子、发怒的样子、生气的样子……各种样子。她还不愿意放手。劲草算凤凰男吗?未见得。他们家在老家,还算有几分体面,可上海的生活,硬生生把他逼成了凤凰,在父母的支持下涅槃。他就必须对父母感恩戴德。这就算不错啦!劲草还不是过河拆桥的人。拿了父母的钱、房,不管父母的也大有人在。翁阿姨家不就是例子吗?

在京都喂鹿的时候,两位家长起劲,茉莉看着婆婆和妈妈的背影,转头对劲草说:"你和我,都是受害者。"劲草没理解。过了一会儿,才道:"又收到短信了?"茉莉失笑,说没有,以后都不会收到了。

劲草问："找到罪犯了？"

茉莉停顿两秒："没有，见怪不怪，其怪自败，只要我们感情好，过得好，谁挑拨也没用。"

话赶话到这儿，劲草也有些动情，他一把搂住茉莉的肩膀。茉莉说干吗。劲草道："搂我老婆不行呀？"茉莉不挣扎了。两个老太太也在欢声笑语中。

"什么才叫孝顺老人？"茉莉茫然地问。劲草不说话。茉莉又说："非得像一块糖溶化在咖啡里，自己都没了，消失了，才叫孝顺吗？"

劲草低头看看她，劝解说别想那么多。

茉莉是想孝顺老人的。多少年来从未这么主动过。可是善亚却没给她多少机会。从日本回来，善亚便病倒了，住进了医院，一天比一天瘦，精气神像被抽掉了。医生让家属做好心理准备。两口子忙得没日没夜，顾不上囡囡。茉莉只好把女儿寄放在老妈那儿。

顾得茂正要出门，他还打算在事业上东山再起，听说亲家的病情，随口点评："人，女人，不要太好强。"茉莉厌烦这话，可又懒得反驳。她带着气进门。

玉兰问："茉茉，你是不是对妈妈有意见？"

茉莉说没有，又问孩子作业完成得怎么样，老师在家长群里问。

玉兰不被她误导，继续问："有意见提，别憋着。"

茉莉意识到，老妈这才真的发作了。日本的那些欢声笑语都是装的。现在等于反攻倒算。她想挑明了？为什么？茉莉大脑迅速运转，她走去饮水机接了一杯水，再一转身，她就必须有对策。明白了。或许老妈正在引诱她提问。只要她问"你有没有发过匿名消息"之类，吴玉兰便会坚决否认。然后，事情就结束了。搞不好人家还会倒打一耙：你为什么这么不相信妈妈？不行，证据不足，还不是审判的时候。

茉莉转过身，微笑已经换上了。或许可以讲究点策略。她把问题抛回去："妈，你怎么会觉得我有意见呢？"

第三十七章

吴玉兰站起来,随手拿起茶几下的剪刀。

茉莉吓得后退半步。干吗,要杀人?!

玉兰迈着轻快的步子,走到电视机柜旁,抽出花瓶里的康乃馨,熟练地修剪着枯叶。她背对着女儿说:"你是我生的。"奇怪的开场。

茉莉没接话。

玉兰继续说:"你现在的动作、神态、表情、说话、每一个毛孔都在对我表达不满。"

茉莉灵光一闪,抓住机会,对手话音没落她就问:"你是吗?"

呜呼,这经典的问句。

她曾经把这三个字甩给艺凯、凌霄、劲草,还有谁?总之,这仨字,单调的音节,听上去平平无奇,但却仿佛深水炸弹,只要抛下去,每次都能炸出鱼来。

吴玉兰慢慢转身,似乎并不打算接招,或者根本是一场误会。顾茉莉越来越看不清局面。

"是什么?"玉兰问。

茉莉只好急转弯:"你还是那个希望我幸福的妈妈吗?"

玉兰坚定不移地说:"我永远希望你幸福,希望你过得好!"

茉莉打温情牌:"妈,你放一万个心,哪怕我结十次婚,我也永远会把你带在身边,管你到底。"

"我可没打算参与到你的十次婚姻里。"

"就是个比方。"

玉兰口气冰冷:"你的婚姻如果失败了,跟我一毛钱关系都没有,那就是因为你们经营不善,或者从一开始就不合适。"

"我去医院。"茉莉不纠缠,想撤。她累,身体累,心更累。吴玉兰追讨:"现在想当孝顺儿媳妇了?晚了。"

茉莉不理会,拎起包朝外走。

玉兰的声音从她背后传来:"你以为你婆婆走了你就能过好小日子了?!"

电梯前,茉莉站定了。电梯上行,她必须等过这恐怖的几秒。她觉得自己整个人笼罩在老妈的目光之中,万箭穿心,无处可逃。偏过头,遥遥望,站在门角的吴玉兰是那么陌生。顾茉莉忽然发现自己在抖,不自觉地,像小时候发烧打冷战——害怕、恐惧、无助。她把手插进裤子口袋。

"妈——"茉莉声音颤抖,求饶了。

吴玉兰盯着女儿,目光如鹰隼。这可是她生养陪伴栽培了三十年的女儿呀!她的命,她的依靠,她的全部!

"我不管你,谁管你!"玉兰字字铿锵。

丁零一响,电梯门开了,茉莉迅速走进去。门自顾自关闭,轿厢刚下沉,她便哭出声来。

善亚病重,家里人能来的都来了。凌霄出差,榴榴陪真亚过来。美亚一个人来的,她来上海,还为处理儿子和媳妇的纠纷。党文萱正式提离婚了,就差办手续。真亚去医院看看就走了,她身体不好,最怕探病,免得物伤其类,兔死狐悲。真亚走之前留的有话,劲草和茉莉听得出来,这时候来,等人真要走她就不来了。直接葬礼上见。

劲草虽觉得大姨不近人情,但大姨终究是大姨,他只能接受。茉莉偷偷问榴榴:"大姨没说要带孩子?"

榴榴道:"自身都难保了,哪管得了下一代?"

美亚倒是跟二姐说了好些话。她也是自伤。她就没善亚这种好命。到底没进上海来。一转脸,她又跟茉莉叹:"你婆婆这后半辈子末末了,够风光了,上海的房子也住了,孙女也抱上了,生病在上海治,还有什么话说?"又说:"二姐命好,摊上你这么个儿媳妇。"

茉莉不好意思,故意奉承:"文萱也不错的。"

美亚摆手:"还博士呢!书都读到阴沟里去了,不懂道理。"

"真要离?"

"是她要离。"

"牵牛呢?"

"他老子、老娘被这样对待,他要还有点骨气,那就……"美亚想说狠话,但又舍不得钱,儿子结一次婚,她半辈子的积蓄没了。这边离掉了。下一次怎么办呢?她儿子总不能单身一辈子,娃娃还没有呢。

病入夏天。医生建议接回家,那意思是,该吃吃,该喝喝,进入倒计时了。劲草哭了一通。跟公司请了长假。前前后后为老妈料理。保姆年纪大了,避晦气,不肯继续干了。劲草毕竟是男的,手笨,小家里里外外杂事,买汰烧,都由茉莉操持。

茉莉不是不能吃苦。但有一项工作,实在令她发窘。给婆婆擦拭身体,劲草不能做,虽然是母子,但毕竟男女有别。那只能她干。这对她和善亚来说,都很挣扎,茉莉又端着盆进去了,水是温的,毛巾漂在里头,茉莉叫了声妈。善亚便闭上眼。自己的身体裸露在儿媳妇面前,是那么狼狈。茉莉呢,除了手上动作要快,还得屏住呼吸,因为她已经能闻到死亡的气息。

快。囫囵吞枣……茉莉尽量不把面前的躯体当成活物。就当成厨房的灶台,当成窗棂,当成地板……善亚呻吟。病痛还在折磨着她。茉莉连忙停手,她以为自己的做工太过潦草。劲草着急地冲进来,夺过茉莉手中的毛巾。显然,他对老婆的护理不满意。

茉莉只好后退。她看着劲草把毛巾投进盆里,加点热水,拧干,然后跟擦拭神像一般清洁着善亚的身体。看他那肃穆的表情。

茉莉突然感觉羞愧。她脑中浮现画面。但一时半会还不能跟眼前的景致对等。但她第一次深刻地认识到,眼前这个高大的男人,正是三十几年前从这具瘦小的身体里诞生的。这是永远不可超越、不能改变的。

茉莉当然意识到劲草对她的不满。可是现在,她还能往哪里去?回娘家?不现实。离家出走?榴榴那儿也不能收留她。眼下,她必须识时务,马拉松就要撞线。坚持到底就是胜利。她要求自己尽量放平心态。可是,没过几天,善亚最后的安排又让茉莉陷入麻烦——张善亚不要落叶归根。她一定要死在上海。

顾茉莉建议送医院,只要有治疗的空间,还是应该治疗。榴榴意见是送回老家。可劲草不同意。善亚的态度也很坚决。她要"寿终正寝",死在自己家里。她把上海的这套房子当成自己家。

想想都觉得恐怖。以后,要住在婆婆去世的房子里。可是,人之将死,这是她在阳间的最后一个愿望,顾茉莉没法反对,也不能反对。反对也无效。大孝子朱劲草一定站在老妈那一边。从准备去世,到去世,茉莉和劲草一点点消耗着,死神靠近了,但迟迟没到来,可你又知道,它马上就要来。那种滋味,提心吊胆,不好受。空气中弥漫着怪味。茉莉担心囡囡的健康,把她送到老妈那儿了。没办法,即便她跟玉兰有矛盾,但娘家暂时是健康、安全的。

冬天到来之前,张善亚终于走完了她的一生。朱劲草哭得不能自已。茉莉理解他,送走妈妈,劲草上头就没人了。"他们仨"在这个世界彻底分离。因为婆婆的去世,茉莉似乎多少能原谅老妈了。哪怕她发过匿名短信,哪怕她对女儿的婚姻动过心思,做过手脚,可她终究是茉莉在茫茫人海之中最亲的人之一。再恨,再怨,也是亲。婆婆去世,劲草有件事办得不地道，他非要留一部分骨灰在家里，聊寄思念。

茉莉大声疾呼："骨灰是整体的明白吗？入土为安懂不懂？你这是不想让妈早点投胎！"天，这古怪的句子。婆婆投胎，听着像恐怖片。好在，劲草听进去了。不过他又坚持在上海给老妈买公墓。顾茉莉又不理解了。朱大力生前就买好了公墓，双份的，就等着百年之后，夫妻团聚。你朱劲草为什么不照办？茉莉认为没必要浪费这个钱。而且，大力旁边空着，夫妻分隔两地，算怎么回事？

被问急了，劲草金刚怒目："你不懂！"

茉莉也发急："朱劲草，知道你妈亲，但你得讲理不是？总不能为了你一己私欲，就拆散人家夫妻！"

"你根本就不懂！"劲草永远就这一句。但这一回，鼻涕眼泪一起出来了。

问题严重。

茉莉柔声，问到底怎么回事。女性的优势，她必须发挥。她想抚慰他。劲草擤掉鼻涕，才囔囔地说："他们感情根本就不好！"茉莉发蒙。大力和善亚，不是模范夫妻吗？夫唱妇随，共同进退，一起杀来大上海。

"你胡说。"茉莉不信。

劲草冷静下来，这才娓娓讲述了自己家的故事。核心意思是，朱大力家庭暴力，张善亚忍受多年，全都是因为儿子劲草。茉莉终于彻底明白劲草为什么对老妈百依百顺，如果没有善亚当年的忍辱负重，合纵连横，把敌人变成朋友，一个拳头出击，又怎么能有劲草的大好今天……别的不说，上海一套房子就把他压死了。

因此，劲草欠妈妈的。

善亚用一生的幸福换了一个周全，拼了一套房子。难怪有这么大的执念……顾茉莉感到一阵悲哀。为了儿子的未来，离婚都离不起。一辈子，值吗？

沟通完毕，劲草掏了钱，给老妈在上海买了公墓，安葬了她。阳宅阴宅都在上海，张善亚这一辈子算没白奋斗。她的黑白遗照挂在客厅，劲草专门腾出个小案几，放香炉，供清水、蔬果。茉莉虽然硌硬，但暂时也只能随他去。等过了这一阵，她打算提换房子。囡囡将来上小学，他们必须换个学区房。

第三十八章

去娘家接囡囡，茉莉尽量不看玉兰的脸。顾得茂难得在家。茉莉对老爸倒是有好脸子。

"都利索啦？"老顾问。

茉莉嗯了一声。

"还是埋上海？"他追问。

茉莉又嗯一声。

顾得茂不耐烦："就是一抔灰，埋到地底下，化作春泥更护花，埋上海比埋老家高级在哪儿？下辈子能投胎到富贵人家？净给孩子们添麻烦。"又郑重对茉莉说："茉茉，反正你记住了，将来我到那天，你就把灰往黄浦江里一撒。"

"爸——"茉莉嗔，"你不懂。"

"我有什么不懂的，"得茂抬杠，"我们共产党员，讲唯物主义！"

"他爸妈感情不好的。"茉莉说出真相。

玉兰插话："哪里不好？之前不是老好嘛，吵起架来，珠联璧合。"

"表面现象，多少年前就不好了，"茉莉看地，嘟囔着，"为了共同的利益，才没散。"

顾得茂和吴玉兰对看一眼，都不说话。

茉莉继续："他妈想离，离不起，真离了，他爸再找一个，宝贝儿子谁顾？钱一旦分流，劲草怎么成家立业？房子买得起哇？难怪当初他们那么坚持独资买房，因为如果不独资，张善亚会觉得自己半辈子白付出，或者说，自己付出的价值打了折扣。"说到这儿，茉莉拿起茶杯，喝了一口水："不过现在好了，人走了，都清静了。"

顾得茂接话："你们抓紧时间再生一个。"

茉莉道："爸，我真不想生，孩子，有一个可以了，这辈子为谁活呀？"

玉兰跳出来说："万一囡囡以后出国留学，不回来了，你老了，一个人在家，没人管没人问……"

茉莉不让老妈说下去，拦话道："真到那天我就一把安眠药……"

"你是没到那天，"玉兰抢白，"真到那天就不想死了。"茉莉呵呵不语，转而又说她的重点在于将来不会管囡囡。玉兰追讨说："你不管谁管，自己肚皮里出的，说不管是假的。"茉莉反驳："我管她到十八岁，还要管什么呢？"玉兰不让，凛然道："那是美国，还是贫民窟的养法！这是中国，上海，十八岁成人了，上大学，谈恋爱，结婚，生孩子，哪样你能不操心？你自己是怎么过来的？爸爸妈妈是怎么对你的？爸爸妈妈没给你买房子吗？"

气氛有点尴尬。顾得茂打圆场，说提房子做什么。

茉莉吊着嗓子："买了我也没住呀！要不卖掉好了，我的人生不需要通过霸占一个房子、霸占一个孩子体现价值！"玉兰真生气了，转头对她丈夫："老顾你管不管你女儿?!"

顾得茂对茉莉说："茉茉，不许这么跟你妈妈说话！"

茉莉较真："你们这个理念就有问题！"

顾得茂不得不拿出一家之主的权威："家里有事情你知不知道?！你妈妈多心烦、压力多大你晓不晓得?！"茉莉想说不做亏心事不怕鬼敲门，但本着息事宁人的态度，她还是闭嘴了。玉兰眼泪直掉，顾茉莉也搞不清楚她是真哭还是演戏，玉兰跟着呜咽道："茉茉，从小到大，你什么愿望是爸爸妈妈没满足的？你要对家里有意见，就直说，不要别别扭扭的，弄得人心里难受。"

好了。时机到了。是时候了。

她难受。别人难不难受？茉莉觉得有必要当着老爸直接拷问老妈，谁都别装！

茉莉站定了，气沉丹田："妈，你给我和劲草发过匿名短信吗？"

玉兰还没开口。得茂就诧异地问："什么情况？跟你妈有什么关系？是有人针对我们家。"

吴玉兰不声不响，去饭桌上把她的手机拿过来。解锁。点开短信息一栏。字迹暴露在茉莉面前。又是匿名短信？这次内容是：顾得茂，你最好把钱吐出来。

茉莉的意识世界陡然掀起一阵风暴。

等会儿。不对。这次是吴玉兰收到短信，看样子又是故意假装发错。意在指认顾得茂。这么说，她老妈和老爸也是受害者？顾茉莉半低着头，不说话，她在思考，冷静冷静再冷静。这会不会是吴玉兰企图洗白故意制造的呢？她给自己发匿名短信。这样一来，就显得她也是受害者，进而洗脱先前的肇事嫌疑。不过，有一件事需要核实，那就是顾得茂到底有没有收过什么钱……茉莉深呼吸，久经沙场，她是老游击队员了。抓主要矛盾，抓关键问题。

"不排除是恶作剧，"顾茉莉稳重地，"爸，我们是一家人，是一条船上的，所以，你必须跟我和妈讲实话。"

"什么实话？"老顾没想到女儿突然问他。

"你收过别人的钱没有？"茉莉口气轻微，但话很重。玉兰连忙拦在前头："茉茉，你怎么能这么不信任你爸爸？"老顾激动："我顾得茂这一辈子，对得起天地！对得起组织！"

茉莉进一步说："爸，你跟我们要说实话，这条消息，可能是恶作剧，也可能引发大问题，现在第一步就是我们内部要统一，要知道底牌。"

"没有!"顾得茂大义凛然。

吴玉兰忙摆手:"你爸爸不会的……"

茉莉又道:"好,假定消息不实,那发这条消息的人,目的是什么呢?"吴玉兰道:"会不会跟你们先前收到的那些,是同一个人发的?"

茉莉看着妈妈,说她也不太清楚。

顾得茂说:"要不这样,我去找公安局的朋友试试,追查追查短信来源。"茉莉不知道老爸还有这层关系。玉兰问:"你哪有什么公安局的朋友?"顾得茂说:"原来省公安厅的老胡,现在不是调到上海来了嘛。"吴玉兰说:"不是说退了。"顾得茂说:"退了托人查查还是没问题的。"吴玉兰不作声。

顾得茂又问:"查不查?"

吴玉兰突然很坚决:"查!坚决查!茉茉,上次你那些,也都一起查查。"

一时之间,顾茉莉又有点儿迷糊,是她冤枉老妈了?如果嫌犯另有其人,那么跟此前的那些匿名消息,有关联吗?难道真有第三个人,对她整个家族不满?是老爸在任时得罪人了?老爸撒谎了吗?或者他的确贪污受贿过?所以才避居上海?不对啊,如果真有问题,躲上海有什么用,起码要去国外才行……云里雾里,茉莉忽然有种看黑帮片的感觉。

善亚一走,美亚来上海就不好住到劲草这儿了。跟外甥和外甥媳妇一个屋檐下,总觉得有点不像样。美亚只好让儿子帮她去女生宿舍找个床铺躺躺。她这趟来,是监督儿子离婚。文萱打给茉莉。茉莉又学给劲草听。劲草大面场得顾,老妈去了,三姨比以前更亲。他连忙开车把三姨美亚接到家里,好歹招待一顿酒菜。

美亚不客气,有酒她就豪饮。酒催得话多。茉莉和劲草才明白。张美亚的底气来自她儿子黄牵牛,要分房子了。

学校在外环有块地，拟建教师公寓，牵牛积分够，勉强能拿个小套。价钱比商品房便宜一半还多。美亚得知，连夜筹款，卖老家的房子，让老黄四处借，再加上结婚时收的份子钱，好歹够首付。

美亚把酒笑谈："肯定是二姐在上天保佑咱们，不然怎么房子就冒出来了呢？千载难逢大好事，让咱给赶上了。"转而对善亚的遗像举杯："二姐，谢谢呀！"又对劲草、茉莉："舒坦，我儿子也不是三无光腚男了。"

茉莉不解，问什么是三无光腚男。

美亚掰着手指头："无户口无住房无存款。"又改口："不对，牛牛是两无，他有户口的，现在是一无了，无存款，女博士才是三无，三无光腚女。"

茉莉笑："文萱有房子。"

美亚啐："那也叫房子？五十年产权，商水商电，煤气灶都没有，白住我都不要。"

茉莉见三姨在气头上，不好深劝。等人走了，她才跟文萱联系，问眼下的情况。文萱又不想离了。茉莉道："那人家不说你嫌贫爱富。"文萱说："我主要是不想跟他妈住一起。"茉莉问牵牛的意思呢。文萱说没联系。茉莉又道："要不先要孩子呢？"文萱理解茉莉的好心，但她坚决表示，绝不会为了不离婚，而草率要个孩子。

"你对牵牛还有感情吗？"茉莉最后问。

"要说没有是假的，要说多深也是假的，就觉得还能凑合过。"党文萱最后这么说。

美亚走得急。榴榴来，她人已经在高铁上了。茉莉问团团呢，榴榴说他爸带着。茉莉哟呵一声，说真尽职尽责。榴榴笑："他的儿子，他不带谁带？"茉莉又问真亚要孩子没有。榴榴道："她那身体，要去她带得了吗？我现在才发现，根本不是张真亚想抱孙子，而是凌霄想要儿子。"茉莉把厨房台面擦干净，回头道："你这一步真赌对了。"榴榴说："咱俩一个毛病,吃卖相。"茉莉道:"我现在不吃了,我跟你说时间长了你看什么都麻木的。"

榴榴笑:"我开始找男朋友了。"

茉莉一愣,有些不相信自己的耳朵。她连忙关好门,拉住榴榴:"你闹什么事呢?"

榴榴莞尔:"凌霄还吃醋呢。"

"婚前协议这么签的?"茉莉一直对那份协议感兴趣。榴榴说大概吧,相互不干涉私生活。茉莉真心觉得榴榴和凌霄够前卫。她忍不住劝闺密:"还是悠着点,结婚了,别乱来,你是孩子妈。"榴榴道:"孩子妈就不需要感情生活了?我这没违反哪条规定呀。"茉莉说:"那总得在乎另一半的感受吧?"

"他要真在乎我,我可以关起门来好好过日子呀!"

茉莉明白了,这是榴榴的激将法。可是,还是太危险。玩火!关键在于,大表哥的情况,沈榴榴婚前都知道,既然想清楚了,要走这趟火焰山,就不应该不满足。茉莉想问是不是汪凌霄在外面找人了。可终究有点问不出口。骨子里,她顾茉莉还是个良家妇女。她只能对榴榴说:"当初你就不应该那么冲动。"一说不要紧,换榴榴激动了:"当初?当初我能找谁?穷的丑的看不上,稍微条件好点,直接嫌我是硬盘。"

的确,茉莉知道,榴榴做了多少年"硬盘"。这是她第一个相亲对象送给她的称呼。"本地人会找我吗?人也不吃我这卖相,偏偏我还吃卖相。"榴榴喋喋不休着,"后来好歹有房子了,比三无光腚好一点儿。"

又是三无光腚。茉莉伸手让她打住,问最近是不是特流行这个词。榴榴问她还在哪儿听到了。茉莉把三姨美亚的抱怨说了。榴榴叹:"我要是文萱,我根本不留上海,读了博士,高校都进不去,去地方上头昂得高高的,在这儿还被人说成三无光腚,唯一值得骄傲的博士学位,到了这个年纪,真不能算加分项了。"

茉莉没提牵牛和文萱的纠纷。她谨记一条，现在她跟榴榴，不但是闺密，而且是妯娌了。说到这儿，沈榴榴和顾茉莉一时似乎无话可说，两个人坐在飘窗上，朝楼下呆望了一会儿。小区喷水池边，有老人带着孩子坐在池沿子上。

茉莉忽然问榴榴："后悔吗？"

榴榴迟疑了一下："不。"又补充："一个女人，要找人生伴侣，有三点特别需要注意。"她挨个掰手指："有责任心，能成为孩子的好爸爸；有能力，愿意为家庭承担责任；愿意改变，有趣不乏味。"

茉莉笑笑："大表哥好像都符合。"

榴榴道："劲草也符合。"

茉莉纠正："他乏味。"

"哦？"

茉莉点头，再次确认："乏味，很乏味。"不过她没说，曾经，她就喜欢劲草的乏味。她宁愿劲草当男花瓶，永远不变的那种。

第三十九章

善亚走了之后，茉莉猛然发现自己跟劲草的关系似乎有点变化。这种变化是细小的、微弱的，但却是深刻的。她原本以为，没有了公婆，她跟劲草就能快快乐乐地过小日子了。实际上呢，没有公婆在对岸拔河，茉莉也就没了对手，劲草这根系在绳索中间的红绸缎，一下全朝茉莉这边倒过来，失去平衡之后，一屁股摔地上。

朱劲草现在对什么都不感兴趣了。父母离世，扭转了他对人生的看法。过去，他心里还揣着个念想，他要报爸妈的恩，尤其妈妈，还要报茉莉的恩，要感谢她在茫茫人海给他一个家，包容他对父母的无限制妥协。现在呢，他谁的恩也不用报了。他打心眼里觉得自己不欠茉莉的，是茉莉欠他的。

茉莉觉得，劲草现在面对她，只有两种状态：要么颐指气使，要么冷若冰霜。不行，茉莉不能忍，她觉得应该好好跟劲草谈谈，余生还长，何必故步自封。于是乎，这天朱劲草刚冲完澡出来，正拿毛巾擦头发，茉莉便摆出了谈判专家加知心姐姐的架势。

"坐。"她拍拍床。床垫很软，席梦思。

劲草老不情愿地坐下，诧异地看着他老婆，半晌才说："今天不安排。"他以为是那事。

茉莉不乐意："什么安排不安排，人生哪那么多安排，顺其自然不好吗？"

"你想说什么？"劲草直得吓人。

"你没事吧？"茉莉意识到不是谈话的时候。劲草说了句没事，就歪在床上了。茉莉趁势提出周末一起陪囡囡上亲子课。劲草没拒绝。对谁不重视，也不能对女儿不重视。

善亚去世后，朱劲草对囡囡似乎更严厉了。不对，也不能说严厉，更多的是一种不耐烦。一点小问题就发火。过去，这个红脸通常是由顾茉莉唱的。囡囡喜欢听故事，他就罚她一周不能听故事。言语上也是经常打击批评。茉莉偶尔憋不住，让他注意教育方法，他立刻就是一顿爆发。不过好在囡囡性格外向，对爸爸的批评不怎么理睬。茉莉感觉还是没摸到劲草不愉快的点，或者是沟通得还不够深入。只能慢慢来。

周末，亲子课后，一家三口去吃了比萨，然后囡囡要去商场一楼的游乐区玩。泡泡乐园，茉莉买了票，囡囡进去了。铺天盖地都是塑料球，孩子们在里头玩得欢快。劲草下意识掏烟，茉莉阻止他，说是禁烟区。

劲草把烟放回去，不看茉莉，目光对着泡泡池。不远处，囡囡玩得欢快。茉莉没话找话："牵牛要离了，以后再找也是麻烦。"劲草不以为意："有了房子还怕找不到女人？"

茉莉说："文萱没什么大毛病。"

劲草提着气："她毛病大了！婚姻不是儿戏，也许老三跟她有爱情，但娶个什么样的女人回家，直接决定了父母的晚年生活，决定了下一代的素质！如果一个男人找错了女人，葬送的是三代人的未来！如果真打算娶，就一定要做到知根知底。"

茉莉听不惯他这种论调，但还压着火问什么才叫知根知底呢。

劲草随即说："知根，就是了解她上两代人的情况；知底，就是对她过去的所有经历都要一清二楚。人是由经历塑造的，经历才能全面反映一个人，千万不能被'爱她就要接受她的一切'这种狗屁想法蒙蔽！父母含辛茹苦把你养大，不是为了让你娶个婊子回家恶心他们！"

劲草说得咬牙切齿，茉莉听得如芒在背。她跟劲草结婚的时候，不能算知根知底,她对他不知,他对她同样不算了解。茉莉自认清白,她可不是什么"婊子",但当这两个字从劲草嘴里吐出来,不晓得怎么了,顾茉莉还是下意识对号入座,觉得他骂的是她。茉莉想找话反驳,偏偏一时之间,大脑竟一片空白。

"囡囡!"劲草突然惊叫。茉莉还没反应过来,他老人家就翻过气墙,朝泡泡池扑过去。囡囡消失了,可能是被泡泡淹没。劲草一边喊着女儿的名字,一边痛骂工作人员。是他们监管不力,才导致囡囡遇险。茉莉连忙从正面进入,义无反顾加入到寻找女儿和痛骂工作人员的行列。很快,囡囡被捞了出来。除了脸上有点灰,看上去没什么大问题。

转瞬之间,顾茉莉又有点感谢女儿的这次小劫难,同时感谢那些被骂的工作人员,是他们给了她跟劲草同仇敌忾的机会。交涉完毕,两口子把女儿带到旁边肯德基。茉莉用湿纸巾帮囡囡擦脸、胳膊。劲草去买了可乐、圣代。等囡囡吃上了。他才冲茉莉发火:"玩这些有用吗?球啊,泡啊的!"

"智力开发,这不都在玩吗?"

"都在玩你就玩,都做错了你也跟着做错?脑子呢?自己的判断呢?书都读哪儿去了?"

囡囡抬眼看着爸爸,眨着眼睛,不吭声。

茉莉放下可乐:"朱劲草,谁惹你了?!一天天的好日子不好过,到处不舒服,你抽什么风?!"

"你舒服,你哪哪儿都舒服。"

"需要心理咨询师吗?帮你约一个,你要不想当面见,电话咨询也行。"

"用不着。"

"你为什么就不能直接面对问题?"茉莉是真着急。

劲草抬起头,问:"我妈走了你是不是特开心?"

天！终于来了。茉莉跟后脑勺被打了一闷棍似的。

"你是不是老早就盼着这天跟盼过年似的？"劲草再下一城。茉莉有点结巴，话还没说出口，朱劲草就大叫道："我告诉你，我妈去世对你一点好处都没有！"

顾客们的注意力成功被吸引了。

茉莉浑身难受，她又窘又恨，鲸吼："你妈又不是我害死的！"

围观的人更多了。朱劲草似乎觉着不表演点什么都对不起这个舞台，他把可乐杯高高举起，猛地往地上一掼！褐色的可乐流了一地。囡囡放声大哭。茉莉刚想理论，朱劲草已然快步走出了店门。

劲草这么一撕破脸，茉莉突然发现自己的处境是：进退两难。娘家是回不去了，她也不想回；榴榴那儿，也已经不是她的避风港，她只能待在自己家，这个劲草爸妈出资购买的房子里。

几天了，劲草和茉莉谁也不理谁。囡囡茉莉带着，劲草不闻不问。茉莉认为，劲草可能等着她回娘家。因为过去，她总是走这条路，但现在不行了，黑手还没彻底查出来，茉莉不想把问题复杂化。她只能忍，只能憋，不能给敌人以可乘之机。

谁知道，不到一个礼拜，劲草主动找到茉莉："要不我们分开一段时间，都冷静冷静。"

"这不正分着呢吗？"

"我的意思是，相互不见面。"

"我不走，这是我家。"

"那我走。"

交涉完毕，朱劲草就收拾换洗衣服，去公司住了。冷静冷静也好。顾茉莉一个人住着大屋，抬头就看到婆婆遗像，她真觉得瘆得慌。还好有囡囡，母女一起睡，似乎就不那么怕了。礼拜天，顾得茂来电话了。过去，茉莉的独家联络人是老妈，老爸很少来电。这次不同，顾得茂口气很严肃,让茉莉回家一趟。

茉莉不敢怠慢,连忙带囡囡回去。进门,老爸老妈坐在沙发上,茶几上摆着手机。茉莉问怎么了。

"查出来了。"吴玉兰说。

"什么查出来了?"

"匿名短信。"玉兰又说。

茉莉连忙放下包,走到父母跟前。顾得茂这才把老朋友调查的结果告诉她,匿名短信是从上海发出来的。

"有号码吗?"茉莉追问。

"只能查出平台,但具体是谁发的,查不出来。"顾得茂说,"但可以肯定,有人在针对我们。"

茉莉有点失望,有人针对是肯定的,问题在于,谁针对。茉莉盯着老妈看,只见她表情淡然,并不慌张。不知道为什么,茉莉总觉得这可能也是吴玉兰做的局,只为洗白,但按照老爸的说法,她又感觉好像躲在背后的人,只是针对她顾茉莉——发现没有,只要跟她有关的关系,对方都要破坏——毁掉她的丈夫,毁掉她的父母。想到这儿,茉莉脖颈后面又开始发凉了。

"接下来怎么办?"茉莉问。

吴玉兰不说话,看她丈夫。顾得茂建议等一等,也许对方会有下一步行动。茉莉追根溯源:"爸,如果对方只是恶作剧,说的都不是事实,那根本就不必理会。"又回到起始的那个问题:老顾有没有犯错误?

"当然不是事实。"顾得茂很坚定。

"那就行了,我觉得有时候对方就是利用我们的猜疑心理,或者是相互之间的不信任,挑拨离间,让我们过不好日子,总之,安安泰泰的,只要我们把自己的日子过好了,就是对敌人最好的回击。"这是茉莉积累的斗争经验。

吴玉兰支持女儿的说法。顾得茂问:"劲草呢?"茉莉说他加班。顾得茂说:"男人要有事业心,但也得顾家,不顾家的男人,连狗都不如。"茉莉感觉老爸这话说得太重,但也不好反驳。跟劲草能走到哪一步,她自己都吃不准。也许明天就离了,可是,事情没水落石出,茉莉总觉得窝囊。

第四十章

劲草出去住了一个礼拜。茉莉还是心疼丈夫，主动打电话给他了，当然，不是向他讨饶，求他回家，而是要求他回来履行做爸爸的义务。劲草答应得爽快。茉莉决定借此机会好好跟他聊聊。跟女儿一起做完手工劳动，劲草从书房出来："囡囡跟我不亲了。"

"你再消失久一点，她可能都不认识你了。"茉莉还算有点幽默感。劲草掏出烟盒。这一次，茉莉没阻止，而是走过去打开窗户。

"怎么样？"茉莉耸耸肩，率先挑开话题。

劲草问什么怎么样。

"公司的沙发。"

"不错，折叠的。"

"全公司人都知道了？"

"知道什么？"劲草有点跟不上茉莉的思维。

"知道你跟老婆闹不和。"

"管他们呢。"

"黑手还在，你知道吗？"

劲草提高警惕："又给你发消息了？"

"给我妈发了。"

劲草嚯一声："业务范围扩大了。"又问，"不是说已经被消灭了吗？"

茉莉说可能是两拨人。

"我们又不是做真人秀。"

"所以，"茉莉右手食指往地上戳，"有人等着看笑话。"

"随他们怎么看，人生在世，不笑别人，就是被别人笑。"

"你就打算这么让黑手得逞？"

劲草语速突然加快，跟超跑加速似的："黑手白手看笑话跟我们没关系，我们之间的问题也不是黑手看笑话看出来的。"

茉莉怔住。几秒后，她问："那你说，问题是什么？"

劲草低头，他这才发现夹在手指间的烟一直忘了点，他把烟丢在茶几上。

"说不出来了？"茉莉骇笑，"永远有问题，永远说不出来是什么问题，我跟你说你们家人祖传一个毛病，不沟通，我都不知道你到底在想什么，日子过成这样有意思吗？"

劲草歪着脖子，上下嘴唇好像合不拢："问题就是，你从头到尾就没看得起我过！就没看得起我家过！"

这别扭的造句，但茉莉领会到其中深意。说她看不起大力、善亚她承认，可她怎么会看不起他朱劲草呢？茉莉保持冷静，反问道："那你告诉我，我为什么要找一个自己看不起的人结婚？"

"工具。"

"什么？"茉莉没听清。

"你把我当工具，"劲草道，"你找一个比你低的人，就永永远远高高在上，你是大小姐，我是光腚男，咱们不配在一张床上睡觉，不配在一口锅里吃饭。"

全身的血液以百米冲刺的速度汇聚到茉莉脑门上，她严重怀疑若不是自己还年轻，都能立刻中风倒地："那你什么意思，离婚？"

"我没说，是你说的。"

"你还爱我吗？"茉莉陡然抛出这句。这也的确是她最关心的。这些年，磕磕碰碰，千难万险，她之所以坚持，就是因为相信劲草还爱她，相信初次见面时电光石火的感觉。

劲草呆坐在那儿,仿佛被冰雹砸中了一般,没说爱,也没说不爱,沉默就是回答。茉莉转身,快速走向卧室,不行,这个房子她待不下去,她要离开。宾馆、酒店、露宿街头,都行!反正她不能忍受没有爱的家!只是,当她收拾好行李包,正准备领着女儿离家出走时,却发现朱劲草已经从客厅消失了。

手机响,茉莉以为是劲草打来的。拿出来一看,却是三姨美亚的号码。茉莉克制住情绪,小心接了。张美亚说,她马上到上海,来了之后,到家里一趟。茉莉问出什么事了,三姨却表示见面再谈。

茉莉感到奇怪,三姨来,为什么第一时间到他们家?等张美亚真进门,茉莉才知道"情况有变"。三姨来了,劲草不出现不合适,顾茉莉给劲草打电话,他关机了。没办法,茉莉只好去他公司一趟,终于把人请回来。

美亚坐在沙发当中,手里端着杯白水,劲草和茉莉一人坐一头。张美亚满脸的事关重大,劲草和茉莉只好暂且放下芥蒂,继续演一对和美夫妻。

美亚放下茶杯,转脸对劲草:"你去做你弟的工作。"又转脸对茉莉:"你去做文萱的工作。"茉莉不作声。劲草在,轮不到她多嘴,他才是美亚的亲外甥。劲草问做什么工作。

"让他们别离婚。"美亚终于把任务发布了。

茉莉一头雾水。不久之前,三姨离开上海,还带着一腔怒气,恨不得小两口立马散,怎么现在却斗转星移?

茉莉实在好奇,忍不住探问:"文萱有了?"

"没有。"

"她同意孝顺老人了?"劲草问。

"不是。"

那就让人无法理解了。劲草说三姨，我可以去劝，但也得知道到底怎么回事呀。张美亚这才吐露实情，牵牛学校福利房房源有限，校方规定，这一批次，已婚员工优先购买，未婚或者离异无孩的，排在后面。那就意味着，如果牵牛和文萱离婚，排名靠后，基本买房就无望了。劲草听罢，一口答应，说要去做表弟工作。茉莉有些为难，她不怕话不好听，扭扭捏捏对美亚道："三姨，这不等于……打您自己脸吗？"

美亚不假思索："我的脸不重要，买房子重要。"

对于谈判策略，张美亚也给出了相应指导，她建议劲草和茉莉分别去找牵牛和文萱，谈得差不多，思想工作做通了，再带过来，当面表态，让她吃个定心丸。

美亚苦口婆心地说："是，是为了房子，但你们不能这么说呀。"劲草请教怎么说。美亚道："你这边好办，就跟三宝说，说他老婆不错，娶个博士做老婆，一套房子是应该的，过去是咱们对不住人家，现在好了，皆大欢喜，好好过小日子就行了。"茉莉一听，赶紧请教三姨她该怎么说。张美亚毫无压力："一样的逻辑呀，再加一条，恩威并施，你问她多大了，还能等吗，离了婚，平白得个二婚名头，这辈子还找谁，然后再说咱们家之前对不住她，现在老天爷也开眼了，给牵牛配了一套房子，这是老天不让他们离！……"

一番安排。劲草和茉莉明白了，他们把囡囡托付给三姨，分别约了牵牛和文萱见面，出门做工作去了。

劲草和牵牛在学校毛主席雕像下碰头。劲草把美亚教他的一套话说了。牵牛道："不是欠不欠人家的，关键是，买了房子，也不写人家名字，跟人家有什么关系呢？真要把人家当回事，就把名字写上。"劲草问："他们家出钱吗？"牵牛说没问。

劲草很郑重地说："合资，可以考虑写名字，独资，那自然是谁出资金写谁名字。"牵牛道："本来都要离了，因为一套房子起死回生，这叫什么事！我成什么人了……"劲草教育他："人家跟你结婚，不是因为房子。"牵牛说："但离婚是因为房子。"

劲草纠正："离婚也不是因为房子，是因为房子少，三姨又要来，说白了是人际空间问题，现在你分了房子，这个问题解决了，为什么还要离婚呢？"牵牛嘟囔："这事也不是我一个人说了算。"劲草说你嫂子去做文萱工作了。

顾茉莉和党文萱是在咖啡店碰头。茉莉含着笑，把三姨的一套话术喂给她。文萱冷笑："用人朝前不用人朝后，能帮忙分房子，婚都不要离了。"茉莉说别这么想，牵牛对你有感情。

文萱说再好的感情也经不住折腾。

"真想清楚了？男人四十都不显老。"茉莉放下搅拌勺，"当然，女人经济独立，一个人也能过日子，可你想过没有，时间对我们更残酷。"

文萱不作声，她当然害怕，害怕年纪一天天大了，生不出孩子，可这些并不是丢弃尊严的理由。

过了好一会儿："是牵牛让你来的？"

"是。"茉莉撒了个谎，停顿一下，继续编下去，"他很后悔，说当时应该多为你说话，至少让你觉得，他站在你这一边。"顾茉莉纯属抒发自己的心曲。当初她最恨劲草对她的"背叛"——朱劲草永远站在父母那边。文萱的眼神飘忽，心态有变化了。文萱道："我已经在申请去英国了。"茉莉连忙说："别犯傻，国外那么乱，出去干吗？"文萱道："嫂子，没关系，我可以不离婚，等劲草分了房子，再办手续。一辈子一次的好事，我肯定顾全大局。"

茉莉被文萱感动了，眼前的这个女孩多好啊！相形之下，三姨就讨厌多了，她为什么不能安安静静待在老家？为什么一定要掺和到儿女的生活中来？当然，茉莉知道为什么，因为黄牵牛的情况，根本就是朱劲草的低配版。像牵牛、劲草，甚至包括她自己，都是在父母的搀扶下才勉勉强强在上海立足的。她能理解劲草和牵牛对于父母的愧疚，可是，小日子终究应该独立经营呀！茉莉建议文萱不要那么着急下决断，再考虑考虑。她还邀请文萱去她家，跟三姨招呼一声。文萱顿时失色。

茉莉道："放心，现在主动权在你手里。"

张美亚准备了一桌菜，连海鲜都上了，就为迎接牵牛和文萱，只可惜，平日里热衷萝卜、青菜的人，突然豪奢，终究显得有几分虚伪和谄媚。牵牛微嗔："妈！整这些干吗？"文萱低头不语。茉莉和劲草暂时和好，一个倒红酒，一个倒可乐。喝完了。

美亚给文萱夹了一只大闸蟹，又把儿子的手，牵着放到儿媳手背上。美亚笑呵呵地说："本来就没什么大矛盾，老天爷都让你们一起过，那还有什么过不下去的？"

文萱把手抽了出去，牵牛脸上有点挂不住。

文萱道："阿姨，您放心，房子肯定要拿下，至于我和牵牛以后怎么走，再说。"

美亚忙表态道："别再说啦！你放心，房子下来你就是女主人，我保证。"她拍胸脯："我肯定不跟你二姨学，我跟老大学，哪里清静我去哪里。"

劲草发窘，他抬头看看老妈的遗像，好像他妈倒成了反面典型。茉莉失笑。文萱不肯表态。美亚还要说话，牵牛拦在头里："妈！犯不着这么低三下四的！"美亚嚷嚷着："你不懂！你闭嘴！我跟我闺女交心，怎么叫低三下四！"

"妈——"牵牛激动。

所有人都看着他，包括小囡囡。

"不买了。"牵牛说。

"什么？"美亚愣神。

"房子不买了，不就一个房子嘛！"

霎时间，屋里一片寂静。

茉莉下意识抬头，看到对面墙上，张善亚仿佛正望着饭桌微笑。

美亚把碗筷一推，身子一歪倒在地上，吱哇乱叫，大放悲声。有福利房却不买，牵牛在她眼里就是大逆不道，要知道，这可是她张美亚这一辈子在上海站住脚的最后机会。茉莉给劲草使眼色，劲草领会了，连忙安抚三姨。事发突然，他们必须放下纷争，暂时联手，稳住大局。

第四十一章

又一轮谈判。

谈判结果：黄牵牛和党文萱暂时维持婚姻关系。张美亚稳定住大局，暂时回老家了。

出人意料的是，劲草这次回来没再出走，而是在书房安营扎寨。茉莉的理解是，朱劲草累了，想安安分分过日子了。是啊，父母再好，已经是过去式，她顾茉莉才是那个陪他看细水长流的人。

只是当劲草的肉身真的回归到这套房子里，茉莉却觉得自己有点变了，她突然觉得，劲草对她似乎根本没有想象中那么重要。她何必讨好他呢？一对夫妻，一个孩子，每天上班、下班，辅导孩子作业，陪孩子去上各种培训班，去美容店美容……日子仿佛被规定好了，没有了公婆的冲击和撕扯，他们这颗埋在生活中的沙砾似乎怎么也打磨不成珍珠。

茉莉心目中的现世安稳、岁月静好根本不是这样。她现在对劲草的卖相都不怎么感兴趣，没有欲望。劲草睾丸受伤之后，夫妻生活本来就减少了，现在呢，几近于无。回归后劲草主动提过一次，结果办到一半，实在寡淡，茉莉要求终止了。不享受，就连实用性都没有，她现在压根不想要二胎。

如今的家，只有早上这顿，是茉莉操刀，一家三口正儿八经坐在饭桌前吃的。中午，三个人三个地方。晚上，基本叫外卖。劲草端着饭盒玩手机，她得喂囡囡。

茉莉也没什么社交，娘家她也不想去，免得招惹是非。唯一的外事活动，就是周末跟榴榴一起送孩子去上各种班。这日，上完亲子英语，闺密俩又带孩子转战国学。教国学的夏老师打闺密俩跟前经过，榴榴眼馋，嘀咕："这妈妈们报名，有一半是因为他吧？"

茉莉敲打她："注意身份。"

"大表哥哪天真跟我散，那我不得从头再来呀。"榴榴打趣。

"这又没信心了？"

"本来有信心的，我婆婆一来，顿时下降。"

茉莉惊讶，说大姨来了吗。榴榴说来了。茉莉问说什么了，挑你毛病了。榴榴笑笑："怎么可能？我婆婆现在对我可好呢。"茉莉诧异，说不对啊，她两个妹妹都不算好婆婆，大姨怎么基因突变了。

榴榴道："她儿子突变，她还能不突变，我婆婆还指望我能变成妲己，把她这个纣王儿子给缠住呢。"

茉莉明白了，婚姻是张网，能把大表哥拉回正轨。

榴榴继续："我婆婆那身体，活到哪天可说不定，她老公三棍打不出一个屁，跟儿子也不对付，大表哥以后还不是靠我。"

茉莉说那是。

榴榴忽然小声说："我婆婆最大的心愿，就是希望她儿子，正常。"

茉莉倒抽一口冷气。这里是魔都，她当然是最宽容的，可正常两个字从沈榴榴嘴里说出来，顾茉莉眼前立刻浮现出很多具象画面，都是从电影里看到的，那些挣扎、撕扯、痛苦。

榴榴又道："年轻时候玩，痛快，老了，还不是我给他兜底？我婆婆清楚着呢，她儿子单身的时候，那家具，都跟出土文物似的，那厨房，都跟刚被炸过似的，他能干吗？到老了自己过，准得饿死。"顿一下："所以，我是功臣，我婆婆还给我塞钱呢。"

听着是喜剧，但话走到心里，茉莉又觉得像是悲剧。

夏老师又打她们身边经过，榴榴再次嘀咕："年轻就是好，皮紧。"她摸着自己的脸，问茉莉："我是不是该去打点水光针？"

囡囡的书画作品被推荐上了区里的书画墙，茉莉作为学生家长代表，上台演讲，分享教育经验。散会之后，少不了跟夏老师寒暄。夏老师刚理了个寸头，更显五官俊朗。

茉莉两臂端着，微微笑，显得很端庄："谢谢你啊夏老师，名师出高徒。"

"孩子天赋好，我就是点拨一下。"

"千里马常有，伯乐不常有。"

夏宇挺直了腰板："囡囡多才多艺，将来一定能成长为像您一样又漂亮又有气质的大美女。"

也怪了。这话若是从别人嘴里说出来，茉莉会觉得奉承得有点露骨了，可偏偏从夏老师嘴里冒出来就那么恰当得体，令人信服。茉莉含蓄地笑着，她仔细打量着眼前的这个年轻人，怪不得榴榴心痒，单就卖相，劲草若算百里挑一，夏宇就是千里挑一。

茉莉不理解，这么一个可以靠脸吃饭的人，怎么会安于在这么个小培训机构混饭吃？但正是这种反差，格外吸引茉莉——长成这样，是有资本浮夸的，可人家偏偏格外沉稳、儒雅，一身的书香气，有着和年龄不相称的成熟气质。这就稀缺了，这就有意思了。

顾茉莉也不晓得自己是无心还是有意，反正，慢慢地，送囡囡上国学课的任务，就全落在她肩上了。有了这种欣赏的眼光，半天总是愉快的。不过，顾茉莉有分寸，她警告自己，不能像榴榴那样，作为一位妈妈，对很多东西，是可远观而不可亵玩焉。

秋高气爽，茉莉恢复健身了，不过现在她不练瑜伽，开始上器械了，找了个健身教练，一周两次，耳提面命地练。顾茉莉主要想把自己身上的肉紧一紧，年纪一到，哪哪儿都松了。每次回去浑身酸痛，茉莉想让劲草给揉揉，劲草就下狠手，疼得茉莉哇哇大叫。

她索性不让他动手了，她觉得朱劲草根本就不想帮她，所以存心错用力道。家里现在整日静悄悄的，除了女儿朗读的声音，就只有劲草打游戏的声音，茉莉不看电视。一到晚上，就躺在床上看韩剧。有几次，茉莉觉得无聊，也打开微信附近的人，看看周围都有什么人，一开不要紧，开了倒胃口，周围的男士，多半是些老头，或者民工，一点没有聊天的动力。顾茉莉果断清除位置退出了。

这天，茉莉刚从器械上下来，一转身，一个熟面孔。她不敢确认，看了好一会儿，才确定是国学老师夏宇。近了，他主动往这边走，跟她打招呼，他叫她囡囡妈妈。茉莉不乐意："叫姐，顾姐。"她现在是大多数年轻人的姐姐。夏宇说："还是叫顾老师吧。"

茉莉说我又不是你的老师。

"礼尚往来，"夏宇的笑容可掬，"你叫我夏老师，我就叫你顾老师。"

茉莉幽默感又回来了："我能教你什么呢？"

"社会学。"

茉莉笑了："你这话就很社会了。"

夏宇要请茉莉喝东西。顾茉莉没拒绝，不过当甜饮料触碰到味蕾，她才说这一杯下去，今天都白练了。夏宇说没关系，你的笑声，已经把卡路里都消耗了。

什么？笑声？茉莉这才反省，的确，跟夏宇在一块，笑得有点太多了，而且是那种大笑，不自觉的，发自内心的，这就是年轻人的感染力。没有人不喜欢年轻，没有人会拒绝美的事物，她顾茉莉也一样，不过，一场小聚，她倒是把夏宇的情况摸了个透。好多不用她问，他自自然然就说出来了，哪里毕业的，家里几口人，现在有没有女朋友，什么时候到的上海，未来有什么打算，他真把她当知心姐姐了。于是乎，顾茉莉理所当然以一个老前辈的姿态，煞有介事地给他建议。夏宇唯唯称是。茉莉却觉得未免有点交浅言深。

从茶室出来，顾茉莉觉得街道上的空气都清新了许多。夏宇问要不要送她回家，茉莉很礼貌地拒绝了。她原本想把这段奇遇跟榴榴分享，考虑再三，还是算了。幕后黑手还没浮出水面，过去，她跟海涛吃个饭都能吃出毛病来，现在跟年轻人喝茶，没准能闹出更大的事故。虽然她现在已经没那么在乎劲草的感受，但茉莉还是希望自己的生活平静些，那些偶尔跃起的浪花，还是应该归于生活之海。

周五下班前，茉莉接到老妈电话，吴玉兰让她跟劲草周六回家吃饭。茉莉下意识拒绝，说劲草要加班，她要带囡囡上课。老妈被列为"嫌疑人"后，茉莉几乎不怎么回娘家，哪都不安全。

"我跟劲草说了，他同意，你们明天中午过来。"玉兰又说。

哟呵，都学会先斩后奏了。茉莉还想找理由，吴玉兰却告诉茉莉，她跟顾得茂马上要回老家一趟，暂时可能不回来。茉莉诧异，问回去什么事。玉兰说都是絮絮碴碴的小事，退休后一年一次的拍照，街道登记，家里水管子漏，楼下投诉了，等等。"那也不用暂时不回来。"茉莉还是关心爸爸妈妈的。玉兰笑说："不用走亲戚看朋友啦？"茉莉的心这才放下来。

晚上到家，她问劲草，劲草说知道明天吃饭的事。丈母娘还好，一去见老丈人，朱劲草就紧张。虽然他在上海滩混，但跟顾得茂比，他的事业差太多了。如果说顾得茂是狮子头领，朱劲草顶多是初出茅庐的小狮子。

"你爸没什么事吧？"劲草问茉莉。

"有事你就不去了吗？"茉莉抬杠。

"我是怕他找我事。"

"你行得端坐得正，他能找你什么事？"

这就是现在茉莉和劲草的谈话模式。一言不合，就抬杠。"少说话，多喝酒。"茉莉叮嘱丈夫。在老爸面前，朱劲草也就陪喝酒这一点功能。

饭菜十足丰富。看得出来，这一顿，吴玉兰是下了功夫的。真是告别宴会。顾得茂三杯小酒下肚，话又多起来。劲草奉承着。得茂把自己的奋斗史梳理了一遍，末了，才对茉莉说："多亏你外公，慧眼识英雄。"玉兰打趣说："没有慧眼，英雄还是英雄。"

得茂竖大拇指，还是对茉莉说："你妈妈的这个耐性，这个品德，这个能力，都是一等一，你要跟你妈学。"茉莉嗔，说学着呢。玉兰见女儿不高兴，把话岔开，问劲草他表哥表弟现在怎么样。劲草一时不晓得从何说起。茉莉接过话说："表哥和风细雨，表弟暴风骤雨。"玉兰、得茂问怎么回事。茉莉便把牵牛和文萱，要离，不离，后来到底离不离的事给说了。玉兰问如果不离，女方有什么好处不。

"没什么好处。"茉莉说。

"那不是白忙？"玉兰笑。

"妈，要不要这么现实。"

玉兰不徐不疾道："谈感情，那就谈感情，如果没有感情，谈合作，那就得现实，这不是很正常的事情吗？公平交易。"顾得茂好奇，又问了问细节。劲草仔细叙述了。饭后洗碗，茉莉给老妈搭把手。玉兰偷偷问茉莉后续又收到过短信没。茉莉说没有。又问："你收到了？"

吴玉兰说她也没收到。

临出门，因因不晓得在哪里看到动漫书，非嚷嚷着要买。茉莉批评女儿，说家里那么多书，儿童读物、漫画，都放着不看。顾得茂插话说："去吧，我买，茉茉，我记得你小时候最爱看皮皮鲁、鲁西西了。"顾茉莉满肚子心事，没过脑子，收拾好东西，带孩子出门了。

第四十二章

入冬之前,顾茉莉健身更勤了。劲草倒没太怀疑,他现在的原则是,茉莉不烦他就好。

去健身房,对茉莉来说,是一种精神放松。一动起来,什么都不用想,偶尔还能遇到夏老师,养养眼睛。只要能聊两句,她就知足。茉莉感觉眼下的状态最接近她理想中的小日子——公婆去世了,爸妈回老家了,丈夫闷头赚钱,女儿乖巧伶俐。匿名短信也没有了,人生进入新阶段。

这天,茉莉刚下器械,一抬头,夏宇站在她面前。夏老师刚要开口,茉莉连忙说奶茶不能再喝了,不然白练,那么辛苦,腰酸背疼,要保卫那点可怜的肌肉线条。

"哪儿痛?"夏宇的笑容很迷人。

"浑身都疼。"茉莉尴尬笑笑。

"帮你放松放松?"夏宇毛遂自荐。茉莉连忙说不用,夏宇却已经把筋膜枪拿出来了。

"躺哪儿?"他问。

盛情难却,顾茉莉只好找了个平板躺好。

"准备。"他还发号施令。

"可以了。"

"眼睛闭上。"他又说。

茉莉乖乖闭上眼,平时她可没这么听话,刚进入黑暗的世界,筋膜枪就在胳膊上迅速振动起来，胳膊上好像脂肪粒都被打散了，空气中有股汗味，很奇怪，茉莉却不感到难闻，那是年轻荷尔蒙的味道。

酥麻，享受。

茉莉内心平静的湖水被打破，涟漪振荡。胳膊完事了，小腿继续，他打得很仔细，从小腿肚一点一点往上移动。

茉莉整个身子振得快飞起来了。

上大腿了，外侧，内侧，再移动，枪头一偏，振到了旋涡中心，茉莉轻微叫了一声，摆手说不行不行，连忙坐起来。

夏宇问怎么了。

茉莉迅速起身，说可以了，不用了。然后尽量维持镇定，离开了"肇事现场"。

直到躺到自家床上，顾茉莉的心绪依旧没法平静。她这是被性骚扰了？或者是性暗示？约炮的前兆？她从未经历过，没有一点经验。或者人家只是手抖？一不小心，从悬崖跌进深潭了。也许是她多想。呵呵，那这个孩子真是太单纯了，呸呸呸，还孩子？囡囡是孩子，夏宇叫什么孩子？他是男人，她是女人。他把她当成猎物？这个念头一蹦出来，茉莉不禁感到一丝恐惧，但转瞬间，又有点儿得意，她还不算老。

身体上的记忆是存下了，她好久没有这种触电的感觉，不过，她必须给他惩罚，要让他知道无论有意还是无心，他这样做都是不妥当的。她是良家妇女，不容亵渎，不容侵犯。

连续两次国学课，囡囡都缺席了。

第三次课前，夏宇果然忍不住，来电话了。"囡囡是不是生病了呀？"他的声音极富磁性。兵来将挡，茉莉道："最近学习有点忙。"夏宇又说："马上区里要比赛了。"茉莉说了声知道了，便挂断了电话。

第三次课，囡囡还是缺席。这段日子，顾茉莉没去健身房。夏宇来电话之后，她才重新上了器械。好笑，她估摸着，这些日子夏老师都在这儿蹲守呢。要不怎么她一来，他就在。茉莉假装忽视他，在教练的保护下先练了一通，汗出来了。不大会儿，夏老师果然凑过来，站直了，手足无措的样子："顾老师。"

她抬头，哎了一声。

他又说："我要是哪里得罪您了，还请多多包涵。"说罢，还没等她回应，他便鞠了个九十度的躬。茉莉被他这兴师动众的举措弄得不好意思，连忙说没有哪里得罪呀。夏宇嘴角上扬，指了指自己的肱二头肌："最近愁的，掉了不少肉。"

茉莉觉得惩罚够了，笑说那我请你吃饭，补补。又连忙改口："吃饭算了，喝杯茶还行。"于是乎，两个人又去了茶室，面对面坐着。这次谈得更深入，文学、艺术，少不了还有恋爱、婚姻。

茉莉媒婆瘾上来："夏老师想找什么样的？我帮你留意。"

"不想找比我小的，幼稚。"

"那同龄的。"

"同龄的也不好，都太急功近利了。"夏宇端着茶杯，眼睛盯着茉莉看。

顾茉莉不往下问了。意思很明显，小的不想找，同龄的不想找，那肯定要说喜欢大的了，而且，一个不小心，人家可能还会说，就想找她顾茉莉这样的，那么就很尴尬了。看来夏老师是老手，不奇怪，这种卖相，这个年纪，情场上有点经验太正常了。茉莉不再多说，专心喝茶。

夏宇突然感叹："房子、车子、银子、孩子，人生就是这么没意思的。"

茉莉失笑，问："那要怎么才有意思呢？"

"顾老师轰轰烈烈过吗？"

没想到他会这么问，茉莉及时调整些微表情，然后轻轻吐露一个字："有。"

夏宇还要问。

茉莉快速补答:"跟我先生。"

夏宇羡慕地说:"你真幸运。"

茉莉低声道:"还行吧。"

爸妈回老家快一个月了还没回来。茉莉一个礼拜打一次电话,掌握情况。得知玉兰还在等街道的事,她也不催促,不过,很快,顾得茂跟茉莉联系,给她分配了个"任务"。事发突然,老顾回不来。

"你廖伯伯记得吧?"顾得茂口吻沉重。茉莉问哪个廖伯伯。顾得茂只好把人物关系梳理一遍。茉莉想起来了,廖伯伯以前是她外公的下属,跟她老爸也当过一段时间同事,后来调到上海,好像也在金融系统工作。

茉莉问廖伯伯怎么了。

顾得茂悲不自禁:"得病走的。"

茉莉这才明白,老爸是顾念老伙伴,想让她做代表前往吊唁。茉莉问随份子给多少合适,顾得茂说他一会儿转给她,他让茉莉换成现金,新的,到时候直接给老廖女儿。

吊唁金足足一万元,茉莉觉得这份子够大。她问得茂,给这么多,妈知道哇?顾得茂道:"保密。"老爸给,她便照章办事。她能理解爸爸,这个年纪,老伙伴走一个少一个,难免有些感伤。

追悼大厅站满了人,一片黑色素服。老廖年纪不算太大,属于"英年早逝",因此,亲朋故旧都格外悲伤,呜咽连绵。茉莉从东门进,跟着人群献了菊花,又转到南门去给份子钱。当门口坐着个女的,五十岁左右,短头发,茉莉看着有点眼熟,但不敢认,走到跟前,她递上牛皮纸信封装的一沓钱,又报上顾得茂的名字。

女子惊呼:"是茉茉吧?"

茉莉略尴尬,点点头。

"是我呀,波波姐。"

茉莉才想起来，这应该是廖伯伯的大女儿廖晓波。儿时的玩伴，久别重逢，理应欣然。可这种场合，两个人只能抱头哭了一会儿，茉莉安慰波波，让她节哀顺变。等情绪稳定了，顾茉莉才拿起笔去花名册签字。

第一页满了，第二页也满了。茉莉翻到第三页，才在末尾处找到个空位，她大笔一挥，签上老爸的名字，任务完成了。电光石火间，她脑中飘过一片缠绕的黑。花名册快合上的时候，茉莉再次下意识打开，第三页的顶上面，竟然签着"高夏菁"三个字。

定睛细看，没错儿，是高夏菁！稳住心神，茉莉问波波姐知不知道这个人。廖晓波想了想说，好像跟老爷子是工作上面的关系。

"同事吗？"茉莉问。

廖晓波说她也不太清楚。

"人呢，还在吗？"茉莉追问，口气有点急促了。

机不可失，时不再来。

廖晓波伸伸脖子，好像没发现，她让茉莉去大堂里找找，如果没有，那就出去了。"你认识她吗？"波波姐问。茉莉磕巴一下，说不认识。波波皱眉，没往下探询。顾茉莉在大堂找了一圈，没人。她只好快步往外走，礼堂门口，没有。茉莉放眼四望，盯住了停车场。对，如果她还没离开，去停车场等是个好办法，可是，如果她根本没开车，或者已经离开了呢？那就没办法了。

试一试吧。

茉莉往停车场去，小跑着。北面有个石墩子，是刚开始兴建的墓地。茉莉站上去，居高临下，监控全场。

片刻工夫，果然走进场一个女人。茉莉看不清，拿出手机，四倍变焦，对准了看。不是，高夏菁的身形样貌她认识，这个不是。一会儿，又来一个，这次是男的。连着看了四五拨人，茉莉胳膊都举酸了，根本没有高夏菁的身影。

天空云朵飘过，暂时遮住了太阳。

停车场陷入阴沉。这时，西侧进来个人，茉莉连忙用手机对准了，她刚看了两秒，便立刻往下跑，高跟鞋崴脚，脱！顾茉莉偷偷摸摸上了自己的车，就在那人发动车子，开出停车场二十米时，她也启动了车子。

距离必须把握好，不能太远，也不能太近。茉莉感觉此时此刻，自己简直就是007附体。脑子里千头万绪，理不清。高夏菁当初为什么消失？现在又为什么出现？她为什么会出现在廖伯伯的葬礼上？她跟廖伯伯是什么关系？她为什么要坑劲草？她现在做什么呢？

落得远了点，茉莉一踩油门，超了个车，跟上，谁知力度过猛，竟然超到目标人物前头去了，变成高夏菁的车跟着茉莉了。

糟糕！不能让她发现！茉莉一个侧摆，车子变道，高夏菁又超过去，两车并排时，茉莉连忙脸朝南，避免暴露。高夏菁的车一路往市区开，茉莉紧跟着，到马当路，车速才慢慢减缓。

停好车，高夏菁往弄堂里走。看样子，她现在住市区的老破小。

前面一栋楼，三单元。

高夏菁走进去了。

茉莉步子放缓。情感上，她恨不得立刻跟上去，当面对高夏菁一通质问！或者干脆打一架。可理智上，她又告诫自己，冷静，冷静，冲动不得，知己知彼，才能百战不殆。反正老巢已经找到，她必须先做做调查，摸摸高夏菁的底，有把握了，再上门。

第四十三章

消息是从波波姐那得的。茉莉没问爸妈,也没跟劲草透露,不过,她认为波波姐也是挑着说的,应该有所隐瞒。茉莉的感觉是,波波姐在为亡父的名节负责,不过好在住址确定了,就可以顺藤摸瓜。

为避免暴露,茉莉找海涛帮忙,让他派了个做事稳妥的小孩盯梢,终于找到高夏菁目前的工作单位。高夏菁还在金融系统,一家中型银行。海涛查到高夏菁三个月前刚从匈牙利回来——她被外派欧洲一段时间。他还查到了高夏菁的入职时间。茉莉算算,正好是她诬陷劲草行凶之后。

怎么会这么巧呢?行凶后,立刻找到了新工作,而且从一个大堂业务员,直接成为海外拓展部的主管,自谋职业也没那么好运气吧?里头有猫腻,可是,抓不到实锤,就没法跟高夏菁对质。她现在不能去找高夏菁,一旦打草惊蛇,万一人立刻又消失了呢。

茉莉想得脑袋疼,但她又不愿意跟劲草或者父母说。这日,榴榴带团团找囡囡,茉莉忍不住跟她漏了点口风,让闺密给她当狗头军师。

榴榴想了想,说:"有没有可能是一种交换呢?"

"什么交换?"

"要注意她入职的时机,是在陷害劲草之后,也就是说,她这边陷害,那边就入职了,像不像交换?完成任务,获得奖赏。"榴榴打了个响指。

茉莉若有所思。

"她的新单位,跟廖伯伯,可能有交集吗?"

茉莉说的确是廖伯伯深耕的领域。

"那就对了。"榴榴推理完毕,开始喝奶茶。

"你的意思是,廖伯伯授意高夏菁?"

"是。"

"他为什么要这么做?"

"因为有人拜托他帮忙。"

脑中一道闪电劈过,茉莉浑身抖了一下,她下意识说出两个字:"我妈。"说完她自己都吓一跳。是,她怀疑过吴玉兰,母女俩也闹过不愉快,但过去她只是觉得老妈发发匿名短信而已,现在呢,这可是一大盘棋!是标准的恐怖片!简直比《卧虎藏龙》里的碧眼狐狸心机还深!再往下想,吴玉兰为什么要这样做呢?离不开她,要拆散她和劲草?可既然如此,当初何必让她找对象,何必同意她跟劲草结婚,何必等到现在才苦心拆散?如果高夏菁陷害劲草真的是吴玉兰运作,让廖伯伯从中指使,那就太可怕了。

茉莉无法理解的是,强奸指认关乎一个女人的名誉,高夏菁会那么容易"就范"吗?换位思考,即便是答应帮忙换工作,她顾茉莉也不会干这种事,也可能她理解不了单亲妈妈的处境……顾茉莉僵在那儿,没往下点评。

谁知榴榴却兀自分析道:"也许高小姐有把柄在对方手上,一份工作,不是作恶的充要条件,但如果加上把柄,就合理多了。"茉莉忍不住开口:"高夏菁有黑历史?"沈榴榴幽幽地说:"活在这个世界上,又到了这个年纪,谁没有点不可告人的秘密呢?"

查!给我狠狠地查!

茉莉几乎动用了所有可能的人脉,誓要把高夏菁查个底朝天。这其中,陈海涛出力最多,虽然来上海时间不长,但手段却十分高明,尤其金融系统,他是很有点关系的。茉莉求助,海涛的话也丢得漂亮:"你让我干什么，我就干什么。"

嚯，茉莉反倒有点不好意思了。

当初见面，一点暧昧没有，如今却隐隐约约有点粉红色的味道了。可是，大敌当前，茉莉也顾不上羞涩，抓主要矛盾。没多久，该用的劲都用上了，结论是：高夏菁可能有问题。她调进银行，的确是廖川平牵的线。再往前，她做理财经理，似乎没什么大问题。更前一份工作，做保险业务员，好像给人返过点。这属于突破行业底线，但时过境迁，证据很难拿到。更早一点，她做过会计，她所在部门的总会计师和所属单位的总经理，都被抓了，她却全身而退。唯一出大问题的点估计在这里，只不过，没有证据，就没法当面指认，或者说拿不住她。

千头万绪，顾茉莉捋不清楚，她想得入神，坐在沙发上发呆。劲草拿手在她眼前晃晃："没事吧？"他还知道关心妻子。茉莉说没事。

劲草又问："单位有事了？"

茉莉顺势说："还不是米娜那个王八蛋。"

劲草愤然："就没人治得了她吗？这人有黑底没有，实在不行，举报她。"

举报，很好。这两个字从劲草的嘴巴里说出，生生砸进茉莉的脑袋里。她是不是可以举报高夏菁呢？不是真举报，是扬言举报，诈她一下，如果她心里有鬼，没准会露出马脚。

真等不了了。如果硬等确凿证据，很可能一等就是一个月？三个月？半年？一年？到时候局面会成什么样，就又难说了。而且她顾茉莉的忍耐力实在有限，万一高夏菁又跑了，那估计很难再找到她，或者她又外派了，出国了……不不不，还是应该立刻行动。

出击前茉莉是做好了充分准备的。跟劲草打招呼，说要去马当路，随时联系。茉莉又找来榴榴，让她在马当路高夏菁楼下埋伏，一旦有什么情况，随时冲上来——茉莉担心万一发生暴力事件，她不是高夏菁的对手，有了榴榴帮忙，放心多了。

"别跟大表哥说。"茉莉叮嘱榴榴。沈榴榴请她放心，汪凌霄已经带着孩子去黄山看奶奶了。

茉莉站在高夏菁家楼道门口了。几次调查，她已经知晓高某人住在三层一号。说实话，茉莉有点紧张。良家妇女，从未做过这种事，她就是嘴巴厉害，真要撕起来，恐怕战不过三个回合。

是下班时间了，这栋楼里多半住的老人。有人上下楼，都朝茉莉看看。顾茉莉背过脸，或者实在不好意思，就自言自语说是亲戚。约莫六点钟，楼梯口传来高跟鞋撞击地面的声音。茉莉全身皮一紧，整个人半秒钟调整到战斗状态。

楼梯口一转，高夏菁出现了。

美艳如昔。

顾茉莉稍息步站着，居高临下，仿若天神，誓要在气势上压对手一头。

高夏菁站定了。跟着，果果也冒出头。见到茉莉，他率先礼貌地叫了一声阿姨。茉莉顿时收敛点气场。对高夏菁她不留情面，但孩子是无辜的。高夏菁拉着果果上楼，她打开门，叮嘱果果先做作业，她说妈妈下去买点东西。跟着退出来，真像地下党接头似的，对茉莉点点头，小声说借一步说话。

弄堂口小马路上有个蓝梧桐咖啡店。顾茉莉有点意外，她气势汹汹地来了，打架的准备都做好了，高某人却四两拨千斤地要请她喝咖啡。茉莉佩服她的大心脏，也是，强奸骗局都能做出来的女人，还要什么脸，还要什么皮！跟这种女人比，她顾茉莉还是太过良家。

茉莉迅速给榴榴发了定位，又说情况有变，见机行事。高夏菁不徐不疾地搅拌着咖啡，一抬头道："你想怎么样？"

好笑了。

茉莉随即道:"这话不是应该我问你吗?"

高夏菁又说:"这世界上很多事情是没法讲理的,你找我,最终也不过自寻烦恼。"

"东躲西藏很辛苦吧?"茉莉怪笑着。

"我们是朋友。"

"我没你这样的朋友!"

高夏菁沉默一会儿:"茉茉,你听我一句劝,你现在要管控的是你老公,你用脚指头想一想,你老公那种卖相,就算他心如止水,也会有小姑娘往上冲的。"

"你承认了?"茉莉打断她,反问。

"我说的都是事实,我是受害者。"高夏菁咬住了。

这女人不见黄河不死心。那么好,茉莉要拿出撒手锏了。顾茉莉呵呵笑。这笑容都是她演练好的,以表示不屑,轻蔑道:"世界好小哦。"

"说小也小,说大也大,"高夏菁口气软了,"放下心魔,好好过日子比什么都强,你抄《心经》吗?"

还好意思说抄经?假慈悲。

茉莉继续自己的节奏:"廖伯伯去世,你给了多少?"

重磅炸弹!高夏菁的脸色终于变了。

茉莉悠然地说:"从那个小银行发展到匈牙利外派,很辛苦吧?"

话音还没落,高夏菁便站了起来,转身,大踏步往外走。茉莉连忙追过去,抓住她胳膊,厉声道:"做那么多亏心事就不怕做噩梦吗?!"

高夏菁甩胳膊,说跟你没关系。

茉莉快速道:"我们家跟廖伯伯是世交。你以为人去世了死无对证?波波姐告诉我不少,还有你过去那些黑底,举报你十次都不为过……材料我已经搞到了,你试试看,你就是孙悟空,也逃不过如来佛的五指山!"

此话一出，高夏菁情绪真崩溃了。

一转脸，泪水夺眶而出，她对茉莉半哀求半嚷叫道："杀人不过头点地！我不能受你们两代人的欺负！"

这话怎么这么耳熟？两代人，欺负……是《雷雨》里的台词？好笑，你又不是蘩漪，蘩漪都没你那么浑蛋！

茉莉一晃神，手上没抓牢，高夏菁快跑出去，不顾往来车辆，横穿马路。茉莉想追，却被车挡着，等车子过去，人却不见了。

沈榴榴来了，她问茉莉有没有受伤。

茉莉顾不上答她，脑子快速运转着，两代人？莫非……？逻辑线条搭起来了，事情明朗多了，只是，逻辑一通，茉莉自己把自己吓了一跳。两代人，显然不是廖伯伯，茉莉估计，十之八九指向的是她老妈吴玉兰。基本的逻辑走向是：吴玉兰找廖伯伯，廖伯伯找高夏菁，高夏菁接受任务，设局坑害劲草，目的是捣散他们夫妻。这样就能解释，为什么高夏菁最后愿意和解，因为劲草根本就没对她有任何想法！一切都是谎言，都是骗局！可是，吴玉兰为什么要这样做？！

茉莉突然想到了她被搬到上海的闺房……那一片粉红，现在看来，根本就是温柔牢笼。这令人窒息的爱！这恐怖的母亲！为了让她离婚，煞费苦心！原来此前的怀疑都是对的！汪凌霄（或者刘阳）发匿名短信后，吴玉兰将计就计，连连发消息挑拨，失败之后，再下一剂猛药，通过廖伯伯，恩威并施，动用高夏菁这颗棋子……茉莉感觉自己的心在滴血，魂像被抽空了。

榴榴晃了晃茉莉胳膊，问她没事吧。

顾茉莉这才回魂："没事，我回家一趟。"榴榴说我送你。顾茉莉说不用，她自己能行，因为她要回的，是江苏老家。

第四十四章

茉莉到家，顾得茂不在，吴玉兰坐在客厅大桌子旁包过桥馄饨。茉莉深呼吸，一路上她想清楚了，她绝对不会一到家就发脾气。她要讲理。要问清楚。她面对的不是一般的对手，是教导主任吴玉兰。

玉兰问茉莉怎么突然回来了。

茉莉一边去厨房洗手一边说是出差，拐回来看看。

洗完手。坐到大方桌旁。茉莉拿起馄饨皮，另一只手操筷子挑肉馅。

她找话道："筋剔掉了吧？"

玉兰笑说："剔掉了，你爸爸一点筋都不愿意吃到，只吃瘦肉，肉还得用刀背砸成蓉。"

"海米放了吗？"茉莉深谙过桥馄饨的制作方法。

"海米，花生碎，一点都不能少，"说着，吴玉兰又去指导女儿的手法，"要捏成菱角形，别太扁了。"

茉莉多年没包，有点生疏，在玉兰指导后，上手多了。一个个小馄饨包得玲珑可爱。玉兰问茉莉最近跟劲草怎么样。茉莉敷衍说马马虎虎。玉兰又问囡囡的情况。还问大表哥、小表弟，一圈下来，都清晰了。

顾茉莉答完，才装作不经意道："我见到高夏菁了。"

玉兰手停住，皱眉，仿佛失忆了："哪个高夏菁？"

"果果妈。"

玉兰才想起来，问在哪见到的，又说这女人是个祸害。

茉莉如实答："在廖伯伯的葬礼上。"

玉兰哦一声。没往下接话。

茉莉笑说:"妈你不好奇高夏菁怎么认识廖伯伯的吗?"

玉兰说不太清楚。

"妈,你是不是有什么事没告诉我?"

"茉茉,你到底想说什么?"玉兰反问。

"妈,你认识高夏菁,你也认识廖伯伯。"

"是,然后呢?"

"帮高夏菁调动工作的善举,是不是你找廖伯伯帮的忙?"茉莉逼问。

玉兰不假思索:"茉茉,你是不是受了什么刺激?整天不要这么胡思乱想。"

茉莉继续:"强奸门事件是你授意廖伯伯,逼迫高夏菁对劲草下套,有没有这回事?"

吴玉兰愣在那儿,过了两秒,她伸手去摸茉莉的额头:"不发烧吧?说什么胡话呢?什么强奸?什么下套?跟我有什么关系?"

茉莉不理睬,继续道:"先前我怀疑你,你就自导自演,给自己也安排了匿名短信,搞得好像你也是受害者,还让我爸找关系调查。就是为了洗白自己。"

玉兰终于坐不住了,她站起来:"茉茉,女儿……你清醒一点好不好……你被人洗脑了是不是?"

顾茉莉一掌打开老妈的手,凄怆地:"妈,我是你女儿,你有什么要求、愿望,不能直接告诉我吗?为什么要玩这种下三烂的把戏!"

玉兰的手还往前伸,触到茉莉的胳膊,一个白迹子。

茉莉嘶吼:"你让我恶心!"她终于还是控制不住情绪,哭出声,"你快如愿了,我跟劲草就快过不下去了,不过就算真有那天,我也不会回到你身边!"

吴玉兰也哭了。她一边哭一边嚷,问茉莉到底怎么回事。茉莉的心更寒了。事到如今，老妈还是不肯承认，是，茉莉没有实锤，吴玉兰只要矢口否认，就没有人能判她的刑。所以，她更加要演到底。可茉莉偏偏要撕破她的画皮！

玉兰控制住情绪："茉茉，你要离婚，我不意外。"

茉莉恨恨地望着老妈，眼睛能飞出刀子来。

"你不觉得你从头到尾，根本就没融入那个家庭吗？"吴玉兰深呼吸，"你觉得你跟劲草的感情，能超过他对他爸爸妈妈吗？哪怕现在二老都不在了，你这辈子也别想超过。"

茉莉低诉："你们为什么就不明白，对父母的感情和夫妻感情那是两码事，不同情况根本没有可比性……"

吴玉兰调整情绪道："你不理解也没办法，很多事情，是历史造成的，就得放到历史条件中去看，你们都是独生子女，现在又碰上这么个时代条件，劲草要在上海站住脚，没有爸爸妈妈的帮助不行，他两边亏欠，但是你要记住，你跟他的夫妻关系，永远不会超过他跟爸爸妈妈的亲子关系……"

茉莉双手堵住耳朵。她不要听玉兰的咒语。吴玉兰是教导主任，能说着呢，死的她也能说活了。

这时，顾得茂推门进来。他遛弯回来，看到老婆和女儿眼泪涟涟，一时怔在那儿。

玉兰率先求助："得茂，快劝劝女儿，她被人洗脑了。"

茉莉反攻："爸，你知道你老婆做了什么吗？"

顾得茂惊吼："不许你这么跟妈妈说话！"往前走几步，严厉地："她做什么了？杀人了还是放火了？"

"爸，匿名消息是妈发的！"

"胡扯！消息查实，是境外诈骗团伙！"

茉莉没想到这一出。

"公安局都快破案了，你还在怀疑你妈妈！"

"妈陷害劲草。"茉莉梗着脖子。

顾得茂回头，对他老婆："有这回事吗？"

吴玉兰悲凄地说没有。

茉莉力争："爸——妈想让我离婚！"

"我也想让你离婚！就你那个毛脚，还用得着别人陷害?!"得茂半秒都没停顿。

茉莉傻眼。这是真心话，老爸一直看不上朱劲草。

"爸，你知不知道妈设了多大的局！"茉莉试图解释。顾得茂却大手一挥道："你是不是被你那个王八老公洗脑了？我可以负责任地告诉你，这个世界上，没有一个人爱你能超过你妈妈，包括我，都不能超过她！你知不知道你妈妈当初生你的时候，有生命危险，她坚决要求先救你，自己的安危她一点儿都没有考虑，你从小到大……你妈妈是怎么疼你爱你培养你的？你要去上海，我和你妈妈是怎么鼎力支持的？毛脚女婿我们不满意，但只要你喜欢，我和你妈也是义无反顾，支持！房子也买好，哪里对不住你！……茉茉你只要知道，这个世界上，谁都可能害你，你妈不会！"

茉莉呆在那儿。

她原本想向老爸求助，认为老爸理性，讲理，可实际上呢，人家是两口子，这一番暴风骤雨式的演说，让她实在不晓得怎么应对。是，她跟劲草本质上一样，都欠爸妈的。她欠得更多——她欠老妈一条命，是吴玉兰当初奋不顾身，勇敢抉择，才有了今天喘着气的顾茉莉。

眼泪模糊了视线，听觉依旧敏感。

她听到老爸在她耳边喋喋不休着："你以为你那个男人是什么好东西……我跟你说有人跟我汇报……他在外头花着呢……在家装鳖……也不知哪家粪池子爆炸把他爆出来的……"

茉莉不想听，这不客观，不是事实，这才是真正的污蔑。顾得茂这是被爱情蒙蔽了双眼，才一门心思为一个恶魔般的女人说话……在他眼里，吴玉兰就是朵白莲花……可不可笑?!

茉莉快速收拾好包往外走。顾得茂拿出一家之主的架势，拦在半途："向你妈妈道歉！"

茉莉往东，老顾往东，茉莉往西，老顾也往西。

茉莉声音劈了："爸……你根本就不了解情况，不知道事实，你是在助纣为虐……"

"向你妈道歉！"顾得茂雷霆万钧。

"你老婆搞不好都犯了……"最后一个"法"字还没从嘴里说出来，茉莉的左脸颊，就结结实实挨了眼前这个德高望重的男人一巴掌。

声音清脆，力道充足。

白皙的脸蛋，立刻起了红印子。

吴玉兰哭着拽住她丈夫，脸对着女儿："走！你爸有高血压！"

路途闪出道缝儿，仿佛华容道，茉莉一错身，失魂落魄逃了出去。

无家可归。顾茉莉生平第一次有了这种感觉。高速路上，她真想一脚油门，直接冲出护栏，了此残生。可这念头只闪过零点零一秒就消失了。她不能这么做。万一死不掉呢？残疾一辈子多痛苦！就算要死，也得找个稳妥的法子。何况她现在还不能死，就算父母不要她孝顺，女儿囡囡却需要她的抚养。她不能带给女儿这么大的残忍。

尚在半途，劲草打电话来。茉莉调整好情绪，保证声音正常。劲草问茉莉到哪儿了。茉莉说马上进昆山。劲草道："等我，我带囡囡过去找你，我们去黄山。"茉莉本能地有不祥的预感，她问劲草什么事，为何如此着急。朱劲草万分悲痛地："大姨自杀了。"

张真亚死在黄山她婆婆家自建的房子里。几年之前，她就从皖中搬到此处避居。理由是：空气好。她在老家总感觉无法呼吸。真亚是上吊没的，用自己的丝袜。有点学三毛。真亚生前床头摆放着的，也是那套《三毛全集》。

婆婆和小姑子说，真亚身体不好，一直比较悲观厌世，自杀前一阵，好几次都提到活够了。自杀前不久，儿子汪凌霄还带孙子来看她。事实上，真亚死的时候，凌霄和团团还在高速路上。

老汪从马鞍山赶来，哭得不能自已，这个少言寡语的男人，这半辈子都视真亚为女神、精神支柱。突然这么冷不丁走了，意味着下半生他都将一个人。所有人都劝他节哀顺变，可没用，他悲伤得无法站立。

凌霄上前劝，老汪又不晓得哪里来的气力，陡然跃起，要给儿子一顿老拳。茉莉的理解是，他怨凌霄为什么不晚点走，或者为什么不做好真亚的心理疏导工作。这一切原本是可以挽回的。

灵堂前，凌霄、榴榴带着儿子跪成一排。他们现在是孝子贤孙。茉莉和劲草，少不得多忙一点。囡囡也跟着，茉莉就让文萱带着。对了，文萱和牵牛也赶来了。看样子，还没分。

美亚稍晚点才到，一来就哭得比谁都凶。三姊妹，如今只剩她一个人苟活于世，一想到将来既没法像大姐这样避居黄山，呼吸新鲜空气，也没法像二姐那样，东去上海，光耀门楣，美亚就打心眼里感到丧气。索性借着丧事，好好哭哭。

榴榴也哭得厉害。茉莉理解榴榴。老实说，真亚对她不错，尤其是她生下儿子之后，真亚不顾病体，多次到上海看她。而且，茉莉还认为大姨在和不在，榴榴和凌霄的婚姻会是两个状态。大姨是定海神针，一旦仙去，谁还能镇得住汪凌霄？再接下来的故事，那真就不好说了。茉莉为榴榴捏把汗。葬礼结束，老汪和凌霄等人要送真亚的骨灰回安徽安葬，临行前，却爆出个坏消息。老汪要和儿子汪凌霄断绝父子关系。

第四十五章

上高速了。

茉莉坐副驾驶,劲草开车,女儿囡囡在后座睡着了。此时此刻,茉莉紧张了许久的身心才终于放松了些。她解开头绳,重新扎了头发,大姨去世的悲伤尚未散去,跟父母的不愉快又仿佛潮水般层层弥漫上来。

老家那出戏,茉莉没告诉劲草。她也不打算说。大姨丧事期间,顾得茂来过电话,打到茉莉这儿,她让劲草接的。劲草把家里的事跟他们说了。顾得茂和吴玉兰便暂时没来"骚扰"。

老汪的做法给茉莉一点启发。断绝父子关系。那么她顾茉莉是不是也可以断绝母女关系呢?哪怕是暂时的。她要让吴玉兰受到惩罚!不是她心狠,是老妈实在太过分!有这精神,怎么不去当编剧,还能造福大众。她明白老妈对老年生活的恐惧。不用说,她顾茉莉也会负责到底。何必非要做曹七巧呢?这是畸形!是变态!而且,你吴玉兰不是没有男人陪!顾得茂对你这样,还有什么话说?!

茉莉把头靠在劲草右肩上她感到温暖。有家真好。自己的家。什么话也不用说,一个男人,一个女人,一个孩子。其实茉莉知道,劲草对大姨的突然离世也心存疑惑,只是,朱劲草一向是个化繁为简的人。人都走了。再纠缠下去有什么意义呢?

出安徽界了。一家三口到服务区小憩。茉莉喂好囡囡,递水给劲草。她冷不防问出个哲学命题:"你说,人这一辈子活着,是为了什么?"

劲草面包还在嘴里:"不为什么,活着就是活着。"

"你为谁活?"

劲草沉默。过了一会儿,才说:"过去为爸妈,现在为你,为囡囡。"又补充:"为这个社会。"茉莉跟着说为什么不为你自己。

劲草反问:"人只为自己活,有意思吗?"

轮到茉莉沉默了。她过去接受的观点是,人要为自己而活,尤其女人,本来就很辛苦,为自己活有什么错。可是现在她明白,人的本质是社会关系的总和,人是在与他人的关系中确立自己的位置的,那么一个人想要彻彻底底为自己而活,根本不切实际。就好像大力、善亚对劲草,吴玉兰对她,她对囡囡,等等。顾茉莉不由得困惑,人活在这个世界上,怎样才能挣脱这些羁绊?

"你恨不恨我?"茉莉忽然敞开了。她觉得自己跟劲草的心结,还在善亚和大力身上。那就索性问清楚。

"恨你什么?"

"恨我破坏你和爸妈的关系,恨我没尽心尽力,恨我不理解你、支持你。"

"我不也一样嘛,"劲草忽然温柔起来,"没理解你,没支持你。"囡囡要喝水,茉莉打开水壶,递给她,再一转头,竟发现朱劲草深情地望着她:"以后咱们好好过日子。"

顾茉莉不得不承认,这是很长一段时间以来她听到的最动听、最美妙的话。她甚至有点感谢大姨。死生契阔,失去才懂得珍惜。茉莉眼眶湿润了。不过这种温存和感动并没有持续多久。一回到上海,陷入平凡琐碎的生活当中,茉莉和劲草,便又慢慢麻木了……

榴榴陪凌霄回来了。她跟茉莉通了个电话,说等歇过来约见面。茉莉问汪氏父子的情况。榴榴表示暂时还是断绝关系,她公公回马鞍山了。

榴榴又问:"那女人呢?你又去了吗?"

茉莉才想起来高夏菁的事。的确,她认为有必要再找高某人一次。

好多事情，还没说清楚。她需要实锤，需要细节。于是乎，这一回，顾茉莉单枪匹马去了趟马当路。很遗憾，邻居说，高小姐搬走了。茉莉觉得不妙。再去她单位找，同事说，高已经辞职了。

此地无银。消失就证明茉莉此前的猜测，已经接近真相。高夏菁就是个雇佣兵。幕后黑手就是吴玉兰。回上海后，吴玉兰来过电话。茉莉不接。玉兰又打给劲草，交代了一通。

劲草诧异："你跟爸妈生气了？"

茉莉头也不抬，叠衣服："没有。"

"妈说你生气了。"劲草强调。

"还说什么了？"

"说让我们周末回去吃饭。"

"回来了？"

"说早都回来了。"

"不去。"

劲草拖着长调："巴结点吧，上海没几个亲人啦。"

"你懂什么？"茉莉发飙。劲草连忙躲开。他是不懂。顾茉莉从头到尾没跟他说。家丑不外扬。何况丈母娘的目的是把他这个女婿扫地出门呢。

周末，茉莉又见到了榴榴，谈起真亚，闺密俩感慨唏嘘。茉莉就不明白，是什么样的绝望，才能让一个人选择终结生命。沈榴榴分析："不想活了，没盼头了，身体不好，过得也不顺心，三毛不也这样吗？"

茉莉道："三毛那是死了老公。"

榴榴沉默。

这样沉默的榴榴不多见。等杯子里的饮料吸完了她才说："凌霄想去美国。"茉莉心一沉，脱口而出："去那儿干吗？你呢？孩子呢？"说完又后悔了。"去美国"三个字，信息量太大。不知为什么，看着榴榴凝重的面色，茉莉下意识觉得大表哥的"希望赴美"，八成跟刘阳有关。这个刘阳，真是害人精！

心中有八百个想法，说出来还是那句关心："你怎么办？"茉莉抓住榴榴的手。

沈榴榴故作轻松："现在没事了，婆婆救了我，她儿子又回头是岸了。"

苦海无边，回头是岸。茉莉想问，但实在又问不出口。沈榴榴也是。好好的一个人，干吗牵扯这么复杂的局面当中？当然，这个问题榴榴也说过，她总觉得大表哥并非天生异类，他属于"失足青年"，被资本主义的纸醉金迷毒害的，她跟他在一起，是挽救他。

话虽如此，茉莉还是觉得玄乎。

"高那儿怎么样了？"榴榴问这个。

茉莉才想起来把去探访的情况说了。但没提在老家发生的狗血剧。榴榴愤然："这女的到底想干吗呀？！"

周六茉莉两口子没回娘家。周日，顾得茂亲自上门了。一个人来的。没带吴玉兰。茉莉领着囡囡从英语培训班回来，看到家里沙发上，女婿和老丈人并排坐着，吓得一阵猛咳嗽。见女儿进门，顾得茂站了起来。老丈人起立，朱劲草也只好跟着起立。他对茉莉说："爸来了。"

茉莉嗯了一声。她又不瞎。

囡囡叫外公。得茂张开双臂，要抱孩子。茉莉却让囡囡进屋看书。

茉莉朝厨房看。顾得茂打消她的疑虑："你妈有事，我一个人来的。"

劲草帮腔："爸还带了虎骨酒。"

假不假？什么年代了，哪儿还有真虎骨？

顾得茂嬉笑着说："茉茉，我跟劲草说清楚了，你那个匿名短信，破案了。"

"爸——"茉莉没想到他来这出。

很明显，他在帮吴玉兰洗白、找补，修复关系。但事关重大，茉莉决不愿意这么轻易原谅妈妈。劲草附和老丈人："是啊，现在电信诈骗特别严重，我都差点被诈骗过。"又对茉莉说："茉茉，跟爸妈哪有隔夜仇？"

顾得茂笑呵呵地对女婿说："她妈说她几句，她就不痛快。"

劲草假意批评茉莉："大小姐脾气。"

顾得茂话接得很顺："都是我们惯的。"

翁婿俩一唱一和，戏演得过瘾。

茉莉懒得理睬，进屋去了。直到顾得茂走了才出来。劲草嗔怪，说爸难得来一次，你不为自己，也为我朱劲草撑撑场面。茉莉道："你放心，只要我不跟他们和好，你就永远是香饽饽！"

劲草还要分辩。茉莉却收拾运动装，打算去健身房清静清静。

有日子没练了。动作都快记不住了。教练微笑着责怪茉莉荒疏。茉莉讨饶，说最近家里实在事多。刚练了两组，一抬头，夏宇就站在她面前。

他更健美了。

这一向忙，囡囡国学课都缺了好多次。夏宇给她打电话，茉莉没接。忙大姨的葬礼，实在顾不上。今晚在健身房遇到了，茉莉还有点不好意思。

夏宇先开口："顾老师，你是不是对我有意见？"

"没有。"茉莉答得爽脆。

"出去了？"

"没。"

"囡囡也没来上课。"

"嗯。"

"遇到什么困难了？"

"跟你没关系。"顾茉莉终于不耐烦了。再一抬头，看着夏宇那张凝重的脸。茉莉忽然感觉,他为什么要这么热心?对了,从头到尾,他都在主动接近她。什么目的?会跟高夏菁一样吗?难道又是个局?那真就太精彩了。吴玉兰真有本事!茉莉真希望自己只是得了被害妄想症。可不对啊,夏宇,太像了!看看,高夏菁、夏宇,都有个夏!这是他们的行动代号?或者这男的根本不叫夏宇。夏宇只是化名!

想到这儿,顾茉莉不淡定了。"继续演。"她说。

"什么?"夏宇不明白。

"继续你的表演。"

"表演什么?"

"你到底有什么目的?!"茉莉表情有点狰狞。

"顾老师,是不是有什么误会?"夏宇摸摸后脑勺。

"你哪儿来的?"茉莉厉声问。

夏宇报了籍贯。

"我是说,是谁派你来的!"茉莉厉声,仿佛在演谍战剧。

"我的上级?李校长吗?"

"认识吴玉兰吗?"

夏宇摇头。

"你接近我什么动机你自己心里清楚!"

夏宇上前半步,试图解释。

顾茉莉伸手指着他:"别过来!"

草木皆兵。

"真没什么动机。"

茉莉冷笑道:"你是不是觉得自己魅力特大,万人迷,无敌!"

"这倒是事实。"夏宇不谦虚。

"然后呢?摆了个局,请君入瓮?"茉莉声音失控,"你是不是特盼着我离婚?"

"是！"夏宇也激动了，他语速陡然增快，"我是盼着你离婚，好让我能名正言顺地追求你，我是盼着自己能有个光明正大的机会！"

茉莉傻愣在那儿。她被表白了？什么是真，什么是假？如果夏宇是别人派来的奸细，那他未免太过入戏。她有老公。她是孩子的妈，别人的老婆。她怎么可能把自己放置于那个注定会遭受道德审判的位置？不行，她必须逃。她必须在夏老师打过来更多糖衣炮弹之前，逃出这间健身房。

第四十六章

因因不上国学班了。找个时间，茉莉想跟吴玉兰好好聊聊。茉莉甚至觉得，这是病，得治。茉莉跟玉兰打电话，找她出来，并叮嘱不许让顾得茂知道。吴玉兰答应了。没选餐厅。茉莉选了个酒店大堂。还是素凯泰。她心想，如果老妈是那个偷偷加微信的rebacca，到素凯泰，一定心有感触，没准露出什么马脚来。

母女俩对坐。饮料甜点都点好了。吴玉兰跷着二郎腿，茉莉却两腿并拢。

"妈，你永远是我妈。"茉莉这开场白，实得不能再实的大实话。

"那是的。"吴玉兰肯定。

"咱娘儿俩今天都说真心话。"

"茉茉，妈妈什么时候对你不真心？"

茉莉吸住气："妈，你是不是特不想让我结婚？"

"怎么又问回来了？"

"这很关键。"

"我不希望你幸福吗？"吴玉兰反问，"全天下，谁都可能不希望你幸福，但那个最不可能是我，我是你妈，你是从妈妈的肚子里生出来的，我希望你幸福平安到生命最后一分最后一秒，我为什么不想让你结婚？我和你爸将来肯定先走，我还指望劲草能多照顾照顾你呢。"

茉莉凝望着妈妈，吴玉兰说话依旧滴水不漏。她想像对高夏菁那样使诈，估计是什么也诈不出来了。茉莉只好往下个阶段推进。

"匿名短信的真凶,投案自首了。"

"是,听你爸爸说了,电信诈骗,特别可恶。"

"不是那帮人。"

"那是谁?"

"是劲草的表哥。"

"哪个表哥?"玉兰疑惑地问。

"汪凌霄。"

"他发的匿名消息?"

"他发了。"

"你怎么知道?"

"他承认了。"

"他为什么要这么做?"

"因为弟弟们都结婚了,他没有,他有压力。"

"他不是也结婚了吗?"

"那是后来,"茉莉口气沉稳,"最开始的短信,是他发的,但当他自己也结了婚做出了人生的选择之后,他就停止恶作剧了。"茉莉停顿一秒:"但是,我和劲草还是继续收到匿名短信。"

"所以……"吴玉兰倒吸凉气。

"所以作案不止一个人,除了汪凌霄他们,还有一个人或者一拨人。"

"会不会就是电信诈骗那帮人?"

"不可能。"

"为什么?"

"电信诈骗的人,不知道汪凌霄他们发短信的风格,就是假装发错,第三人称叙事。"

吴玉兰面色凝重。

茉莉继续说:"所以接过大表哥他们的接力棒,继续犯罪的人,原本是想躲在汪凌霄他们的阴影里，这样才不会暴露，但千算万算没算到，汪他们已经投案自首了。"

吴玉兰不说话，端起杯子，用吸管吸饮料。

茉莉冷笑道："所以，妈，你给自己发匿名消息，假装电信诈骗的人来骚扰，企图洗白自己，根本就是一着昏着儿，因为电信诈骗的人可不懂得大表哥他们的叙述方式。如果是正常诈骗，既然是威胁爸，让爸吐钱，就不会蠢到发消息到你手机上。"说着，茉莉拿出自己的手机，打开备忘录，她读："顾得茂，你最好把钱吐出来。"读完骇笑："电信诈骗的人，调查得还真清楚，他们有这个智商吗？"

吴玉兰道："茉茉，你说的这些，我不明白。"

顾茉莉语速加快："还有加劲草微信的rebacca，应该也是你假扮的，目的还是一样，企图捣散我们夫妻，让我离婚。"

"什么假扮，什么微信？"吴玉兰着急了，"我用我几十年的名誉担保，我吴玉兰不会无聊到去加女婿的微信，我的道德底线不允许我这样做！"

"那高夏菁呢，怎么解释？"

"我跟她不熟。"

"高夏菁假摔，诬陷劲草强奸，然后迅速消失，"茉莉道，"谢天谢地，要不是顾伯伯去世了，恐怕这事永远不会真相大白，她是个雇佣兵，受了你们的雇佣，目的很明确，也是捣散我和劲草。"

吴玉兰放下杯子，摆摆手，"茉茉，你应该去看病。"

"妈，你承认了我还是你女儿。"

吴玉兰着急地说："没有的事情，也不能屈打成招呀！你要觉得是妈妈做的，你告诉妈妈，妈妈这么做的动机是什么？"茉莉道："动机跟劲草爸妈一样，就是害怕子女离开，你根本不希望我组建家庭，只不过你比朱大力、张善亚手段更高明！妈，你该长大了！"

吴玉兰道："你要一直觉得妈妈有阴谋，要不这样，把我的所谓动机掐掉，我不需要你回家来，在我身边，都不需要，老了我不用你养活，我有退休工资我请保姆我住养老院，这样你总放心了吧？你过你的小日子，我过我的，井水不犯河水。"

茉莉刚要说话，吴玉兰抢着说："为了清白我没办法了，只能壮士断腕，什么短信微信，像话吗？我吴玉兰可是优秀教师暨三八红旗手，被自己女儿诬陷成这样……茉茉，妈妈就告诉你，夫妻俩要是真好，别人是挑拨不了也插不进去的，你们是不是真就吃到一个锅里尿到一个壶里了？夫妻不齐心，才让外人有可乘之机。好了，妈妈不跟你说了，就这么办吧。你现在已经疯掉了，没有证据就乱咬人，你去跟法官说法官都不信你的，你没有证据呀！"

吴玉兰摊开两手。

茉莉没辙。的确，她自认严丝合缝的推理，始终没有实锤。可是这种事，怎么可能有证据呢？她相信"黑手"就是吴玉兰，可事到如今，母女俩说到这种地步，她估计玉兰也会死磕到底死不认罪了。真要断绝母女关系吗？

茉莉惆怅。

直到吴玉兰离开对面的座位，顾茉莉才想起来忘了问夏宇的事。唉！问了又怎么样？哪怕他是奸细，就是吴玉兰派来的。她当面也不会承认。和老妈这一战，战果甚少，态势依旧不明，迷雾一片。不过从吴玉兰的反应看，茉莉认为，老妈是变相承认了。因为她可是曾经在学校叱咤风云、不怒自威、人见人怕的吴老师呀！她眼睛里能揉沙子吗？如果真跟她没有任何关系，她当场就能把桌子掀了。

当然，这些"感觉"，只是母女之间的心照不宣。再问下去，没有意义。停吧。暂停吧。停止往来，闭门思过，都冷静冷静。茉莉回到家，才忽然发现全身酸痛，原来，跟老妈"谈判"的时候，她的肌肉一直紧绷着，比去健身房消耗的能量都多。

劲草见老婆歪在那儿，无精打采，问她是不是又在单位跟米娜吵架了。茉莉懒得解释，只好顺着说："米娜确实不是东西。"劲草又提到牵牛和文萱，说两个人和好了，准备拿下房子。茉莉说那是好事，三姨满意了。劲草道："三姨写了保证书，保证以后不来上海。"茉莉说保证书又没有法律效力。劲草道："妈刚来电话，让我安慰安慰你。"

茉莉突然弹起来："以后妈的电话，不要接。"

"出什么事了？"

"没事！"

劲草柔声，坐到茉莉跟前："茉茉，咱们是夫妻，有什么事，还不能跟我说吗？"

茉莉还是不愿意揭破"家丑"。她看着劲草，肚子里突然有一股气，是委屈，是忧愁，是烦恼，是愁闷，反正也不晓得多少种复杂的负面情绪混杂在一起，喷薄而出："我的下半辈子，可都押在你这儿了。"

劲草呆住。

"我也押你这儿。"

"不是开玩笑。"

劲草连忙："我也认真的，我这辈子，下辈子，下下辈子，都押你这儿。"

茉莉失笑："别，先把这辈子过好吧，下辈子，我考虑换人。"

尘埃落定了。茉莉睡了个好觉。天戳了个窟窿，以后都是雨天了。破罐子破摔，疤瘌大了不疼。顾茉莉反倒生出种无畏来。爸妈的电话少了。在茉莉看来，这就是一种变相承认。父母承认了。她也就不追究了。大表哥和榴榴给儿子团团过生日，劲草、茉莉、牵牛、文萱都到家里庆贺。

小屋子里人满满的。老一辈人，走的走，远的远，在上海，表兄弟就是最亲的人。茉莉冷眼看着，大表哥和榴榴似乎相安无事，就是一对普通夫妻。她偷偷问榴榴："没作妖吧？"榴榴道："多大了？还作妖？能这样平平安安走到老，就算是福气。"茉莉问："不去美国啦?"榴榴说不去了。大表哥是不去美国了。谁知文萱却要去英国。她还是想进高校，打算出去访学一年，回来再冲一冲。她的人生理想是当教授。牵牛支持。房子指标分下来，他得了两室一厅，用他的话说，等文萱留学回来，新房就开始用了。他会负责装修。

牵牛举着酒杯，他刚喝了三杯，已经有点上头上脸："坚决支持老婆爬坡，博士，博士后，讲师，副教授，教授，教授博导！我光荣。"

众人笑。好了，他们现在是一荣俱荣，一损俱损了。

这就是夫妻。

跟老妈"硬碰硬"之后，顾茉莉把原来健身房的卡停了，换了一家。不管夏宇是不是奸细。她都不打算再见这个人。因为她跟劲草约好了。往后余生，就只有劲草这个人。至于夏宇，她权且当作一个绯红色的旧梦。梦醒了，一切就都不存在了。不过这天，茉莉刚从跑步机上下来，正准备再去冲击冲击马甲线，一抬头，这个旧梦，又出现在她面前。

第四十七章

"顾老师。"他还这么叫她。

茉莉低着头,夺路而逃。

夏宇追:"顾老师,你为什么总是躲着我呢?我想来想去不明白……就算不做朋友……也可以说清楚……"

"已经说清楚了。"茉莉不回头,朝健身房出口走。

"说什么了?"夏宇诧异。

茉莉猛然停住脚,转身:"你是什么身份?你有什么目的?"夏宇快速说没有什么目的,不是希望你买课,囡囡不续课没问题的,我关心的是我们的关系。

"萍水相逢,什么关系不关系。"

"误会。"

茉莉小声嘀咕:"宁可错杀,不可错放。"她转过脸,出大门了。夏宇冲上去,拽住她左手手腕。茉莉挣扎。怎奈夏宇抓得牢固:"顾老师,我就说一句话,说完咱们从此是陌生人都行。"

茉莉怒吼:"撒开!"

夏宇还是不撒:"顾老师……哦不……茉茉……我承认我接近你是有目的……我知道,你结婚了,你这人品性很好,不会做那种乱七八糟的事……但是……我就是控制不住……"

茉莉愣在那儿。这就是结结实实的表白。

"反正,我的心在这儿,不管你什么状态,我都有权表达我的感受,对吧?"他牵着她的手,放到他胸脯上。温暖,宽厚。比劲草还大一个罩杯,"做不成情人,还可以做朋友……反正……世事难料……"

茉莉就听到脑后一声暴吼:"干什么呢?!"

劲草出现了。他没带钥匙,打茉莉手机没人接。于是在他第一次到健身房找茉莉的时候,目睹了这刺激的一幕。茉莉抽手。夏宇还问他是谁。劲草一个箭步冲上前,握拳,挥臂,行云流水,果断击中了夏宇的脸颊……当然,被打击得更惨的是劲草和茉莉的夫妻关系。原本,经历了那么多风雨,两个人的关系得到了修补,可以安安分分过小日子了。谁知竟遇到这档事。茉莉感觉自己就是浑身是嘴也说不清楚。

朱劲草仿佛找到了一个反攻倒算的机会,像一头被激怒的豹子一样在客厅来回踱步。时不时就蹦出一句:"健身房,真是好地方,精彩!""一个巴掌拍得响的?苍蝇能叮无缝的蛋的?""你不想过就直说!"

茉莉苦苦辩解:"是他招惹我的。"

劲草当即暴跳:"他招惹你,你不会躲开?还是你自己想!"

茉莉着急:"你不知道,这是策划的,故意让你看到的……"

劲草恨道:"策划什么?他当奸夫,你当淫妇?你为什么不喊救命?我看还很享受呢!"

茉莉被逼得没办法,终于嚷开了:"这是个骗局,这是个坑!是一大盘棋!跟高夏菁对你是一个道理!"

劲草愣住了。

高夏菁。他前半生解不开的噩梦。

"都是我妈!"茉莉梗着脖子,不行了,家丑也得外扬,"是她策划的,她让高夏菁策划你强奸,让那老师勾引我。"

劲草眼神呆滞:"然后呢,要干什么?"

"想让我们分手,离婚。"

"为什么?"

"跟你爸妈一样,舍不得孩子。"茉莉给出她的解释。"有证据吗?"劲草还没失去理性。顾茉莉只好把她怎么在廖伯伯葬礼上捉到高夏菁的踪迹,怎么弄清了高调动工作的来龙去脉,怎么跟老妈对质,怎么不理爸妈的,都说了。劲草云里雾里,但基本逻辑听清楚了。太惊悚。太恐怖。

茉莉带着哭腔:"所以我们不能吵架,不能上当,不能分手,不能离婚……我们要好好的……越过越好,百年好合,白头到老……"

劲草呆滞了一会儿,问:"那匿名短信呢?"

茉莉吐露真言:"刚开始是大表哥恶作剧,后来是妈。"

这时,沈榴榴来电话,一接通,茉莉就听到哭声。她安慰一阵,说完立刻穿衣服拿包。劲草问怎么回事,顾茉莉说,大表哥还是要出国。劲草问这汪凌霄到底怎么回事。茉莉反问:"怎么回事你不知道吗?你们家人,有几个正常的?"

沈榴榴哭得梨花带雨。团团也哭。顾茉莉安慰好了小的,再安慰大的。大表哥做出这种事,茉莉是有心理准备的。她相信榴榴也有。只是事情临到眼前,还是令人有点无法接受。这算什么?抛妻弃子?跟人私奔了?关键是,小三还不是女的。

茉莉只能劝:"也许就是出去散散心,就像你说的,混到最后,能怎么样,到老了还不是你兜底?"茉莉往好了说,榴榴渐渐收了泪,面色凝重:"我得给我妈一个交代。"茉莉惊诧,说你妈知道了,榴榴说还不知道,但将来得跟她说,凌霄是净身出户,劈腿了女小三。

茉莉不语。

还必须说是女小三。不然日子没法过下去。榴榴妈的心脏受不了,她绝不会允许绝不能原谅女儿在终身大事上做了如此愚蠢的选择。

团团哭了一阵,累得睡着了。闺密俩相对无言,茉莉本想把最近的遭遇告诉榴榴,可话到嘴边,又咽了下去。不给别人增添苦恼了。而且,从哪儿说起呢,简直又是个长篇故事。茉莉抓住榴榴的手,要给她力量似的:"反正,以后就带着娃儿,带着妈,过好自己的小日子。"

手机响。茉莉低头看,是吴玉兰打来的。挂断了。她不想听妈妈的声音。一会儿,榴榴手机响。又是吴玉兰。吴玉兰问榴榴,茉莉在不在她那儿,如果在,麻烦转告,让茉莉回家一趟,劲草和囡囡都过去了。茉莉的心抽搐了一下,又要上战场了。劲草都去了,她不得不再回娘家。

一进门。看来都严阵以待了。吴玉兰坐在那儿,劲草站着。茉莉问囡囡呢。玉兰说在屋里做作业。"爸呢?"茉莉又问。玉兰说开会去了。就是顾得茂参与的野路子基金会,他是监事。

茉莉来了。一时之间,三个人都不晓得怎么开口。最后还是顾茉莉率先打破沉默:"说吧。"

劲草看看她,又看看丈母娘吴玉兰。

玉兰道:"很多时候,很多事情,那就是一念成佛,一念成魔,就看你怎么想。"清清嗓子:"茉茉,你个人冤枉妈妈可以,你不能在劲草那儿冤枉妈妈,你是我生的,永远不会变,但劲草不是,他只是半个儿,会记仇。"

劲草连忙说:"妈——"

囡囡从屋里探出头,盯着客厅里的人看。茉莉呵斥。她又赶紧关上门。

吴玉兰继续说:"最开始你们收那个短信,是大表哥,对吧?他承认了,是吧?一人做事一人当,这样很好。后面的那些事情,如果是我吴玉兰做的,我会承认,我也想搞清楚,到底谁在做这些见不得光的事情。"顿了一下,她继续说:"还有那个小高,还有那个什么老师……我有那本事吗?我有那本事我还在这儿待着?茉茉,劲草,你们的关键问题是,你们夫妻之间没有充分信任,要是你们百分之百信任彼此,那就不会有任何问题。"

劲草讪讪地:"妈,我们只是想知道真相。"

"我也想知道!"吴玉兰声调提高了,"说句不中听的话,劲草,如果要怀疑,你不觉得你爸爸妈妈比我嫌疑更大吗?"

"人都走了……"劲草不满。

"短信这些发生在之前,"吴玉兰抢白,"当然,我不是怀疑你父母,我只是抛砖引玉,你就不想想,茉莉嫁到你们家去,融入了吗?你把她当自己人了吗?你父母接受她了吗?还没结婚,你们家就择得干干净净,房子不肯合资,人又要来住……当然我也理解,你觉得对不起父母,亏欠父母,想要补偿,这都合情理,茉茉也在配合,但问题是你知不知道你爸妈心里怎么打算的呢?我的意思是,如果说嫌疑,你爸爸妈妈也不能摆脱嫌疑。"吴玉兰摊开手:"但是死无对证是不是,追究这些没有意义。"说到这儿,吴玉兰又对顾茉莉说:"茉茉,妈妈可以承认一点,最后那条,发到妈妈手机上的短消息,是我弄的,那也是被你逼得没办法!其余的,不是妈妈做的,妈妈不能认。"

"哪一条?让我爸吐钱那条?"茉莉问。

吴玉兰不吭气,算默认了。

这女人真行!

片刻,玉兰又对劲草:"你们放心,我今天在这里就可以保证,以后哪怕你爸爸不在了,我也不会掺和到你们的小日子中。自己清清爽爽过日子不好吗?饭吃得不香吗?我吴玉兰,人格是独立的,生活空间也要独立。现在你们都应该长大,把家庭的担子挑起来,相互信任,相亲相爱,拧成一股绳,而不是让别人有可乘之机。"

囡囡又跑出来,看看这个,又看看那个,细声细气道:"外婆,我饿……"吴玉兰连忙说要做饭。可是,不管她怎么挽留,劲草和茉莉都执意要走。出了单元门,茉莉带着囡囡往右,劲草往左。

"去哪儿?"

劲草不回头,继续走。他在生气。健身房事件,如果不是局,那就是茉莉有问题。他朱劲草问心无愧，因为高夏菁事件，就是个局呀。他从来没肉体出轨过。

劲草一边走路一边握着手机，他从手机备忘录里找到个号码。在微信里搜索，加上了。是 rebacca。劲草问：忙什么呢？很快，对方回信：没忙。劲草问：在上海吗？对方发了个定位。接上头，故事就快了。素凯泰酒店是 rebacca 选的。朱劲草站在房间门口，深呼吸，敲敲门，一个妙龄女子打开门，劲草二话不说走了进去……

夜深了。

茉莉关了灯，一个人躺在大床上。劲草还没回来，她也不打算给他打电话。大战过后，都需要将息，估计他又去公司凑合了。茉莉回想着过去的种种，快乐的，悲伤的，惊悚的，适意的……她忽然觉得也许老妈说得对，也许是她和劲草对婚姻的理解还不够深入，所谓婚姻无非是找个好人，做个好人。婚姻是要相互成就的，我理解你，你理解我，相互疼惜，彼此看重……迷迷糊糊，顾茉莉睡着了。

等醒来，她发现劲草已经回来了，正在她身边轻轻打着鼾。她忽然格外珍惜身边的这个男人。茉莉起身，洗完澡，正在准备早饭，手机又响了。还是吴玉兰！

茉莉没接。她真心觉得老妈没完没了实在惹人讨厌。

很快。微信、短信一起跳出来。

这次不是匿名。是吴玉兰发过来的：你爸昨晚没回来，看到回电。顾茉莉这才意识到问题的严重性。连忙打给老妈。玉兰还算镇定，但声音已经发抖了。

"报警了吗？"茉莉问。

玉兰说还没，让茉莉赶紧开车去接她，一起去找一找。茉莉二话不说，摇醒劲草，把事情说了。劲草也觉得严重。茉莉打电话给榴榴，让榴榴来家一趟，帮忙照顾因因。她跟朱劲草立刻出发去接吴玉兰。

焦虑。惊惶。疑惑。迷茫。

在车上，吴玉兰差点背过气去两次，但又都坚强地挺了过来。茉莉扶着老妈，一个地方一个地方跑、问，终于把老爸当日的行程问完，他上午去基金会开会，中午跟银行的人吃饭，下午又去一个民间组织开会，还做了重要讲话。可是，在这之后呢，人呢？电话打不通，发消息不回，好好一个人。就这么人间蒸发了？茉莉挽着老妈，劲草还在跟民间组织的看门人交涉。

三个人站在办公区门口。一直等到天黑，才来了个男人。四五十岁。矮胖身材。一来就朝玉兰走去："嫂子，你怎么才来呀！找你电话也找不到！"他告诉他们，顾得茂是在组织内部做重要讲话之后，突然被调查组上门围住带走的，整个过程非常迅速："只有几个人看到了，大家都蒙了。"

玉兰嘶喊："他有什么问题？！"

男人耷拉着脸，不敢说话。茉莉要扶，玉兰却挣脱了，摆摆手，喃喃着说要去找老顾。她走到电梯边，按下键，很快，轿厢上来了，门开了。吴玉兰刚走出去一步，整个人猛地轰然前倾，摔倒在电梯门口。茉莉和劲草惊得大叫，连忙上前挡住门。

抢救，治疗，漫长的恢复……

虽然送医及时，但医生说，吴女士因为中风，导致脑神经受损，会影响到智力。顾茉莉在征求了劲草的意见之后，把老妈吴玉兰接到家里，一起住。

顾得茂暂时"失踪"。

茉莉对外说老爸是去支援西部建设，发挥余热——反正，她跟榴榴和牵牛、文萱他们是这么说的。

讽刺的是，玉兰智力下降之后，劲草和茉莉都觉得她很好相处，她能跟囡囡玩到一块，不挑食，按时上床睡觉。茉莉好像又多了个孩子。

她甚至发现，她跟劲草的关系比以前紧密得多了。他现在是个好丈夫、好爸爸、好女婿。

囡囡生日，劲草早早就开始操持。榴榴、牵牛和文萱都早早接到通知，打算去茉莉家热闹热闹。文萱最终没出国，她打算生完孩子再说。

文萱把花裙子叠好，放进购物袋里。这是她专门为囡囡挑的。她问牵牛感觉怎么样。

牵牛只顾低头看手机，摆摆手。

文萱不耐烦地说："问你话呢。"

"都行。"

"什么态度？"

文萱凑过去。牵牛抬起头，表情茫然。

"怎么了？"文萱夺过手机，低头看，却看到黄牵牛手机上的一条地方新闻：

> 原米州市财政局副局长、局长、党组书记顾得茂，在职及当政期间，利用职务之便，于申报项目、拨付财政资金、职务晋升、工作调动等过程中，为他人提供帮助、谋取利益，并与多名女子保持不正当关系……决定给予顾得茂开除党籍处分，并将其涉嫌犯罪问题移送检察机关依法审查起诉……

文萱抬起头，同样茫然地看着牵牛，半天才问："还去吗？"

牵牛迟疑，又说："去，装作什么都不知道。"

门开了。客厅被朱劲草布置得犹如童话世界。女儿的生日，一看就下了血本。粉色气球、粉色鲜花、粉色玩具。榴榴已经先到了。在厨房帮茉莉准备饭菜。客厅地毯上，吴玉兰和囡囡、囝囝正在玩过家家。囡囡把一个穿着婚纱的芭比娃娃往乐高拼成的小城堡里放。

牵牛跟劲草打招呼。一会儿，男人们就出去抽烟了。

文萱去厨房帮忙。趁着茉莉去阳台拿鱼干。文萱看看客厅，问榴榴："没什么好转吗？"榴榴指了指太阳穴。意思是说吴玉兰脑子还是有问题。

文萱又问："看到了吗？"

榴榴问看到什么。文萱拿着手机，在榴榴眼前停留几秒。榴榴连忙示意别说。

茉莉迈着轻快的步子进了厨房，簸箕里是晒干的小鱼："我妈最喜欢吃这个。"又指派榴榴："豆瓣酱拿过来，柜子上头。"

榴榴连忙行动。

三个女人在厨房一通忙活。桌子上摆满了，茉莉也能办桌席了。这是老妈生病之后，她锻炼出来的新技能。可是，桌椅摆好，吴玉兰怎么也不肯上大桌。她现在把自己当孩子，要跟孩子们一起坐小桌。没办法，只能依着。茉莉安顿好。又让劲草端出生日蛋糕。

众人让囡囡许愿。

囡囡真还有模有样，双手合十，闭眼。念念有词。

文萱问："囡囡，许的什么愿望呀？"

囡囡不好意思地："不告诉你。"

吴玉兰却冷不丁上前，先牵住茉莉的手，又捉住劲草的手，然后，将两只手凑到一块。茉莉和劲草只好手挽手。三个"孩子"哈哈大笑跑到一边，开始唱《冰雪奇缘》的主题曲："let it go…"

顾茉莉看看劲草，再转头对着饭桌，发现牵牛、榴榴和文萱都盯着她。茉莉不好意思地抽出手，说吃饭。

毫无预警地，她手机响了一下。是三姨美亚发来的消息。先是一个问句：你爸爸没事吧？跟着转发一条新闻。

茉莉点开新闻，快速扫了一眼。瞬间，眼睛红了。但她忍住了。意料之外，情理之中。天塌下来，眼下，她还是要把女儿的生日宴办好。

顾茉莉端起酒杯，看看劲草，再看看大家，所有人都觉得她是感慨，才红了眼圈，茉莉控制并酝酿了一会儿情绪，才好不容易说出口，调子竟有点悲壮："过好自己的小日子，比什么都强。"众人举着杯子去碰，也都表示要好好过。

法院判了之后，茉莉才上门安顿那套房子。劲草陪着，一打开门，已经有灰尘味。茉莉迈入客厅，东看看，西看看，过去，这里总是充满鲜花的香味和老爸的欢声笑语。现在静得恐怖。

劲草问，"卖还是租？"

茉莉摆摆手。她希望这里永远保持原样。她又去自己闺房，那个小屋，是老爸老妈把老家的闺房原模原样搬到上海，给她一份安心，一种温暖。

推开门茉莉就哭了。这个世界上，除了爸妈，谁还能对她有这种用心？！劲草都做不到！老爸错得太多了，可不知怎么的，茉莉就是对他恨不起来。劲草却不太投入，他是实用主义的，他说妈冬天的衣服该带过去了。茉莉叫他去卧室拿。

房间里只剩顾茉莉一个人。她忍不住伸手摸摸被单，还有床头的水晶球，都跟老家的类似。茉莉突然看到床头靠墙，枕巾下面盖着个东西。掀开枕巾。哦，是一套书。再仔细看。竟然是"皮皮鲁和鲁西西"系列童书。是她小时候最爱看的。一定是老爸买给囡囡的，她记得顾得茂提过。

茉莉解开捆绳，一本一本翻着，刚翻到第三本，她发现里面有个信封，上面写着：茉茉（收）。

是老爸的字！

茉莉深呼吸，用她颤抖的手打开信封，抽出信纸。字不多，就一张。老爸飞舞的字迹映入眼帘。

茉茉：

　　等你看到这封信的时候，爸爸可能已经不知道到什么地方去了。我跟朱大力学，也来写一封家书。

　　首先，你要知道，在这个世界上，爸爸妈妈是最爱你的，从你来到这个世界的第一秒起，你就是爸妈的宝贝，永远的女儿。

　　第二，我们永远是一家人，永远不会也不应该分开，不管将来你的生活有什么变化，记住，爸爸妈妈永远是你的后盾。

　　最后，不要恨爸爸。爸爸和妈妈从一开始就觉得那小子跟你不合适，无论是人品、才干还是家庭，都跟我们家不在一个档次。我和你妈妈到现在也这么觉得。我们的宝贝女儿不应该就这么被一个不着调的男人夺走。你以死相逼要嫁人，我们就当你出去玩了一趟，终究还是要回家的。爸爸这么做，不单单为了你（再说一遍，那小子根本配不上你），也为了你妈妈，她一个人在这个世界上是活不下去的！答应爸爸，照顾好你妈妈。

　　下辈子，我还要你做我的女儿。

有罪的爸爸

　　劲草折回头，嘴里还问着妈的大衣放哪儿了，一进门，却看见茉莉仰面倒在她那温馨的粉红色的小床上，两只眼睛仿佛两口逢春的井，汩汩淌着水。

　　他走过去，坐下来，仿佛护理员对待伤员那样，轻轻抱起她的头，又吻掉她的眼泪，喃喃道："没事的……没事的……我对你好……咱们好好过咱们的小日子。"